U0898919

遇见你是我生命中最好的事

JESUS LIEBT MICH

David Safer

〔德国〕大卫·萨菲尔 著

文泽尔 译

译林出版社

1

还真没见过活生生的耶稣呢。当我静静地坐在神父的办公室里，盯着那张以《最后的晚餐》为主题的油画时，我这样琢磨。耶稣是个出生在阿拉伯地区的犹太人，可为什么他在大部分绘画中的形象，都像是比吉斯乐队[①]中的一员呢？

不过，倒也没时间去深入思考这个问题了，加百列牧师已经走进了办公室。这位胡子拉碴、目光逼人、眉头深锁的老先生，任谁看了都会觉得他肯定在哪儿放牧小绵羊已经超过三十年了吧。

这家伙也不向我礼节性地问候一下，劈头盖脸就来了一句："玛丽亚，你爱他吗？"

"唔……这个……我当然爱耶稣啦，他可是个很了不起的男人呢！"因为搞不清加百列问这个问题的目的，我只得慌慌张张、结结巴巴地敷衍道。

"哎，我指的不是耶稣，是那个男人——你要跟他一起，在我的教堂里结婚，不是吗？"

"噢。"

没办法，加百列牧师总喜欢问些冒失的问题。住在我们这个小小的马伦特镇上的大部分人都把他的冒失言语、胡乱提问视作神职人员对教众的关心。我的观点和大部分人不同，因为我觉得，他不过是出于自己的好奇心，跟他所从事的职业根本没有关系。而且，

① 来自澳大利亚的三人兄弟组合，活跃于二十世纪六十年代至九十年代，影响甚广。

稍微观察一下就能够发现，这点应该是毫无疑问的。真奇怪，大家为什么那么轻易地被他蒙蔽了呢？

“是的，”我回答道，“当然啦，我爱他。”

我的思文，实话实说，他确实是个值得我去深爱的男人——一个温柔的男人，一个能够令我拥有安全感的男人。不仅如此，很难得的是，他还不是一个跟女士在一起时会随时随地、千方百计找机会抱怨对方总在计算 BMI 指数[①]的男人。当然，最重要的一点是：他不会背着我跟漂亮的空姐们偷情。要知道，我的前任男友马克正是这么做的。

对马克这种人，最好是一脚把他踹到地狱的烈火之中，由那些具有杰出创造力和想象力的恶魔来负责料理。

“玛丽亚，坐下吧。”加百列一边客气地向我做出邀请的手势，一边将他那把扶手椅推到办公桌对面的访客区。

恭敬不如从命，我舒舒服服地陷进那把七十年代风格的深色皮椅中，加百列则直接坐到了他的办公桌上。这就导致我必须仰起头来才能和他视线相接地对话。我马上发现他绝对是有意选择这个角度坐下的，显然，这位牧师十分喜欢这种居高临下、一览无余的感觉。

“你想在教堂里结婚吗？”加百列又问了一遍。

不啊，我其实特别愿意在鸡棚里结婚呢！我可真想甩出这样一句气话给他听，但我却用最最温柔的语气答道：“嗯，是的，我希望就此事和您商量一下。”

“别客套了。对于这件事，我只有一个问题想要问你，玛丽亚。”

“您请。”

“你怎么会想到要在教堂里结婚呢？”

---

① 身高体重指数（Body Mass Index），用来简单计算是否肥胖。

真实的回答其实是这样的：因为再没有比在公证处举行婚礼更无聊、更不浪漫的了。而且，自打小时候开始，我便梦想着有朝一日要穿上一袭白纱，认认真真地举办一场教堂婚礼——这梦想自始至终从未改变。当然，我脑子里也十分清楚：这梦想实在是俗气得无以复加，不过话又说回来，都是要结婚的人了，哪里还有什么脑子啊！

的确，以上这些都是随性所想，当真开口说出来，显然也不太符合我这端庄淑女的身份。于是，我努力挤出了一个灿烂的微笑，结结巴巴地答道："我，呃……这对我而言，是一种热切的渴望……渴望在教堂里……在上帝的面前，在……"

"玛丽亚，我几乎从来没见你来教堂参加过礼拜。"加百列很尖锐地打断了我的话。

"我我我……我的工作很忙。"

"每周的第七天，作为一个基督徒，是应该休息的日子。"

我第七天确实休息。不仅如此，第六天也休息。有时，我甚至绞尽脑汁、不择手段地请病假，只为了在五个工作日中的第一天，能够认真回味前两个休息日里忠实、虔诚的休息态度……不过，我所指的"休息"和加百列脑袋里面所想的肯定不一样。

"早在二十年前，你就在我负责教授的神学课上公然质疑上帝。"加百列用陈年往事来提醒我。

这老男人或许是记起那段往事了。噢，他肯定还记得！那时我才十三岁，和酷酷的凯文是一对儿。在凯文的臂弯里躺着时，简直像是在天上飞，而且，我的第一次舌吻就献给了凯文。很可惜，这家伙可不只想要跟我舌吻，他还想把手伸到我的毛衣里，揉弄我那对刚刚隆起的乳房。我不肯让他这样做，因为我觉得来日方长。在那时候，我的想法极为简单明了：无论以后发生什么事情，我和凯文都永远不会分开。那种事，我们可以一步一步慢慢来。

恰恰是我的拒绝，驱使他在放假前的一次聚会上把手伸进了另一个姑娘的毛衣里。如果只是这样，事后知道也就算了，但他还偏要在我的眼皮底下做。为了发泄对我的拒绝的不满，凯文要我看个一清二楚。

我的世界，霎时土崩瓦解。

说老实话，凯文揉搓乳房的手法，其实跟早起的面包师傅揉面团的动作差不多。即便这个动作有幸没有在我的身上进行，也无法令我破碎的心灵得到一丝安慰。无论比我大两岁的姐姐卡塔如何舌灿莲花，说凯文一点儿都配不上我，说他是个彻彻底底的混球，早该被抓去枪毙……也不能阻止我哭哭啼啼。

就是因为这件事，我才会泪眼迷蒙地跑到加百列那里质问他："怎么会有这样的一个上帝，竟能容许'失恋'这种伤碎人心的事情存在？哼，他肯定是假的！在这世间压根儿就没有上帝！"

"你还记得我当时是怎么回答你的吗？"加百列问我。

"您说：'上帝允许失恋，因为他赋予了人类自由意志。'"我以略带歉意的口吻答道。

他是牧师，当然应该这么说。不过，我还记得，当时我同样认为如果真是自由意志起了作用，那么遇到这种情况，上帝就应该悄悄将凯文身上的自由意志收走。然而，他却没有做到。

"和你一样，我也拥有自由意志。"加百列显然懒得跟我多唠叨了，"我很快就要退休，离开牧师的位置。如果你对上帝的敬畏之心根本没办法说服我，我也没必要勉强去相信你。等我的继任者来了之后，跟他聊吧，只需再等六个月。"

"但我们现在就想结婚！怎么可能再等六个月？"

"你们要结婚是你们的事，跟我又有什么关系？在教堂为你们主持婚礼可不是我这个牧师必须尽的义务。"加百列居然还反诘了一句，显然是故意刺激我。

我沉默不语，却在心里咕哝：教徒能不能痛揍牧师呢？也不知道上帝有没有相关规定……

"我不喜欢有人把我的教堂当成专门举办婚庆活动的场所。"加百列一边向我解释，一边用目光逼视着我。我很快就对自己刚才的想法感到后悔，怒气被隐隐约约的内疚感取代和冲散。

"这附近还有一座路德宗[①]的教堂，你应该知道的。"加百列提出了一个至少他认为颇具建设性的意见。

"我知道，但是……我不想在那座教堂里结婚。"

"为什么不想？"

"因为……因为……"我不知道自己是否应该实话实说。其实实说也无所谓，加百列牧师对我显然已经没有什么好印象了。于是，我便稍微小声地回答道："因为我的父母就是在这座教堂里结婚的。"

听到这番回答，加百列的表情竟突然变得温和起来，这倒真让人惊讶。"你已经三十好几了，父母离婚这件事总归是需要慢慢去面对的。你想在这里结婚，使他们多少获得些宽慰，是吗？"

"是的……就是这么回事。我就是这样想的，不然还会是什么？"我应付道。在父母离婚后，我接受了几十个小时的心理治疗，并不是直到痊愈，而是直到我付不起钱为止。（凭良心说，所有为人父母者都有责任在孩子出生时为他们准备好一个定期账户，万一他们不幸离婚了，这笔钱可以拿来给孩子请心理医生。）

---

① 新教主要宗派之一，也是最早的新教教派，以马丁·路德的宗教思想为依据。

“不过，在你父母曾经举办过婚礼的教堂里结婚，难道你不会觉得是种……忌讳吗？毕竟，之前两个人在这座教堂里缔结的婚约现在已经无效了。”加百列倒全无忌讳，又问深了一层。

稍稍犹豫片刻后，我故意使劲点了点头：“哎呀，糟糕，你不说，我都没想到。真不太吉利。”

听到我的回答后，他以一种完全可以理解又略微有些吃惊的表情盯着我。（他肯定信以为真了，觉得我之前不过是没想到这点，现在已经要改变主意，不打算在他的教堂里举办婚礼了。）几秒钟过后，加百列牧师的脸上重新填满了标准基督徒的慈爱、友善、道貌岸然。

“我明白了。”他开始自以为是地说起客套话来，“如果你们愿意，当然可以在这里举行婚礼，没有任何问题。”

这家伙真笨，我简直不知道该说什么才好。

当然，此时该说的话，我还是不会忘记的。

“噢，您真的答应了！哎……您，您可真是位天使啊，我亲爱的牧师先生！”

“唔，我就知道。”受骗了的加百列满脸苦笑地应道。

哈，他已经发觉我是故意布下圈套让他钻的。我该趁他发飙之前赶紧撤退。

“快点走吧，趁我还没改口，玛丽亚。走吧。”

我从皮椅上弹起来，三步并作两步地跑到门前。这时候，另一幅油画的内容碰巧映入我的眼帘——是关于耶稣复活的。看到画后，我脑中立刻蹦出一个念头：这幅画里的耶稣小子，看起来马上就要开唱那首《活着》[①]了！

---

① 比吉斯乐队的著名曲目。

2

“我跟你说过，加百列牧师绝对是个好人。”在我们那间甜蜜性感、面积不怎么大的阁楼小爱巢里，思文一边给躺在沙发上的我做足底按摩一边说。

和其他所有男人都不一样，给女士做足底按摩对他而言显然是件乐事。我将这项怪癖归结为“某种罕见的基因缺陷”。我那群前任男友无论是谁，最多只给我按摩十分钟便急不可耐地邀功，希望能够得到性爱方面的奖励。这其中最张扬、下流、无耻的，还得数那位挚爱空姐的马克。之前说过，我希望地狱中最具创造力和想象力的恶魔们来负责料理他，最好还是精通活体阉割这项源远流长的技艺的那一群……

在三十来岁遇到思文之前，我过了一段单身日子，性生活一片空白。每当看见带着孩子从身边走过的女人时，我就觉察到自己体内女性生物钟正在嘀嗒作响，走个不停。进一步说，每当这些操劳过度的妇女满怀同情地向我微笑，唠叨“女人只有生了孩子才能真正成为幸福、充实、娴静的女子”这番理论时，我那已经格外脆弱的小自尊心就快被刺穿了。身陷窘境的我也只能随便哼唱首小曲儿解嘲。咳咳，歌词是我专门写的：“我没有长妊娠纹呀，咿呀咿呀哟；我就不长妊娠纹呀，咿呀咿呀——哟！”

或许我会像寡居的老处女一样，在一间两居室的公寓里郁郁而终，死后七个月才被清洁工发现。正当我试着坦然接受这样的未来时，思文横空出世，在我的生命里现身。

故事说来话长，好在时间隔得倒也不算太久。也就是几个月前吧，我在马伦特镇上随便乱逛走进一个咖啡馆里喝咖啡时，大概是因为唱“妊娠纹之歌”唱得太过得意忘形，被一个新鲜出炉的“孩子他妈”听见了。她坐在我正对面，或许是患了产后狂躁症，一举一动都令人讨厌。

之后，这位幸福而充实的母亲向我亲身示范了她的娴静，动作优雅地把正喝着的那杯咖啡泼到了我的脸上。我被泼得一个踉跄，跌倒在地，脑袋直接撞在了桌角上，碰破了额头。大家手忙脚乱地把我送到离咖啡馆大门最近的那辆出租车上，让司机带我到医院，在挂号处，我和思文相遇了。

他在医院做男护士，第一眼看去其貌不扬，不算是什么花样美男。但也就是从那时起，我们就像干柴遇到烈火，一发不可收拾。在给伤口缝针时，我怕疼忍不住落下了眼泪，他马上为我递上手帕。在我因为血溅到自己的漂亮短外套上而大惊小怪、哀号不已时，他赶忙过来安慰我。最后，当医护工作告一段落，我为他所做的一切表示感谢时，他竟邀请我去意大利餐厅吃比萨了！

大约去一次吃一个，在陆续吃完十五个比萨之后，我搬到了他家里。终于不必再看到我那间窄小糟糕的两居室公寓，我开心得恨不得高呼万岁。

在共进了总计八十四次晚餐后，思文正式向我求婚了。他单膝下跪，手上拿着一只精美华丽的订婚戒指——那漂亮又感人的铂金小玩意儿，至少得花掉他整整一个月的薪水。除此，思文还邀来自己在业余时间里负责训练的那支儿童足球队的全体成员，请他们送来一只用玫瑰花拼成的巨大爱心，并为我齐声高唱《我全心全意属于你》。

“你愿意嫁给我，做我的妻子吗？”

那一瞬间，我突然想到如果现在说“不”，肯定会影响到这帮小球员未来的感情观和价值观。哎哟，总不能残害孩子吧。于是，我用深沉炽烈的声音回答：“我当然愿意！”

言归正传，思文刚在我的脚底抹上超敏感系的按摩油，那玩意儿正散发着由香精混合而成的人造玫瑰花香，我的视线落在了《马伦特快报》上，思文在房地产广告上做了个标记。

“你……在这儿做了个标记，是要干什么？”

“是个新建的小区，我计算过，凭我们的收入，足够在那里买个属于我们自己的独门独户的房子。”

“好吧……不过，我们何必要去看房买房呢？住这儿不是挺好的吗？”我语带警觉，似乎已隐隐预感到不祥。

“住个大点儿的地方，总不见得会是件坏事吧……要是我们打算要孩子的话，这里就显得太局促了。”

孩子？连思文也提到“孩子”了么？在漫长的单身期里，我虽然对那帮带孩子的母亲有些许忌妒，不过，自从跟思文在一起之后，我发现，当我顶着一双熊猫眼，向其他未婚女性宣扬我有多么“充实”之前，起码还应该拥有那么一点点属于自己的时间。

“我……觉得我们还应该继续享受一段二人世界。”我眉头紧蹙，面带犹豫。

“唉，我今年已经三十九了，你也三十四了。每荒废一年，我们生出个残障儿的概率都会上升不少。”思文说出了他的顾虑。

“啧啧，你说服女人生孩子的技巧可算是相当高明。”我费力凑出一句仅供调侃的废话，并努力挤出满脸微笑。

“对不起。玛丽亚，如果你不愿意就算了。”

思文说抱歉的速度总是很快。

“没什么。会想到这些也是很正常的。”

“噢，对了……你想生多少个呢？”他问我。

我不知该如何回答。我真想要孩子吗？他是不是误会了我刚刚那句调侃的意思？或者他主意已定，我再说什么都无济于事？那样的话，我还不如继续保持沉默呢。

沉默的时间太长，思文的疑虑开始直线上升。出于无奈，他又补充了一句：“玛丽亚，你刚才说的话不会是在开玩笑吧？”

唉，思文果然是误会了，简直和跟加百列谈话一样，为什么大家都这么缺乏幽默细胞呢？

我实在不愿意让心爱的男人心灵受到伤害，所以……只好继续开玩笑胡混过去：“当然不是开玩笑，咱们不要少的，干脆生他个十五个得了！”

“一整支足球队，还算上替补队员，哈！”思文幸福地笑了。然后，他甜蜜温柔地吻了我的脖子——这是他性爱前戏的固定方式。不过，因为以上不必多说的原因，这次他费尽周折才勉强把我带入状态。

3

“净化装置使用长达三十年”——我噼里啪啦、全无热情地敲打出自己最新一篇报道的标题。

刚从记者学校毕业时，我曾希望能够进入一家和《明镜周刊》差不多级别的杂志社工作。不过，若要梦想成真，最起码也需要一个比 2.7[①]更好些的毕业分数。一番受挫，我先是在慕尼黑的《安娜》杂志社找到了一份编辑工作。《安娜》是一本专门面向时尚女性的杂志，办得却并不怎么样，即便全神贯注打起万分精神来读它，最多看个一页半就会觉得无聊。这不算是份理想工作，但我觉得自己几乎已经跟《欲望都市》里的专栏作家凯莉一样逍遥自在了。我和她之间的距离，只在于高达五位数的税后收入外加一次抽脂手术而已。

如果马克不是《安娜》的主编，我或许会永远待在那里。遗憾之一，在于他对女性极具吸引力；遗憾之二，在于我们曾是一对；遗憾之三，在于他竟为了一个苗条空姐而背叛我；遗憾之四，在于我的反应与那些拿爱情当快餐、玩玩就算的女人相去甚远。我发了疯，开动汽车，打算从他身上碾过去。

嗯，当然并不是真要碾过去，不过是想吓吓他罢了。

可是他的闪躲技巧实在是太不高明……

这起事件之后，我从《安娜》辞职，拿着那份令人无语的简历重新求职。新闻记者的竞争趋于白热化，靠谱的职位遍寻不着，我

① 德国成绩实行五分制，一分最高，四分为及格，五分不及格。

偏偏在老家的《马伦特快报》找到了一个位置——还全赖我老爸认识《马伦特快报》的社长，靠走关系。三十一岁那年，对于我滚回老家这件事，我自己的看法是：仿佛身上时刻背着一块硕大的招牌，上面写着“大家好，我的人生全盘失败”！

在这间布满灰尘的编辑办公室里工作的唯一好处，是我能拥有足够的时间，尽情思考教堂婚礼时的嘉宾座位安排问题。显然，这可以拿来作为一门学科在大学里单独开课了。在“嘉宾排位课”的一堆未解难题之中，我致力于研究如何给我那对已离婚的父母安排座位的小课题。本来偏头疼就已经使研究进展缓慢了，我哪里知道人生还真是祸不单行——就在我几乎要把脑袋想破时，老爸突然造访编辑部，再度把本已稍有眉目的排位问题搅成一团乱麻。

“女儿，有件事情我必须马上告诉你。”老爸打招呼的方式向来如此直接。不过，那张一直苍白冷清的脸此刻却满面红光，让我极端好奇。不只如此，他还在西装上喷了古龙水，已经所剩无几的头发梳得整整齐齐、油光锃亮。

“哎，爸爸，能稍微等我一下吗？”我回应道，“现在很忙，有篇专稿实在是不写不行了，而且还是关于污水处理的。要知道如果不是非写不可，这些玩意儿我根本连看都懒得看。”

“我交新女友了。”他理也不理我的唠叨，想说的话脱口而出。

“呃，你……女朋友……噢，真……真是大好消息。”我结结巴巴地应道，瞬间便把与污水处理有关的事抛到了脑后。

老爸交女朋友了。简直是一大惊喜！我的脑海中瞬间蹦出一大堆关于这位女士身份的可能性：是他在教堂业余唱诗班里认识的哪个中年妇女？也说不准是在他那家专治泌尿系统疾病的诊所里结识的某位女病人（如果真是这样……噢，我可不愿意去想象这两人初遇时的种种细节）？

“她叫斯维特拉娜。”老爸说。

“斯维特拉娜？”我把这名字复述了一遍，然后，一边试着把自己脑中关于斯拉夫女人名字的一切成见统统抛弃，一边努力赞扬道，“这名字听起来很……可爱。”

“岂止可爱，她完美极了！”老爸的脸上灿烂得简直像是开了花。

天哪，这是真爱啊！二十年来头一遭的真爱！确实，我一直都希望他能好好谈场恋爱，不过现在事实摆在眼前，可能是因为惯性作祟，我心里反而有点不知该如何是好。

“你和斯维特拉娜之间肯定会有不少共同语言。”老爸继续说了下去。

“是吗？”

“因为你们年龄差不多啊。”

“什么？！”

“基本上差不多吧。”

“什么意思？她四十岁左右？”我问道。

“不，她二十五岁。”

“呃，多少岁？”

“二十五。”

“多少岁？”

“二十五。”

“多少？？”

“你怎么不停地问同一个问题啊，女儿？”

因为我的脑子处理不过来“老爸的女友才二十五岁”这个事实，它已经运转停滞，接近消融状态了。

“她，她，她究竟是哪里人啊？”我选择用提问的方式来安抚自己受惊过度的小心灵。

“明斯克。”

“俄罗斯人？”

“白俄罗斯。”老爸纠正道。

此时我只能四处张望，希望能从编辑室某处找到一个微型摄像头，证明这一切不过是电视台《开心一刻》节目组筹办的整人栏目而已。

“我知道你现在心里想的是什么。”老爸说。

“这儿哪里藏着一个微型摄像头吗？”

“好吧，看来我猜错了。”

“哦，那么，你以为我心里想的是什么呢？”我问道。

“你在想斯维特拉娜肯定是冲着我的财产来的，因为我和她是在交友网站上认识的。”

“什么？在哪儿认识的？？”我不得不再次打断他的话。

“在 www.amore-osteuropa.com‘东欧寻爱’交友网站。”

“哈，www.amore-osteuropa.com，还挺像那么一回事的。”

“你是在讽刺我吗，女儿？”

“只是觉得您很天真。”我如实答道。

“根本不是你想的那样。在 www.Partnervermittlungs-Test.de‘伴侣评估’网站上，在线专家会给你最佳建议。”他对我的看法嗤之以鼻。

“好吧，也就是说，按照 www.Partnervermittlungs-Test.de 网站上的说法，斯维特拉娜显然品行高尚，既不是冲着你的财产，也不是冲着德国公民身份而来。”我继续打击他。

“你都还没见过斯维特拉娜呢！”老爸气恼地反驳。

“您还不是也没见过！既然是网恋，她不是在明斯克吗？”

“我上个月刚去了明斯克一趟。”

“等等，等一下……这种‘一切井然有序运转正常，只有我被蒙在鼓里’的感觉是怎么回事！给我停下！我们从头说起。”我从办公椅上跳起来，站到老爸面前，“您之前不是跟我说，是坐飞机去参加耶路撒冷某座教堂组织的业余唱诗班吗？您还说您在圣墓教堂[①]玩得尽兴、流连忘返呢！”

“我说谎了。”

“您竟然对亲生女儿说谎！”我已经无语了。

“如果不说谎，你肯定会来阻挠的。”

“岂止阻挠，我还会付诸武力动手打人！”

“这可不怪我，斯维特拉娜真是个天生尤物。”老爸深吸一口气，心怀遐想，把责任都推到了斯维特拉娜身上。

“好吧，这点我也承认，她现在已经是在我头上浇了‘油’了。”我回嘴道。

“可是……”

“别‘可是’了！找上这么个女人，您就是脑子有问题！”

老爸用半抗议半伤心的语气回应我说：“女儿，你难道就不希望我获得幸福吗？”

这句话直击我心。我当然希望世上一切的幸福事都能被老爸遇上。从妈妈在我十二岁时离开他的那天起，我就希望老爸能够再度收获专属他的幸福生活。

---

① 耶路撒冷老城内的一所基督教教堂，传说中耶稣的埋骨地。

依稀记得那时候，老爸站在我面前，试着向我解释妈妈要搬出去了，他的脸比刚刷过的墙还要白，而我怎么都没办法相信他告诉我的一切。我问他："是不是没办法求妈妈再回来了，是不是一点办法都没有了？"

老爸的回答只有沉默。好半天后，他艰难无比地摇了摇头，仍是一言不发，接着便控制不住开始抽泣。爸爸哭了，那时的我还从未见过，我花了好久才确认这件事是真实的，就发生在我眼前！老爸哭起来没完没了，为了安抚他，我张开双臂，他就顺理成章地靠在我肩膀上哭泣着，像个孩子。

无论是哪个十二岁大的孩子，都不该看到自己的父亲这样恸哭。

当时的我脑袋空空，唯一能做的只有默默祈祷："亲爱的上帝，求求您，让一切都好起来吧。让妈妈回到老爸的身边吧。"很可惜，我的祈祷完全无效。或许上帝此刻远在孟加拉，正在为扭转某场即将发生的空难而努力。

好吧，挨过这许多年后，老爸终于又要"幸福"了。不过这实在没法让我为他感到高兴。别提高兴，我简直担心得要死，怕他又一次趴在我肩头哭泣。这个什么斯维特拉娜，毫无疑问，会再度令他伤心欲绝。

老爸不管我的想法，直接给我下了最后通牒："很好，既然你已经知道这事了，那么——婚礼我也要带斯维特拉娜一块儿去。"

说完他退场了，还故意重重地摔了一下我办公室的门。"老爸您做得也有点太刻意了！"我在心里喊道。

我盯着紧闭的门看了好一会儿，终于又将注意力移回座位排序的课题上。偏头疼仿佛鬼魅一般，瞬间呼啦啦地卷土重来。

4

不管加百列牧师怎样看我，祷告这档子事其实我最近做得还挺多。虽然自己也不完全相信天上住着个全知全能的上帝，但是，我希望至少有这么一号人物守在那里！当坐在廉价航空公司的班机上起飞或者降落时，我会祷告；当乐透彩开奖时，我会祷告；当楼下那肆无忌惮吊嗓子的男高音又开始鬼哭狼嚎时，我会祷告——只愿那混蛋家伙变成哑巴！

在一切祷告活动中排在最重要位置的，自然是希望那个什么斯维特拉娜无论如何，不要伤我老爸的心。

我姐姐卡塔，顶着一头蓬乱茂密的金发，看起来就像梅格·瑞恩[①]转世投胎了一样。她觉得我的祷告行为简直傻透了。她不只是这么想想,还直截了当地对我说“你傻透了”！在婚礼开始的前一周，她兴致勃勃地杀来马伦特镇，我们约好在马伦特湖边慢跑谈天。

“玛丽亚,”卡塔冲我微笑道,“如果真有上帝，怎么还会有纳粹、战争和现代脱口秀呢？”

“因为上帝赋予了人类自由意志。”我用加百列牧师的说法作答。

“那么,上帝又为什么要给人类自由意志,任凭他们打作一团呢？”

我思考片刻后毫不犹豫地答道:“逗趣嘛,打作一团多来劲儿呀！”

卡塔一直都是我们中的那个“异类”。十七岁时,她退学去了柏林,并毅然出柜，承认自己天生的女同倾向，并在一家大报上弄到了一

---

① 美国著名女影星，成名作《当哈利遇上莎莉》。

个四格漫画专栏，每天更新。专栏的名字叫作“姐妹”，内容自然是关于姐妹之间发生的故事——也就是我们之间的故事。

卡塔的身体也比我要结实得多。才跑了八百米，我已经累得气喘吁吁，早对眼前湖光美景没了兴致。可她，却连气都不多喘一下。

“我们别跑了吧？”她提议道。

“不行……婚礼之前，我还得再减掉两公斤赘肉！”我上气不接下气地回应。

“就算再减两公斤，你也还足足六十九公斤重呢！”卡塔咧嘴坏笑道。

“啧啧，没人会喜欢排骨精的。”喘着粗气的我迅速反击。

“隔了二十年时光，老爸终于又能在床上逞能了，其实也不错嘛。”卡塔强行转换话题，把对话拉扯到 www.amore-osteuropa.com 网站上了。

老爸跟人做爱？

我可绝对不想看到这样一个场景，但显然已经晚了。卡塔描述的画面已经映在了我的大脑沟回上，挥之不去。

“嘿，他肯定觉得幸福死了，而且……”

幸好接下来的话我没听进去。我举起双手把耳朵堵了个严严实实，然后大声唱歌，以分散听觉上的注意力：“啦啦啦，就不听呀就不听，啦啦啦啦，我管你说什么呀，呀哈哈。”

卡塔像是住嘴了。我把手从耳朵上挪开。

“不过男人呢，”见我放松警惕，姐姐脸上又露出了微笑，“尤其是像老爸那种长期没有稳定关系的男人，在空窗期内，肯定招过妓……”

我只好再次蒙住耳朵，拼尽全力大声乱唱：“啦啦啦啦，你再唠唠叨叨，小心我揍你呀，呀哈哈哈……”

卡塔微笑："你这人的成长程度还真令我倍感惊讶。"

我跑得快喘不上气来，自然也谈不上反驳了。最后，我终于筋疲力尽、缴械投降，瘫倒在离得最近的一张公园长椅上，就在栗子树的树荫下。

"你这差到令人无话可说的身体也同样令我倍感惊讶。"卡塔补充道。

作为反击，我捡起一只刺栗子，扔到她的脑门上。

卡塔只是笑笑。这家伙的痛感神经比我的迟钝十倍。比如指甲意外开裂，我痛得嗷嗷直叫，而她就完全不会。因为她脑袋里长了个肿瘤，已经有五年了。她是个感觉神经偶尔会被压迫的病人。不过按她的说法，"得病还真是个好机会啊！我能分清身边哪些是真朋友，哪些是伪君子"。

最近两年她病得实在厉害，我每个周末都会飞去柏林，去医院探望她。

眼睁睁看着姐姐受罪，看她因为剧痛辗转难眠，可真不是件容易事。止痛片根本就不顶用，打点滴也不行。化疗给她带来了很大的副作用。充满活力的姐姐，变成了一头骨瘦如柴的秃头怪兽。因为光头不好看，卡塔就用一块印有骷髅标志、放肆嚣张的方巾裹住脑门，那样子，就好像她随时都会跳上史派洛船长的黑珍珠号逃之夭夭似的。

化疗进行了大约六周后，我问卡塔，她的女友莉莎为什么不再过来看她了。

"我们分手了。"卡塔轻描淡写地答道。

"为什么？"我对此表示震惊。

"道不同不相为谋。"卡塔拿一句谚语搪塞。

“哪个‘道’呀？”我却硬要刨根问底。

卡塔苦涩一笑：“她想要来点夜生活激情戏的时候，我吐了。化疗，没办法。”

我姐姐意志坚定，誓与肿瘤抗争到底。当我问她那些坚强斗志都是从哪儿冒出来的时候，她说：“我没有其他选择了。我是唯物论者，一死万事休。”

我一直在为卡塔祈祷。当然，我从来没有告诉过她，否则她会汗毛直竖、神经紧张。

卡塔的抗争几乎要成功了，如果在下个月的常规检查中，癌细胞没有出现反弹迹象，她可以继续活下去。如此一来，我也能够检验自己向上帝的祈求是否应验。因为……或许现在这件事，恰好是在那看不见的上帝的统辖范畴之内，肿瘤和人类的自由意志当真是八竿子打不着。既然跟自由意志无关，就该由上帝担负全责。

“你若有所思地看什么呢？”卡塔问我。我却并没有把话题引到肿瘤上去的打算。这也是理所当然的。卡塔如果从对话中得知我对于她患病这件事甚至比对自己得病还要难受，她肯定会受不了的。

我从公园长椅上站起来，打算回去了。

“我们不继续跑了吗？”卡塔问道。

“我考虑了一下，觉得还是节食减肥算了。”

“你究竟为什么非要减肥啊？”卡塔问，“你忘了吗，之前你还一直跟我说‘不管我是胖是瘦，思文都爱我如初’。”

“思文当然没问题啦，这件事是我自己不允许。”我答道。

“还有，你们结婚以后会很快就要小孩吗？”卡塔这家伙，开始漫不经心、随心所欲地接连发问了。

“啧啧，人生还长呢，不急不急。”我回答道。

姐姐盯着我看，眼睛里浮现出我熟悉的那种顽皮暧昧的眼神。我知道，她马上就要开始刨根问底了。

“快看，那边湖里有只黑天鹅！游来游去，游来游去……”我试着转换话题——虽然这方法蠢极了。

“喂，跟马克在一起的时候，你可一直都想要个孩子呢！”卡塔就是这样，只要我企图转换话题，她就一定不会让我成功。

“思文跟马克可不一样。”

“正因为这样，我才会问你呀！”卡塔说得相当诚挚，“你曾经那么深爱马克，跟他认识第二周，就告诉我你们未来两个孩子的名字：玛瑞卡和……叫什么来着？”

“唔，玛雅……”我小声补充道。

那时，我特别想生两个女儿。她们以后的关系肯定跟我和卡塔之间的一模一样，多么美妙！

“好吧。现在你不急着要孩子了，玛瑞卡和玛雅该怎么办？”卡塔问。

“我不过是想多享受一下二人世界。”我答道，“哼，这对小捣蛋鬼，还得再等好一阵子才准许她们让我劳心劳力。”

“噢，没准你不急着要孩子是思文那方面有些问题，你知道的，那个方面……”卡塔显然对我的无聊回答不太满意。

“别胡扯啦！”

“嘿，那可不一定，可不止你，我都能听到你未来的女儿们在抗议了！”卡塔咧嘴一笑。不过，这家伙还算仁慈，没有继续在这个话题上揶揄她亲妹妹。倒是我自己开始提心吊胆：她们真的在抗议吧。没准我根本就不打算要孩子吧？

5

（与此同时）

当慢跑的玛丽亚和卡塔从马伦特湖原路返回的时候，湖里的那只黑天鹅游到岸上来了。它在湖滩的鹅卵石上摇摇摆摆地行走，抖了抖一身挂满水珠的羽毛，然后……它竟一下子变成了好莱坞电影巨星——乔治·克鲁尼。

乔治·克鲁尼把自己的头发往上一抹，正了正身上那件潇洒光鲜的奢华西装（当然，是黑色的）。然后，他坐在公园长椅被树荫遮蔽的那一侧，玛丽亚和卡塔刚在这位置上歇息过。乔治·克鲁尼坐了好一会儿，像是在等待什么事情发生，又或者是在等待什么人。在无聊中，他用栗子向湖里的鸭子发起攻击，打这些可怜家伙的脑袋。他甩栗子的手法快、狠、准，每只栗子都能击晕并打沉一只鸭子。不过，这妙趣盎然的小游戏也不能令他开怀一笑。他很累，累得要死。这位坐在阴影里的乔治·克鲁尼就像患了倦怠症一般：啧，这该死、无聊的末世人间。

以前也有过这样的时候，但似乎不多见：随便了。无论他做得有多努力，人类总会比他完成得更加出色。人类总是主动把自己往地狱里送，连撒旦看了都自愧不如。

而他，正是撒旦本人。

实话实说，关于怎样折磨人类，他还是搞出了一些好点子的，比如新自由主义、真人电视秀和摩登语录合唱团[①]（他们那首《谢里，

① 德国商业上最成功的流行乐双人组合。组合中的戴德·伯罕（Dieter Bohlen）长年活跃于电影和电视选秀界，常被调侃。

谢里女士》尤其令他自豪）。不过，他归根到底还是没办法轻松地拉人类下水了，该死的自由意志把人类拖下地狱的效率可比撒旦高多了，而且还做得更有创意。

“好久不见。”

突然，撒旦身后响起了一个声音。

撒旦转身，然后看到了……加百列牧师。

“上次见面，是在六千年以前了吧。”撒旦应道，“在那家伙把我赶出天堂之后不久——唔，说得更准确点，是在我被放逐之前。”

加百列点了点头：“没错，隔得也够久了。”

“是啊，确实够久了。”撒旦也点了点头。

这两个男人相视而笑。就像从小长大的两个好朋友多年以后重逢，为往日情景不在而苦笑似的。

“你看起来很累。”撒旦对加百列说。

“谢谢，你看起来也一样。”加百列答道。

沉默，又是第二轮的相视而笑。

“好吧，你约我见面有什么事，说吧。”撒旦表明了来意。

“我得帮上帝大人传个话。”加百列说。

“什么话？”

“最终的审判马上就要来了。”

听到这个消息，撒旦默然片刻，叹了口气道：“天长地久，总算到这个时候了。”

6

我们婚礼的流程跟很多对新人的婚礼流程相似：新娘必须首先患上轻度神经衰弱症。

我站在教堂门口，身体瑟瑟发抖，里面等着我的是婚礼的全部来宾。细想想看，一切都很完美，跟我所朝思暮想的一模一样：教堂里的每一张长椅都坐满了，宾客就该为我身上穿的这件漂亮的白色婚纱惊叹不已。是的，我减掉了整整三公斤，现在，这件衣服合身得简直像是我自己的皮肤，我做到了！

不过这还不是最好的事呢！最好的自然是：我们完全跳过了公证处婚礼这一步！换句话说，我可以在梦寐以求的教堂里说出那句“是的，我愿意”，而公证处的办事人员也会在场即时为这场婚礼进行公证！正如我所说的，一切似乎都再完美不过。想来想去，只有唯一一处缺憾：老爸拒绝挽着新娘即他心爱的女儿步入教堂。

“你啊，”卡塔对我说道，“不应该对他的斯维特拉娜那么刻薄。”

“我骂得也没有多狠吧，不算刻薄，呜……”我回着姐姐的话，泪水在眼眶里面转呀转。

“跟老爸吵架时，你不是给她取了个外号叫‘婊子伏特加’吗？”

“呃，好吧，是有点过了。”证据如山，我不得不承认卡塔的看法。

去教堂之前，我还暗自告诫，希望能在与斯维特拉娜初次见面时保持冷静。然而，当见面时刻真正来临，面对这个即使像村姑一样浓妆艳抹也不失娇俏美貌的小个子女人时，我瞬间就明白了，这女人一定会伤老爸的心。这样一个嫩模类型的女孩，绝不可能真正爱上老爸！我仿佛已经看见老爸再次靠在我肩膀上哭泣的样子。不管怎样，我都不希望想象中的这一糟糕透顶的场景变成现实，所以，我当场请求斯维特拉娜返回白俄罗斯，再也别来了，或者直接空降到荒芜寒冷的西伯利亚去，反正别再在这里出现了。

这话惹恼了老爸，他控制不住，当众骂了我。我试着向他解释，告诉他，他根本就是被斯维特拉娜利用了。但老爸越发骂得狠，简直到了不堪入耳的地步。我也只好爆发了。我的爆发给老爸火上浇油。你来我往之间，事情已经一发不可收拾。甚至像“婊子伏特加”“孽种女儿”“阳痿老爸”这类平时难以启齿的称呼，我俩都能脱口而出了。

唉，为什么人类能真正伤害到的，都是他们心中着实在意、希望能全力保护的人呢？

“别想了，快过来吧。”卡塔一边说，一边帮我擦干眼泪，牵起了我的手，“我领你进去。”

她为我打开了教堂的大门，管风琴随即奏响。我心爱的姐姐挽着我，偕我一同进入在我以往全部记忆中最为庄严肃穆的教堂，并引领我走上仪式的圣坛。在场的大部分来宾都是思文邀请来的：很多是他的亲戚，还有些是他在足球俱乐部里的朋友、医院的同事以及和蔼有趣的邻居……实际上，几乎半个马伦特镇的村民都跟思文有点亲戚关系，或者是他的朋友。我自己的全部朋友加起来……连最不熟的都算上……也没思文的那么多。

实话实说，我最好的朋友只有一个，此刻正坐在第五排：他叫米基，是个瘦削干瘪、弱不禁风、头发乱得如野草一般的男人，身上一件T恤上却偏偏印着“以貌取人完全是错误的”。我们早在中学时代就成了朋友。那时，他属于那种在数量上处于绝对弱势地位的“怪胎”，年纪轻轻，却是个天主教少年侍僧。

直到今天，米基还是我认识的唯一一位真正信教的人，他甚至每天都诵读《圣经》。关于读经这件事，他曾这样对我说：“玛丽亚，《圣经》里的内容都是完全正确的。那些故事个个振聋发聩，根本不是凡人之笔所能书写的。”

坐在第五排的米基对我轻轻颔首，以此为我打气。得谢谢他，刚才我还泪眼婆娑，现在终于又能微笑。我对来宾们笑着，无意之间，在第三排看到了老爸。目光短暂交会之时，我像是触电了一般迅速看向别处。虽然只是一瞥，但已经看得出来，老爸仍在生我的气，而那个斯维特拉娜，只是有些犹豫地低头思索，可能正在琢磨我们这些德国人是如何理解和处理待客之道的，亲戚之间的关系又是通过什么具体途径来维系的。

在第一排安排着这样一个位置：从排位学的角度看，这位置特意与老爸和斯维特拉娜在第三排的“危险领域”保持了一定距离。那个位置上坐着我的妈妈，而我现在正看着她。

她的头发很短，染成红色，看起来像是哪个企业工会的主席。和我们刻骨铭心的记忆中所留下的影像相比，她明显有活力多了。在那时，满脸疲惫的妈妈穿着蓝色的长浴袍坐在早餐桌前，对我和卡塔说：“我跟你们的爸爸分手了。”

妈妈十分耐心而温柔地给我们这两个完全没经验、吓了一跳的孩子解释，她早已不爱爸爸了；她不过是因为我们，才选择和他继续生活；她不过是不能继续生活在一个谎言之中。

当然，此时此地，我已经知道，对妈妈而言，和老爸离婚恰恰是她人生当中最为正确的一个选择。在离婚之后她终于能够进入大学，实现成为一名心理学专业学生的梦想。在离婚之前，老爸总是泼她冷水，不让她重回校园。

妈妈现在住在汉堡，开了一间和伴侣心理状况咨询相关的诊所。鉴于她多年的丰富实践经验，这倒是再适合不过了。相比以前，妈妈已经变得相当地独立和自信。尽管她此时过得再称心不过，我的内心深处却依然有那么一点私念——如果一切可以重来，希望妈妈还能继续生活在谎言里。

“结成一桩姻缘，实属不易。”在念祝词时，加百列牧师声如洪钟地告诫现场众人，“但是，其他事情更难。”

这可不是那种“今天天气真好啊，让我们尽兴庆祝、高呼万岁！”类型的婚礼祝词。当然，从加百列牧师那里，我们也不能期待太多。当听到他的首句发言不是“因为要办庆典而特地跑来毁掉我的教堂的人类啊”，我都要感天谢地了。

在加百列牧师忙着发表祝词时，思文一直在上上下下地看着我，一脸的幸福。那样子甚至有些幸福过头了，让我几乎无法直视。相比之下，我似乎无法感受到和思文一样的幸福感。尽管我在努力地调整心情，希望能表现得开心，但很可惜，就是无法做到。这显然是因为之前跟老爸吵了架，把我的好心情搅了个七零八落。

我费尽全力地调动脸部肌肉，想显得容光焕发一点。但我越是尽力，就越像是患上了面部痉挛。纯粹是出于良心，不让我的思文难堪，我选择把视线从他身上移开，仔细打量起这个礼堂来。很快，我的注意力就被祭坛上那座挂着耶稣的受难十字架所吸引。

我脑中突然蹦出中学上神学课时大家时常调侃耶稣的那个玩笑：“嘿，耶稣啊，你挂在那儿做什么呢？”“噢，亲爱的保罗，我只是挂在这儿而已，并不特意要做些什么。”

然后，我看见耶稣双手上被钢钉穿透而成的血窟窿，全身上下不由得打了个冷战。被钉死在十字架上，这该是怎样一种血腥而残忍的蠢事呀！究竟是谁出了这样一个馊主意？这种灭绝人性的暴行！决定实施这件事的人肯定有极度严重的童年阴影。

那么耶稣呢？他明明知道自己会遭遇些什么，又为什么要选择走这一步，为什么要选择自我牺牲？

其实每个人都知道标准答案：他要用自我牺牲的方式来洗清凡人的全部罪孽。但是，耶稣是否真有选择权呢？他难道真是经由自己的选择才义无反顾地走上自我牺牲之路的吗？从小时候起，他的命运便已被决定。圣父派他到人间来，这是《圣经》上说的。然而这是什么样的父亲，竟然会让自己的儿子做出这么大的牺牲！想想《超级奶妈》[①]会对这样的父亲下怎样的评语：“滚回你的野人洞去！”

我突然觉得恐慌：在教堂里指责上帝，这实在不是件好事，更别提是在自己的婚礼上了。

上帝，请原谅我，原谅我吧。我在心里默念道。只是，耶稣在死前非得受此折磨吗？这些真有必要吗？我的意思是，除了在十字架上因失血过多而死，就不能有其他某种稍微好些的牺牲方式吗？更人性化一点的，或许可以用液体安眠药剂来施行安乐死？？

不过（我又开始异想天开了），换个角度想，如果耶稣真是喝安眠药而死，那岂不是所有教堂里的十字架都得被取下来，换成装安

---

① 德国RTL电视台模仿英国《超级奶妈》节目所做的一档综艺节目。节目根据婴儿的哭声或不合作程度对父母照料小孩的表现进行评估，一旦婴儿的不满达到顶峰，父母就会被发配到“野人洞”，并丧失获得赞助商奖励的资格。

眠药的玻璃瓶了。

“玛丽亚！”加百列牧师仿佛歌剧演员般具有穿透力的声音，突然在我耳边响起。

我被吓了一跳，赶紧回神应道：“哎，我在这儿！”

“我正在问你问题。”他对我说。

“是的，是……我一直在听您说。”我有些不好意思地敷衍道。

“好吧，那么你是不是也该回答一下？”

“啊，好啊，为什么不呢？”

我看了一眼满脸疑惑的思文。然后又看了眼在场的来宾——看着那一双双错愕的眼睛，考虑自己应该如何摆脱当下的窘境。

很遗憾，这题目太难，我实在是无能为力。

“啊哈，那个问题……能再说一遍吗？”我把目光移回加百列牧师身上，惴惴不安地问道。

“你愿意嫁给思文吗？”

我的脸上一阵红又一阵白，心头五味杂陈，无以言表。这显然就是那种希望自己能立即昏迷、最好再也不要醒来的时刻。

教堂里一半的人在大笑，另一半则显然吓了一跳。我看到思文那一脸疑惑慢慢释然，他做了个开心的鬼脸。

“呃，只是开个玩笑。”加百列牧师解释道。

我大大地松了口气。

“我问你，是不是已准备好结婚宣誓了？”

“很抱歉，我刚刚有点走神了。”我小声解释道，“在想些其他的事。”

“我能问你在想些什么吗？”

“关于耶稣的事。”我实话实说。不过，具体细节最好还是别让他们知道。

加百列对我的回答十分满意，来宾们自然也是一样，思文也在冲着我微笑。在婚礼上因为想到耶稣而没有听到牧师的祷语，这个理由无懈可击。

“那么，我们可以结婚宣誓了吗？”加百列问道。

我点了点头。

教堂里突然变得很安静。

加百列转过头去向思文发问：“思文·哈德尔，你愿意迎娶玛丽亚·霍尔兹曼——这位上帝托付给你的女孩为妻，爱她，尊重她，在上帝的祝福和指引下履行你们神圣的婚约，相濡以沫，无论生活顺意抑或艰难，都能共同面对，直到生命尽头死亡将你们分开吗？如果你愿意，请回答：在上帝的帮助之下，步入婚姻的殿堂，我愿意。”

思文的眼睛里有泪珠打转，他郑重庄严地答道：“在上帝的帮助之下，步入婚姻的殿堂，我愿意。”

简直不可思议，这世上居然真的有这样一个男人会想娶我！婚礼真正进行到这一步之前，谁能预料到这点？太不可思议了！

得到肯定的回答后，加百列回头看向我。我紧张得要死，双腿不停颤抖，胃酸汹涌，胃袋几乎要翻到身体外面来。

“玛丽亚·霍尔兹曼，你愿意嫁给思文·哈德尔——这位上帝托付于你的男人，爱他，尊重他，在上帝的祝福和指引下履行你们神圣的婚约，相濡以沫，无论生活顺意抑或艰难，都能共同面对，直到生命尽头死亡将你们分开吗？如果你愿意，请回答：在上帝的帮助之下，步入婚姻的殿堂，我愿意。”

此时此刻，必须回答“在上帝的帮助之下，步入婚姻的殿堂，我愿意”——这我当然清楚！不过，我却突然发现，“直到生命尽头死亡将你们分开”似乎有点问题。从现在到死还有好多日子要过，实在太长了点！这肯定是根据当时人们想问题的方式来的：那时，基督徒的平均寿命不过三十来岁，然后就会在他们的破茅草屋里病死，或者在马克西姆斯竞技场[1]里被狮子分食。现在可不一样了，现代人的平均寿命已经是八十岁甚至九十多岁了。科技进步飞快，医学如此发达，在不久的将来，人类肯定都能够活到一百二十岁。虽然我并没有加入私人医疗保险，但最起码也可以活个八九十岁吧，到那个岁数……

“咳咳……”加百列清了清嗓子，显然是希望我能够快点回答。

我挤眉弄眼，试着去争取一些缓冲时间。在场来宾肯定会觉得我是被眼前的场面感动了，以至于无法正常回答。因为想起了《毕业生》这部电影，我把视线移向教堂大门，在电影里，达斯汀·霍夫曼闯进教堂劫持了新娘。于是，我又开始幻想：马克或许听说我要举行婚礼了，正开车直冲向马伦特镇，马上就要一把推开教堂大门……噢，我居然会第一时间想到马克，这可不是什么好兆头。

“玛丽亚，现在是你必须说‘我愿意’的时候了。”加百列牧师用接近威胁的语气，一字一顿地说出了前面这句话。

好像我自己不知道似的！

因为过度紧张，思文咬起自己的嘴唇来。

这时，我突然在人群中看见了妈妈，不由得问起自己：跟思文在一起的婚姻生活，会不会像妈妈和老爸的那样收场呢？会不会有一天，我也会在早餐时间对我的女儿说：抱歉，玛瑞卡和玛雅，我跟你们的爸爸之间早就没感情了。

---

① 古罗马竞技场。

“玛丽亚，请马上回答！”加百列牧师命令道。

整个教堂静寂无声，所有人都在等待我的回答……我紧张得胃袋痉挛、蠕动，发出咕噜咕噜的声音。

“玛丽亚……”思文似要恳求，但欲言又止。等待的时间太久，他有些心慌意乱了。

我想着自己那两个尚未降生的女儿的眼泪，突然想通了之前跟卡塔聊天时发现的那个谜题：我为什么不想跟思文要孩子。

我爱他。但还不至于一生一世。

那么，好吧，比较一下，哪件事伤一个男人更深。是现在就说“不，我不愿意”，还是未来某日和他分手？

7

“唉，我做了什么，我这是做了什么啊！”我坐在教堂女洗手间冰冷的地板上放声大哭。

“你刚才说了‘我不愿意’。”卡塔替我答道。我的姐姐紧挨着坐在我旁边，确保从我手上飞出的满是眼泪鼻涕的手纸团能够顺利在纸篓里着陆，不给教堂清洁人员添麻烦。

“我知道自己做了什么，嘿！”我咆哮道。

“这显然是个正确的决定。我的妹妹，你可真是诚实又勇敢！”卡塔一边安慰我，一边又帮我抽出了些手纸。“可不是什么人都具备这样的勇气。大部分处于你刚才状况的人都异口同声地回答了‘我愿意’，这可不就酿成大错了！不过也得承认，要做选择，不一定非得等到这个时候——你之前其实有更合适的机会打发掉思文……”

“宾客们都走了吗？”我问道。

“都走了。那些特地来参加婚礼的孩子在未来面对婚姻问题时，肯定都会有特别大的压力——你可给他们造成了相当严重的心理阴影！”卡塔调侃道。

“那个……思文，他怎么样了？”

“他正等在洗手间外面，想要跟你聊聊呢。”

我停止了抽泣。思文等在外面吗？如果我对他解释清楚一切，他或许能够明白，其实我是为了避免在未来给他造成更多伤害才会做出刚才的决定。结婚只会让我们变得悲惨、失去原本的幸福生活。没错，他肯定能懂，即使我给他造成了这么大的麻烦，他也能理解——

他是个善解人意的人。

“请他进来吧。”我对卡塔说道。

“我不觉得这是个多靠谱的主意——”

“请他进来。”

“‘我不觉得这是个多靠谱的主意’的意思是：这实在是个糟透了的主意！”

“让他进来！”我坚持己见。

“好吧。”

卡塔站起身推门出去了。我跌跌撞撞地站起来，顾不上展平身上皱成一团的婚纱，走到镜子前，看着那张布满泪痕、眼影脂粉都花了的脸。

我往脸上拍了些冷水，妆更花了。

思文进来了，眼睛红通通的，显然也哭过。我希望他可以原谅我……思文是个很有礼貌又很正派的男人，肯定会原谅我的。

“思文……”我走到他身边，搜肠刮肚，想找到合适的措辞把我的想法组织起来。

“玛丽亚，你知道我是怎么想的吗？”思文却不给我这个机会。

“不知道……那个，你怎么想的？”我小心翼翼地说。

“从今天开始，你只好自己做脚底按摩了，瞧瞧你肚子上的救生圈吧，我很怀疑你够不够得到自己的脚丫子！”

我震惊了。

思文却不管我，径自摔门而去。

卡塔轻轻把胳膊搭在我肩膀上，说道：“看起来，他显然没你想的那么爱你。”

如果可能的话，我真希望自己就老死在这个女洗手间里算了。

可加百列牧师当然不会同意。他请我快点离开，不过出乎意料的是，他连一句责怪我的话都没有说。

他是这样说的："不管怎样，《圣经》里也并没有规定，人们在回答'你是否愿意'这个问题的时候必须回答'我愿意'。"

在离开教堂的时候，我在无意间又看了一眼教堂里挂着的某张耶稣画像。我不禁回忆起加百列在给我们上神学课时所讲到的内容：为了让某场婚礼得以顺利进行，耶稣曾经把水变成了酒。好吧，看来今天是用不上这样一位婚礼嘉宾了。

回到仪式礼堂，我发现思文的亲戚朋友已经走光了，这倒使我长出了一口气。就在几分钟之前，我还担心会遭遇偏僻小村庄对问题妇女施行的古老石刑呢！此刻，只有我那很少的几位家庭成员留了下来：妈妈、老爸、米基还有斯维特拉娜。（她现在肯定在默默感慨："我千方百计想挤进去成为其中一员的，究竟是个怎样的家庭啊！"）

老爸正在责怪妈妈："从根本上说，这都是你酿下的恶果。正是因为你离开，孩子们才没办法跟别人结合——她们对外界失去了信任。"

听到这句话，我马上就想躲回厕所里去了。

但显然已经晚了，妈妈看见我了，而且马上就冲我大喊："宝贝啊，如果你心里有话，一定要来找我倾诉……"

好吧，我确实应该在妈妈那里接受心理治疗了。

"到汉堡来跟我一起住吧，我很欢迎你。"妈妈向我提出了建议——不过，相较于单纯的母爱，这建议显然更出于自责以及多年来专业心理治疗师工作中形成的条件反射吧。

老爸也赶紧加入对话，提出了他的意见："你可以搬到你原来的房间里去住。"

不管我之前怎样挤兑过他的斯维特拉娜，不管他现在是否还在生气，我始终都是他的女儿，而且，他的屋子里始终都留有我的一席之地。人生真奇妙，我突然觉得很感动。

就连米基都愿意帮我：“你也可以在我那儿过夜。我有些很不错的恐怖电影可以拿来消遣，比如《电锯惊魂》系列，还有那部有名的《落跑新娘》。”

尽管遭遇了这么糟糕的事，我还是忍不住笑了起来。比起思文或者马克，米基总能逗得我开怀大笑。可惜的是，我的荷尔蒙对米基毫无反应。

“你跟米基是青梅竹马啊，”卡塔悄悄在我耳边嘀咕，“跟他结婚吧。”

她居然这样建议，可我从没这样想过。我半怒半羞，脸瞬间就红了。

“哈，看你这小脸红的，算是默认了？米基老早就想要你了呢。”卡塔补充道。

“首先，他一点都不想要我。”我反击道，“其次，我和米基之间可是实打实的柏拉图式的纯洁友情！”

“玛丽亚，”卡塔回应道，“柏拉图就是个大白痴。”

我回绝了米基的恐怖片建议和妈妈的心理疗法，同意了老爸提出的主张。离开教堂之后，我便直接回到了小时候住过的那个房间。房间看起来和过去一模一样，这倒令我感觉有些揪心。墙上张贴着各种少年乐队组合的海报——这些少年，现在极有可能正领着哈茨IV[①]的补助金，苟延残喘，努力谋生。

① 施罗德执政时期德国出台的一项社会保障金措施。

我脱掉婚纱，仅穿着内衣（除此之外，我没有其他衣服了）倒在自己那张丝绒罩面的旧床上。

我意志消沉，头脑混沌，仰躺在那儿，盯着天花板发呆——天花板上有一块大得很显眼的水渍：屋顶漏水了。老爸说，最近会请人过来修好它。听起来不错，但这总让我觉得余生似乎就得在这个房间里度过了。好吧，也不赖，反正我不想出去了。就躲在这屋子里，再也不去面对那该死的世界。

卡塔坐在我房间的地板上，背靠着我的床。她没有说话，只是静悄悄地在漫画绘图本上涂涂抹抹。过了一会儿，我偷偷凑过去检查她的劳动成果。

“所以说，你下一周的全部连载都会围绕着我这场失败透顶的婚礼来展开喽？”我问道。

“下两周的。”卡塔冲我微笑。

“好吧……对了，这个系列漫画到底要画到什么时候？”

“直到你真正长大成人。”她亲切温柔地回答。

“喂，我已经是个成年人了！”我心虚地抗议。

卡塔仿佛能够直接看穿我内心：“不，你不是。”

“这句话从一个再也不追求稳定关系的女人口中讲出来，还真是没有说服力。”姐姐这句话气到我了，我立即回嘴道。

自从在医院和莉莎分手后，卡塔解决生理需求的方式不过是和其他女同性恋们玩一夜情：她没有再去开始一段新恋情。

“不把自己束缚在某个人或者某样东西上，更多地着眼于享受当下——这显然更明智。”卡塔冷淡地回应了我。

卡塔说的这句话再一次向我证明，爱情已经在我姐姐的心底彻底幻灭了——毫无希望。不过，我现在也糟糕透顶，没资格说些什么。

“能让我一个人静静吗？”短暂沉默之后，我问卡塔。

“你一个人可以吗？”姐姐问得很小心。

“可以。”我故作勇敢地向她保证。

于是，姐姐吻了吻我的额头，迅速收起她的一堆东西，离开了我的房间。我从旧写字桌里找出纸和笔，端端正正地坐在床上，打算列出到目前为止我人生中的成功和失败——这是那位心理治疗师建议我做的：“身处人生危机中，列个这样的表，会发现情况并没有自己想的那么糟。”

迄今为止我人生的失败之处

1. 因为对自己要嫁的男人没有足够强烈的感情，导致婚礼告吹。

2. 被自己倾注全情的那个男人欺骗，他跟一个穿 34 码衣服的小婊子跑了。

3. 上一次穿 34 码的衣服是在三十年前。

4. 我讨厌现在的工作，比巴勒斯坦人憎恨犹太人的情绪更甚。

5. 我没指望再找个新工作。

6. 除上述几点之外，我也没几个知心朋友。

7. 鉴于我对思文所做的过分事，马伦特镇上至少半数居民都会恨我入骨。

8. 我又住在小时候住过的房间里了。

9. 我已经 35 岁了。

10. 卡塔说的显然没错：我还没长大成人。

就是这些，我想不到更多了。

算起来，只有十个失败处，还凑不够一打呢！果然情况没那么坏。不过，仅是这十条便已涉及我人生的方方面面了：爱情、工作、友情、性格。

当然，我也并非一无所有，下面是我的成功列表：

迄今为止我人生的成功之处

1. 我有个卡塔这样的姐姐。

我花了很长时间才想到第二条：

2. 情况不可能变得更坏了。

写到这条时，我听到卧室里传来老爸的呻吟声。

然后是斯维特拉娜令人销魂的声音：“全给我吧，宝贝！”

于是，我默默地把第二条划掉了。

8

（与此同时）

有些人会为忠诚的爱献身，有些人会为毕生追求的事业献身，也有不少人死于反应迟钝。不过，和加百列牧师比起来，这些可怜的家伙通通属于业余玩家。三十年前，他除了四大天使长的身份，还有许多不能忽视的——比如他的翅膀和永生的特权都被一并牺牲殆尽，而这不过是因为作为天使的他爱上了一个凡间女子。这类事并非没有先例。有很多天使和凡人恋爱、私奔，加百列虽然看在眼里，却不认为这种事也会发生在自己身上。他可是堂堂天使长，大天使加百列，一切天使的统领者！向圣母玛利亚报喜，说她将会有一个孩子的，就是他。

然而，某位身处人界的年轻女孩有天竟入了他的眼，并在他心里（这当然是比喻的说法，实际上，天使没有任何人类器官）造成了极深的触动。自此以后，加百列每次见到她都会感到开心，尽管他没有人类的五脏六腑，却能明显感觉到自身体内部焕发和激荡而出的新生迹象。

加百列第一眼看见这个生物时便宣告沦陷。尽管在他永生不灭的生命当中曾经见过无数位风华绝代的佳人，埃及艳后、抹大拉的玛利亚，还有一个神秘的女孩，达·芬奇曾以她为主题画过《蒙娜丽莎》。他也遇到过很多颇具勇气和胆识的女中豪杰，比如圣女贞德。他对她印象深刻，甚至有点着迷，只是这女孩一旦发起怒来他可有点招架不住。

但他爱上的那位小姐却相当平凡。跟成千上万的其他平凡女人噢，不，应该说和其他数以亿万计的女人没什么两样。天使长加百列自己也说不清楚，为什么只有这个女人尤其令他着迷？究竟是什么令他突然陷入如此愚蠢的凡人俗事中了。他甚至都搞不清楚，为什么她光是梳理头发就可以花上好几个小时。没错，爱情具有这种不可思议、令人错愕的特性，完全无法用言语解释——即使是天使，也一样做不到。

加百列花了很长时间来对抗这种感觉，但最后，他终于还是请求上帝赐予他肉身，让他有机会去追求那个女孩。上帝应允了他的要求，于是加百列失去了翅膀，成为躲不开生老病死的凡人，开始试着赢得美人心。不过，很遗憾，一切的努力都是徒劳。她并不爱他。

这些拥有自由意志的讨厌人类！

他挚爱的女人嫁给了另一个男人并且生了两个孩子，卡塔和玛丽亚。

在婚礼搞砸后的第二天一早，加百列出人意料地出现在玛丽亚的妈妈位于汉堡市的寓所门前，他跟她已经有十多年没有联系了。

她并不知道，他依然深爱着她。她同样不知道，他曾经是个天使。上帝把他和其他三百位在数千年历史当中和人类相爱的天使变成了凡人（除了他还有奥黛丽·赫本），并禁止他们向任何人表明过去的身份。

“西尔维亚，你读过《圣经》里的《启示录》吗？”加百列急切地问她。

“读过，那一卷很令人吃惊，讲述的事和叙述的笔调都让人感到心神不宁。”西尔维亚答道。

“很多人都不知道《启示录》。”加百列埋怨道，“《启示录》构成了《圣经》的最后二十二节。”

“很多人读书只读一半，不看结尾。”西尔维亚微微一笑。

“但是读完全书很重要！”加百列斩钉截铁地说。事实上，大部分《圣经》的阅读者都把来自上帝的话语视作文化自助餐来消遣，只挑选那些符合自己观点的文字。这让加百列十分不满，他去吃自助餐时，一定会每样菜色都尝一点的……噢，至少他在年轻时会这样做，现在他总受常发性胃灼烧的折磨，每餐都不能吃太多——凡人之躯真是问题良多！

“平和点吧。”玛丽亚的妈妈微笑道，“《圣经》的这部分提到，正义和邪恶将有一次最终圣战，读起来就好像是编得不够理想的《指环王》一样。”

“《圣经》可不是什么《指环王》！”加百列抗议道。

“但还是很像啊。比方说，撒旦派了三个末日骑士前往地球……”

“是四个，四个！”加百列纠正道，“战争、饥荒、疾病和死亡。”

“于是耶稣再临人间，打败了撒旦和他手底下那几个叽叽喳喳的骑士。”西尔维亚并不把加百列的话当一回事。

“没错，耶稣正要做这件事呢。”加百列也并没听出来讥讽之意。

“做完这一切后，耶稣在上帝的帮助下在人间创造出了‘新天新地’。”西尔维亚的嘴角扬得更高了。

“确实会这样！”

“噢，单看这些内容，难免会让人觉得参与撰写《圣经》这一部分的圣约翰平时都是靠种大麻为生的。”

听到这话，加百列突然感到万分担心：他的心上人对《圣经》内容并不虔敬。他马上说出了《圣经》中的相关要点：“并不是每个人都能被耶稣带往‘新天新地’的。”

“啊哈，这么说来，我到了这把年龄倒要开始信教了吗？”看到加百列这样关心自己，西尔维亚心中竟升起了一股莫名暖意。

“当然！否则还会再被诅咒一次的[①]！”加百列嚷道。

他这话让西尔维亚误会了：“这可是我第一次听到你骂人。”

“呃，我的意思是所有不信教的人，都将受到惩罚。”加百列只得再轻声细语地解释一遍。

“但我们这些不信教的人，此时此地显然比信教者活得更好些——至少不会被《圣经》中的鬼话唬到！”她反驳道。

说完这句话，西尔维亚便懒得搭理加百列，低头看了看手表，她赶着去诊所，有个病人约好了时间在等她。不过，工作归工作，刚刚激动起来的加百列倒真是可爱极了。这家伙，为什么会在今天突然冒出来呢？

会留意到加百列的存在，是因为前夫找了个年轻漂亮的白俄罗斯小妞做伴，这突然令她恐慌，害怕一个人孤独终老——这是她根据分析心理学得出的结论。进一步的结论是：自己对前夫的感情生活有如此反应实属正常。不过两个女儿的父亲毕竟劳累多年，好不容易享受一下也是应该的。

加百列跟她道别：“我今天晚上还会再来拜访的。”

她在他的脸颊友好地一吻，便快步下楼离开，前往诊所赴约去了。

加百列却被那一吻弄得意乱神迷，原来，被心仪的人吻竟会如此美妙。现在，他更加不愿意失去她了（尽管之前也是非她莫属）。不过他没有多少时间来从一堆不信教的人当中拯救他的真爱了，因为耶稣已经再临人间。

---

① 原文 Verdammt nochmal，意为“再次诅咒你”，通常理解为“去死吧你”。

9

一觉梦回，我在自己儿时的房间里醒来，得出一个毫无疑问的结论：我就是个彻彻底底的怪物[1]（三十多岁的女人，没有任何自信，没有结婚，没有活力，甚至连思想都像个儿童一样不成熟）。疲惫又虚弱地躺在床上，我觉得很不舒服。夜晚令人压抑，白天又雨落纷纷。按照原定计划，我现在应该正坐在飞往福门特拉岛[2]的头等舱内，由空中小姐递上美味的午餐面包。现实情况则是，我躺在小时候住过的房间里，看着天花板上那块因为下雨而变得越来越大的水渍，不断问自己是否应该趁此良机患上酒精依赖症。

我把视线从水渍上移开，环视房间，看到了那台旧式小型立体声录音机。十来岁时，我最喜欢听的单曲一直都是那首《努力活下去》。我会把录音机开得很大声，然后在房间里跳来跳去，像只嗑了摇头丸的小袋鼠。

在那短短的四分钟里，我会发了疯似的狂蹦乱跳，一曲终了，倒在床上缩成一团，在心里悄悄问："我真能活下来吗？"接下来，已经跳得浑身是汗的我会把那盘《我就是我》放进录音机里，但这首歌的效果就要弱得多了。尽管如此，我仍会问自己："'我'究竟为什么是我呢？"

现在，事实再清楚不过：我是个怪物！同样的，我很确定，如果

---

① 原文使用的是英文"Monster"，其每一个字母分别为括号内各个单词注解原文的首字母。

② 地中海西部一个以旅游业为主的岛屿，隶属西班牙。

不出现奇迹，我活不下去。

我双手交叠做出祷告的姿势，向上帝祈求奇迹："亲爱的上帝，求求您至少显一次灵，让一切都好起来吧。随便怎么做都好……呃，我也不清楚，总之，怎样都好。最关键的是，请让一切都好起来吧。如果您真那样做了，我每周会老老实实去教堂的。真的！绝对说话算数，不管牧师布道有多无聊，也会坚持如一。呃，我保证不打哈欠，不去想关于耶稣的事……我的意思是，再也不像昨天婚礼时那样，去妄自乱想关于耶稣的陈年往事。除此之外，我还会捐出十分之一的（或者您说了算，爱多少是多少），我会至少捐出十分之一的收入用于慈善事业……噢，不行，还是先定二十分之一好了，否则我自己就没饭吃了。嗯，那个，如果您直接要求我的话，也可以上涨到十五分之一吧——这应该能成，如此一来，我还是付得起车贷的……好吧，好吧，如果确实有必要，十分之一也是可以的！最关键的是，不要再让我像现在这样痛苦！嘿，在这世上，钱又算得了什么！人又不是非要开车才能活，汽车还会污染环境呢！怎么样怎么样，您觉得这笔交易如何？我信教了，对您全心全意，同时还能减少二氧化碳排放；而您就让一切都好起来吧，这样就好。我的上帝，如果您同意，请给我一个信号吧……不，等等！不要，不要，别！我们调整一下，如果您同意，就什么信号都不要给我！保持现在这样，这样就好！"

实话实说，有"信号"出现，也不是全无可能：从公平性方面来讲，总算是无可挑剔（所以我才觉得这是个很聪明的决定！）。很自然地，我在房间里左右张望了一会儿，如果确实什么信号都没有，一切就该好起来了。我会变得很幸福，即使到手的收入会变少，车也开不起了，星期天还得浪费在教堂里。

我心里默念，祈望上帝千万不要在我面前给出什么信号来。

就在这一瞬间，天花板上大块被雨浸泡得松软的墙灰突然掉了下来，正好砸在我脸上。我只好从床上爬起来把脸弄干净，吐出呛进嘴里的灰浆。

如果真有上帝，这显然就是个信号了。

同时，这也意味着上帝并不接受我提出的条件。于是，我思前想后，想找找在这笔交易里面，还有哪些可改进的地方。

上帝肯定不会希望我去当修女。进一步讲，如果我真成了修女，就再也不能享受性生活的乐趣了（按照这个逻辑，修女们必定都患有性饥渴症，至少她们在相关的书和电影里表现得都像患有性饥渴症）。

仔细想想，在这些作品当中，她们一开始都十分自律、节制，但随即便被证实这些都是伪装，她们天资聪慧，怀有生来即被上帝赐予的母性本能……假设上帝同意了我成为修女的交换条件，我当真成了一名修女，那么剧情安排到此，或许某位神父就该恰到好处地出现了，比如在苹果收获的季节，而且这位神父还得是马修·麦康纳[①]那一种类型的，这个神父大概也有颗受创的心，就和我此时一样，或许他那位身在爱尔兰的妻子因为一时疏忽跌落悬崖，怀里正好还抱着他们唯一的孩子……自那以后，神父再也无法接受爱意。不过，当他看见我的时候，这种无爱的局面将瞬间改变……

突如其来的敲门声把我从无边的妄想中拽了回来。

“谁？”自己的幼稚行为被打断，我有些不悦。

“是我。”是老爸的声音，听起来有些生硬。他虽然慷慨接纳了我，

① 美国男影星。

但其实我们并没有和好如初。

“干、干什么？”我又问道。如果没出婚礼这事，我本会和老爸大吵一架的，但现在没精力了。

“咳，我带了个木匠过来，他说他可以帮忙看看天花板漏雨的情况。”

我看了一眼遍地的墙灰，感觉自己嘴里还残留着灰浆味，于是心想：“哈，这该死的木匠，要是能早来一天就好了。”

“他必须从你房间的天窗出去。要上屋顶，只能这样。”老爸补充了一句。

但我现在灰头土脸，眼睛跟烂桃子差不多啊！还有，我的身体也很不舒服，整个人都不对劲——无论如何不能这样示人！不过话又说回来，差不多整个马伦特镇的居民对我都没什么好印象了，一个木匠怎么看我似乎也无关紧要。毕竟，如果我真要在这个小房间里悲惨地度过下半生，确保头顶的天花板不会整个儿掉下来砸到我脑袋上，或许是件比脸面光鲜更关键的事。

“稍等一下。”我对老爸喊道，“我穿好衣服。”

即使要灰头土脸地见人，总不能只穿内衣吧。

可这里并没有我可以穿的衣服，它们都在我跟思文曾经的爱巢里呢！不过，我青年时代的衣橱里，肯定还有些可以凑合穿上的衣服吧。我打开了衣橱，找出了几件套头衫还有牛仔裤。挑来选去，勉强穿上了一件老式挪威风格的套头衫，往镜子前一站，就像一根两头没封口的挪威大香肠。年轻时的牛仔裤现在已经穿不下了。拉链拉不上，屁股太大，整个儿露在外面（实践证明，每过十年我肚子上的救生圈就多长一层，整个人也像气球一样逐渐鼓起来）。

“玛丽亚，你还要多久？”老爸不耐烦地问。

无奈之下，我的脑袋开始飞速运转：卡塔的衣服我肯定也穿不了，斯维特拉娜的当然也不可能，所以这两个人我连问都不必问。

“玛丽亚！”老爸催促道。

简单的逻辑推理后，我清楚自己已经没有选择了，我又穿上了婚纱，把脸上的白色墙灰抹匀——在镜子里照照，看起来像个女怨灵，就差没把脑袋摘下来放在胳膊底下夹着了。当然，这种装扮对我来说难度也有点太高了。

打扮完毕，我打开了房门。老爸被我的样子吓了一跳，短时间里有点搞不清楚情况，嘴里咕哝了一句：“哦，又想结婚了吗……其实还是可以慢慢来的，不是吗？”

意识到我只有这一套衣服可穿之后，老爸不再啰唆，直接转身对跟在身后的人招手示意，让他过来。“玛丽亚，我来向你介绍，这是约书亚。他是个特别好的孩子，会帮我们把屋顶修好的。”

那是个中等身材的男人。穿着衬衣、牛仔裤和羊皮靴，皮肤颜色略深，颇具地中海风情，头发微卷，胡子蓄了个不错的造型。我用被墙灰折腾得够呛的眼睛盯着他看——大概有那么十分之一秒，我觉得他真有一点像比吉斯乐队中的一员。

10

“约书亚，这是我的女儿玛丽亚。”老爸把我介绍给他。因为知道我目前有些古怪，他又赶紧补充了一句：“她平时不是这样的。”

木匠约书亚正用那双深棕色的眼睛盯着我。眼神深邃庄严，让人感觉历经世事变幻、沧海桑田。被这双温柔的眼睛如此注视，我心头小鹿乱撞，招架不及。

“你好，玛丽亚。”约书亚的嗓音低沉性感，让我不觉意乱情迷。不仅如此，这位木匠先生还主动握住我的手表达问候。他握得很紧，这令我感到十分亲切和安全。霎时间，我内心深处升起了一股莫名的感觉。

“啊！那个……”我十分费劲地挤出这么一句话。现在的我，实在太不在状态，没办法吐出一个完整的句子来。

“很高兴认识你。”他初次见面的问候语其实很古板，但经由那迷死人的嗓音说出来，顿时具有了难言的魔力！

“认识……哈……”我继续语无伦次地回应。

“我想看看你们家的屋顶。”约书亚说。我用只有自己能听懂的语言同意了：“咕……行……”

他马上就松开了我的手，几乎是在那一瞬间，我完全失去了安全感。我希望他能再次握住我的手，马上！

约书亚并不理会我的心情，他拿出一根长钩，打开了屋顶天窗，架上梯子，用手扶好，一步一步爬了上去。他身形健美，肌肉发达，手脚并用向上攀爬的时候，身体各部分的姿势……简直堪称完美！

我在下面呆呆地瞧，突然醒悟——自己居然一直盯着他的屁股看。直到这位木匠消失在天花板上，我才终于能勉强认真地思考问题。“就让那完美的屁股保持完美吧，得赶紧逃跑了。”我一边这样想一边飞速逃离房间，跑去敲卡塔以前房间的门。她开了门，只穿件内衣，哈欠打得像刚吞掉俾格米人①的鳄鱼。

“你能帮我找点衣服穿吗？”我问道。

“唔，那我开车替你去思文那儿取，好吗？”

“如果我自己开车过去，会酿成一桩在争吵中意外杀人的惨案。”

“照他昨天生气时的架势，确实很有可能……”卡塔表示同意。

她又打了个哈欠，伸了个大大的懒腰，突然全身抖动了一下。她说她头很痛。听到这句话，恐惧感瞬间传遍全身。

卡塔发现我表情不对，马上安慰我：“不是病情反弹！不过是我昨天晚上灌了瓶红酒而已。那酒的味道真是糟糕透了。”

我松了口气，想要像平常一样吻吻她的脸颊，但立刻被她伸手挡住了：“先去刷牙洗脸！亲人之前记得先搞定卫生问题！”

洗漱完毕，我懒洋洋地坐在厨房里，拿着杯咖啡发呆。厨房里只有我，老爸和斯维特拉娜赶早班飞机去波罗的海玩了。斯维特拉娜很可能会成为我的新妈妈。一想到这件事，我就拼了命地想要清空并重启大脑。好不容易把这想法赶出脑海，我又开始深思自己迄今为止支离破碎的人生，为什么事情总是往不好的方向发展呢？人多少得从不幸中学到点什么的，不是吗？如果我不能好好地从这次不幸中吸取教训，并把人生引上一条通向幸福生活的全新道路，如果事情到了这个程度都还做不到岂不是很可笑？简直要笑死人了！

---

① 分布在中非一带的矮小土人。

只是，如果我真没做到又该怎么办？如果我一直都很倒霉、一直保持这种惨兮兮的状态又该如何是好？

与其深思这种绕来绕去的事，倒不如转回头去想想斯维特拉娜了。

啧啧，比起斯维特拉娜，我倒更愿意去想想约书亚……

那个人简直是光芒四射！瞧那双眼睛，那富有磁性的嗓音……我敢打赌，如果这个木匠不再继续木匠生涯，就凭他那张脸，肯定可以为许多人带来福音！我想想，他应该可以去做……唔，可以去做……不做木匠的话，或许能做房屋外墙专业隔热保护方面的工作？噢，停！看我在胡思乱想些什么？这方向肯定偏了。

让我回忆一下他刚才对我说了些什么吧。他说，他很高兴认识我。话很老套，但是态度很真诚。而且他在说话的时候，没有死盯住我的乳沟看，其他大部分男人在初次问候女士时都会来这么一下。

他脱口就称我为“你”，没有使用敬称[①]。不过，这样做或许并无深意，只是因为他来自南方，意大利或者类似的哪个地方，或者他在托斯卡纳地区有一套房产，没准房子是他自己造的……噢，他造房子的时候肯定裸着上身……

好吧，如果真是这样，他又怎么会辗转来到德国呢？莫非他在家乡惹了什么麻烦？又或者是工作上出了问题，在那里找不到活儿做了？

我的天啊！对这个不过是刚说了几句话的木匠，我居然零零碎碎地想了这么多！

终于，对于木匠的遐想被归来的卡塔打断了。我的姐姐从思文那里拎了整整两箱衣服回来。

---

① 在德国，陌生人初次见面一般都以“您”相称，只有彼此熟悉了之后才会用“你”。

“思文现在怎么样？”我问道。

“和你的状况差不多。”

“像是吃过之后又反胃吐出来的晚饭？”我又问。

“正是！”

我心里的负罪感简直超出想象，我还从来没有让一个堂堂男子汉这样不幸过呢！通常都是那些臭男人把我整得惨兮兮。我叹了口气，问卡塔：“你一定要今天离开吗？”

我真希望姐姐能再陪我一段时间。

“好吧，在你好起来之前，我还是待在你身边比较好。”

“能陪我整整一个世纪吗？”我悲戚地问。

“只要你需要，我责无旁贷。”姐姐对我微笑。

我紧紧地抱住了她。

“喂，你压得我都喘不过气来了！”卡塔装模作样地发出刻意的呻吟，我马上配合地回嘴道：“这也是我想要的！”

我整整抱了卡塔五分钟，然后欢天喜地地跑去换衣服，终于能穿上合身的牛仔裤和套头衫了，真开心。我们俩一起上楼，在卡塔的房间里做现在各自愿意做的事，卡塔继续画画，我则呆坐着顾影自怜。

过了一会儿，当我们路过我的房间时，我听到约书亚在屋顶唱歌，用一种我根本听不懂的语言，不是我之前自以为的意大利语。他简直像著名男低音歌手，一词一句都有摄人心魄的魔力。不过如果他唱的是“告诉我，你从哪里来？——嘿，我从精灵村来”[①]，可能会

① 动画片《蓝精灵》的主题歌歌词。

更打动人。

我对卡塔说要回房间去拿点东西，很快就过来。然后，我悄悄进去，顺着梯子爬上了屋顶。

约书亚正把一扇密封窗从窗框上取下来，立在屋顶上。他工作时步调慵懒闲适，但效率很高。看起来，他是那种一工作起来就全然忘我的类型。

我正这么想着，约书亚发现了我，歌声也随即停止。我很好奇他唱的究竟是什么，便开口问道："那个……呃……歌……是？"

这样提问可没办法让人好生回答！为了能够顺利说出至少一句话，我低头看着屋顶而不再看他，深吸一口气后，又试着问了一遍："你……刚才……唱的……是……什么……歌？"

"《圣经·诗篇》中关于劳作时愉悦感的一篇。"

"噢……好吧。"我被这个回答弄得有点糊涂了。实际上，我几乎从未将"劳作"和"愉悦"这两个词放在同一个句子中。至于"诗篇"，基本上就不曾在我和别人说话时出现过。

"嗯，你唱这首歌用的是什么语言？"经过一番努力，我终于能够看着他勉强说出一个完整的句子来了，秘诀就是放空视线，不被那双黑洞般深邃的双眼俘虏。

"希伯来语。"约书亚答道。

"是你的母语吗？"

"是的，我的家乡在现今的巴勒斯坦地区附近。"

巴勒斯坦，相比托斯卡纳而言可没多大吸引力。对了，约书亚说不定会是个巴勒斯坦难民？

"你为什么不继续住在那儿呢？"我问他。

"我在那里的时代已经结束了。"约书亚说这话的语气仿佛他是对世事沧桑、人间悲欢一概坦然接受的过来人。他看起来心如止水，又格外认真严肃，没有人会比他更严肃了！我甚至在心里暗想，如果能看到这男人真正地向我微笑该是件多么难得的事。

“你今晚愿意和我一起去随便吃点什么吗？”我问他。

听到这话，约书亚显然吃了一惊。不过，更吃惊的那个人是我——因为，我竟不假思索就说出了关于约会的提议。不到二十个小时之前，我还和思文一道站在教堂的圣坛前，差一点就要顺利地结婚；而现在，我居然在主动约另外一个男人，只为了看一眼他的笑脸。

“对不起，你说什么，能再说一遍吗？”约书亚问。

“呃……呀……哦……”我答道。

我心慌意乱地思考着该如何应对。应该缴械投降、装作根本就没发生过这回事吗？嘿！相较狼狈无奈地落荒而逃，我倒愿意更进一步，将原本索然无味的约会邀请变得俏皮幽默、妙趣横生：“约会——我说，《圣经·诗篇》里面，肯定也会有那么一篇是关于晚餐时的愉悦感的，对吧？”

他死盯着我看，表情自然更加吃惊了。上帝啊，这场面还真是尴尬极了！

我们无言对视了好一阵子。在这沉默难挨的时间里，我试着从这位木匠的面部表情来推测，他究竟是想答应我的约会邀请呢，还是仅仅把我当成个咄咄逼人、纠缠不休的蠢女人。要知道，他面前的这个人对《圣经·诗篇》的了解和所拥有的高能物理学方面的知识差不多。

然而，他的面部表情可真没那么容易读出来，这位木匠跟大多数人都不太一样（说真的，并不只是因为他所蓄胡子的样式）。

毫无办法，我只好再次把视线转移到屋顶上，打算认输，“还是算了吧”几欲出口。就在这时，他回话了：“嗯，《诗篇》里确实有不少关于面包和用餐的篇目。”

我抬起头来重新看着他，刚好盼来了他的那句：“我很愿意跟你一起吃饭，玛丽亚。”

话音落时，他对我微笑，这是他第一次对着我笑。虽然不过是个小小的微笑，而且很快便敛去了，但还是让我感觉美妙极了。

正是这个微笑让我清楚地意识到，除了可以给房屋外墙做专业隔热保护之外，他还能做很多很多不同的事——这真是个神奇的人哪！

扫码试读

11

"天哪，我究竟中了什么邪，竟然会主动约他！"在理智稍稍回归一点之后，我在心底咆哮。

在晚上赴约前，我站在浴室镜子前努力涂脂抹粉，希望能将因为不停哭泣和不断震惊而浮肿的面容弄得好看一点，不至于像卡特里娜飓风肆虐后的新奥尔良。

"这个木匠完全不在我的理想对象范围之内。"我向卡塔解释道，"他蓄胡子，而我喜欢的都是没胡子的。"

"你原来可是超喜欢那一型的。"卡塔笑得别有深意。

"我那时才六岁！"

卡塔笑而不语地帮我上眼影。

"还有还有……"我继续说下去，"约书亚是从巴勒斯坦来的，他唱的歌都是《圣经·诗篇》里的。"

"你那么急着举例干吗？照我看，你说这么多关于约书亚的事，肯定是想暗示些什么。说吧，你正想着什么呢？"卡塔问我。

"约书亚没准儿是个宗教狂热分子？再这样发展下去，他或许就变成了那种人。我是说在搭飞机的时候，对起飞和着陆都不感兴趣，只对撞摩天大楼着迷的那种人。"

"真不错啊！看样子，你可算是个真正的国际人，对所有人都没偏见。"对我这番没心没肺的毒舌回应，卡塔只得无奈耸肩，随口讽刺了一番。

言者无心，我却清楚自己对约书亚的出生和爱好还是有些在意的。卡塔一说完，我便在心里思量，是否应该对这种成见感到羞耻。但这不可能，因为我需要感到羞耻的事实在太多，脑袋里的“耻度计量器”早已爆表了。

“别以为我搞不清楚，蓄胡子和坐飞机撞大楼什么的都是借口。”卡塔一眼就把我看穿了，“你这样做，对思文实在太坏了点儿吧。”

“唉，我也感觉现在就跑出去和约书亚约会是我做错了。”我坦承道。

“我是说，对思文确实有点坏，但找点乐子有错吗？”卡塔问。

“那场留下心理阴影的婚礼才刚过去一天，我哪有什么乐子可找？”

“很简单啊，你显然有乐子可找，比如——在那个木匠向你展示他身上那根粗大工具的时候……”

我没说话，只是用几乎要吃人的眼神死瞪着姐姐，硬是把她没说完的话瞪了回去，否则，她就该拿刨刀的工作原理来影射和调侃我了。

终于能够有片刻安静的时间，我又把脸转向镜子，惊讶地发现，卡塔的化妆技巧实在高明，全部脂粉都施得恰到好处，简直跟我化妆前的脸蛋一样好！好得让人扶额……

“不去了不去了。”我向卡塔宣布了我的决定。

“好吧，不过你不去还能做什么呢？”卡塔问我。

“待在家里，思考人生。”

“啊哈，听起来确实妙趣横生。”

她讽刺得一点没错。不去赴这个约会，我就会躺回到自己的床上，想着自己是否需要找间新公寓，不过，我现在不仅没钱买家具，甚至连请地产经纪的银子都不够。举办这次最终搁浅的婚礼已经给我的信用卡增添了很大的一笔债务。这一连串事件的最终后果意味着：

我还必须在老爸这儿住上好一阵子，继续忍受斯维特拉娜“全给我吧，宝贝！”的滋扰。如果这样还好，只是那“宝贝！”的尾音最终还会不断上升发展成高频噪音，足够让院子里趴着的蠢狗晕倒、丧失知觉。

卡塔堪称掌握了读心术的妖女，前一句话声未落，她马上又说了些极具煽动力的话给我听：“去约会吧，那比你在任何地方做其他任何事都强得多。有约书亚在，起码不会意志消沉。”

我跟约书亚约在“达·乔万尼”会面，这是间主打意大利风味的餐厅，和其他餐厅相比，它有许多优点：坐落湖边，风景优美，饭菜可口。最关键的一点是，餐厅老板曾经抢走思文的前女友，现在他们已经生了四个小宝贝了。知道这意味着什么吗？意味着思文绝对绝对不会来这个餐厅吃饭。也正因此，他肯定看不到我跟约书亚在这里幽会；这就进一步表示明天的《马伦特快报》上不会出现“湖边大混战”这样的醒目标题。

乔万尼为我张罗了一张正对湖滩、风景绝佳的桌子。我刚坐下，约书亚就来了。他穿着和工作时一样的衣服，但却一点污渍都没有，简直是个奇迹。

“晚上好，玛丽亚。”他向我问好，微笑。他的笑容实在太迷人了！我怀疑他是不是专门洗过牙……

“晚上好，约书亚。”我应道。听到我打招呼后，他正对着我坐下。相视无言，我等着他随便聊聊，但他什么都不说，只是静静地坐在那里，偶尔看看湖面，似乎十分享受夕阳晒在脸上的舒服感觉。僵持了半晌，我只好尝试打破一言不发的尴尬：“你来马伦特镇多久了？”

“我昨天刚到。”

这回答太令我吃惊了！

“你一来就马上得到了修我们家屋顶的工作吗？”我有点糊涂地接着问他。

“因为加百列碰巧知道，你父亲想要找个木匠。”

“加百列，你说加百列牧师？”

“是的，我暂住在他那座教堂的客房里。”

噢，天哪！希望加百列还没跟他讲我现在正陷在怎样一个混乱的局面里。

“你和加百列认识很久了吗？”我试探性地提问，希望能够旁敲侧击地知道那个老牧师是否已经把我昨天在教堂里的灾难性事件讲给他听了，“我的意思是，你们之间是那种会常常聊天的关系吗？”

约书亚答道：“加百列认识我妈妈。他曾经亲自告诉她，她怀上了我。”

这个说法格外奇怪，加百列告诉约书亚的妈妈她怀孕了？如果他没有说错，这怎么可能？加百列又不是妇科医生。而且，据我所知，他从来也没去过巴勒斯坦——没准儿，加百列和约书亚的妈妈之间有什么不可告人的关系……

不过，这些问题在第一次约会时都显得太过轻率和冒失，反正这些问题到第十七次约会时肯定也还存在，所以到时候再问也不迟。我真正张口问的是下面这个问题：“那么，你是什么时候离开巴勒斯坦的呢？”

“大概两千年前吧。”

即使是这样无厘头的回答，约书亚也没有一丝笑意、十分认真地说了出来。看他那样，既不像讲出了世上最冷的笑话，也不像真有撞大楼的心思。

“呃，照这样说，你在这两千年的时间里都生活在哪儿呢？”我也尝试着加入这个玩笑当中，试着忽视自己心里所认定的、约书亚百分之百是在开玩笑的想法。

“我住在天上。”他答得那样真诚，一点说反话的样子都看不出来。

“哈，你该不会是说真的吧！”我有点忍不住了。

“千真万确。”他答道。

我没有回话，却在心里暗想：我的天哪，这家伙，还真是撞大楼那一派的！

我试着平复心情，约书亚显然是个十分正常的男人，而且肯定已经在德国待了不短的时间了，否则他的德语不可能讲得这么溜。他，肯定是想用稀奇古怪的方式来表现幽默感，或许他的幽默方式正是《迷失东京》①那一型的。

于是，在等待侍应生上菜单的当口，我们继续保持沉默，一起看着美丽的湖面发呆。约书亚并不想结束沉默，我却急切地想找点话说……我们俩找乐子的方式，看来有点不同。

但老实说，我又在期待些什么呢？我们这两类人又怎能硬凑出一种脾性来？毕竟约书亚来自异国，他是信教的，而我是抑郁的。

到目前为止，整个约会都令人昏昏欲睡。我甚至在考虑自己是否应该站起身来向他解释，说这约会就是个错误，然后一走了之。对我来说，现在掉头回家还不太晚，我可以舒服地钻进被子里，绞尽脑汁地思考一个问题：究竟怎样才能少犯花痴病，自立自强地快乐生活？

约书亚大概是从我的脸上看到了郁郁寡欢者惯有的表情，思来想去，他终于主动说了句挺有趣的话：“看，那儿有一只鸟。”

---

① 索菲亚·科波拉导演的名片，讲述的是一对同样落寞而沮丧的男女之间的故事。

噢，纠正一下，这件事也不算那么有趣。

“它既不在入秋时收割，也不在开春时播种，却能无忧无虑地活着。”

听约书亚这样说，我也开始细细观察起那只鸟来，准确点说，那是一只夜莺。另外，我也赞同约书亚的说法，它确实能够无忧无虑地活着——至少不必为了找寻伴侣而担忧。它唯一需要担忧的事，大概是得小心在飞去南方过冬的时候，不要被哪个意大利人用枪打下来，烹煮成一道美味佳肴。

“人类也应该无忧无虑地活着，”约书亚接着说，“谁又能让人生中本应操的那些心再增加那么一点呢？人生的忧虑本就有定数，不必费心去想。”

至少这句话他说对了，尽管他说话时的语气像那些读多了卡耐基人生指南的人一样。

“人不需要操心明天的事，明天的事由明天的自己操心。”约书亚又说。

这是句很简单的谚语，但比起上句话来已经顺耳多了。其实吧，无论什么话，从一位有着超凡魅力、磁性嗓音和慑人目光的男人口中说出来时，不对也对了。

这是我在结婚典礼上说“不，我不愿意”之后，第一次在人际关系上建立的一点新的信任和依赖感。

因此，我终于做出决定，安心留下来和约书亚共进比萨晚餐。乔万尼恰到好处地递上菜单，约书亚却拿菜单完全没有办法，我甚至得向他解释，比萨是个什么东西。一番折腾之后，他终于决定点一个素比萨。

“我不是穆斯林，我是犹太人。”他向我解释道。

一个来自中东的犹太人，真是大千世界，无奇不有……我想来想去，突然觉得松了口气。但是，我很快又想到：约书亚会不会是那类思维无法用常识来理解的犹太游民呢？不过，那些犹太游民都会蓄像牵牛花藤一样、有一圈圈小卷的长发，再扎成辫子，但约书亚没有，他的发型是比吉斯乐队成员式的……对了，那种牵牛花藤式的发型都是怎么编出来的，莫非他们随身带着烫发用的美发棒？

“你呢？”约书亚突然发问，将我从对于正统犹太人理发师会修剪的发型的遐想中拉了回来。

“哦……我什么？”我问他。

“你信什么教？”

“噢，嗯……对了，我是基督徒。”我回答道。

哎，约书亚刚才肯定是笑了！我不知道这回答究竟有哪一点容易惹人发笑。是不是加百列跟他讲过什么关于我的糗事？

“抱歉，”约书亚收敛了笑容，对我说道，“‘基督’这个词作为一种信仰的名称，我还必须花点时间去熟悉和适应才行。”

说完，约书亚又笑了，而且笑出了声。当然，是那种很小声地笑，不会让人感觉突兀。不过，即便如此小而温柔的笑容，也给我带来了极大的安慰。

从这个笑容开始，我们终于聊开了。我问约书亚他是从哪儿学到木匠手艺的，他告诉我，他的养父——那个木匠对他倾囊相授。

养父？这么说来，他大概跟我一样，也是个离异家庭的孩子，也在性格和心理方面有这样那样的问题……噢，最好不要！

乔万尼把美食端了上来。不过是比萨和沙拉而已，约书亚却吃得相当享受——就好像他真是两千年后第一次好好进餐似的。上红酒时，他甚至有点得意忘形了：“哈，我可真太想念这个了！”

看起来，在这个木匠心中，寻常生活里的各种幸福和开心正在逐步补全。自开吃以来，我们一直都聊得很投缘。我对他讲：“我小时候曾经十分欣赏你蓄的这种胡子——甚至想自己也留一个！”

这句话又把约书亚逗乐了。

“还有，你知道我妈妈是怎么回应这个奇思妙想的吗？”我问他。

“怎么回应的？”他颇有兴致地应道。

“她说，蓄这种胡子是‘享受美食’的坟墓。如果你有那么一大把胡子，可就别指望能好好吃饭了！”

约书亚又笑了，笑得比刚才更大声。他显然对这则笑话的笑点一清二楚。

真是个美好的笑容。

那么真心。

那么自然，无拘无束。

“我好久没这样笑过了，很久很久。”约书亚说。

他沉思了好一会儿，然后用很深沉、严肃认真的声音对我说：“我最怀念的，正是这开怀一笑时的感觉。”

我也一样，逗笑任何人，都不如逗笑约书亚快乐。

没错，这个男人举止怪异，我和他根本一点都不熟，而且他跟周遭的一切都格格不入，但是，我跟你们说句老实话：约书亚，他可真是个神奇的家伙！

12

我希望能多了解约书亚一些，决定想方设法让我们的约会更进一步。既然这样，就必须试探一下，确认他现在是否有女朋友。如果没有，就换个角度：去找找是否有这么一位前任，让他至今都难以忘怀。

“以前有谁让你笑得这么开心吗？”我问他。

“有，那是个堪称奇迹的女人。”约书亚答道。

完了，在他生命里曾有个“堪称奇迹”的女人。

这可真令我憋闷，但接下来还有更令我憋闷的事：

“那她……她现在怎么样了？”

“她死了。”

我的天啊！我预想的能够从他那里听来的消息可不是这样的，肯定也不该是这样的，不过我也不是没有考虑过这样的可能性。我确实有这样的预感，她可能是死了。无论如何，我敌不过一个已死的人。这最让人难受了，远甚于死亡本身。

在这一瞬间，我已决定对约书亚不作任何期待。

可当我看到他真切悲伤的眼神，又把“不作任何期待”的决定抛到了九霄云外。不仅如此，还恨不得一把将他揽在怀里，好言安慰一番。

看他那个样子，明显不像是常常被人抱在怀里安慰的类型。

“她的名字和你差不多。”约书亚面带悲戚地看着我说。

“唔，霍尔兹曼吗？”我有些震惊。

“玛利亚。”

上帝啊，我还真是蠢！

“玛利亚特别会开犹太祭司的玩笑。”约书亚沉浸在回忆中。

“犹……犹太祭司？”我结结巴巴地应道。

“是的，还有罗马人。”

“罗马人？！”

“还有法利赛人[①]。”

好吧，好吧，我还是别想那么复杂了。

“其实，按照常理来说是不应该开法利赛人玩笑的。”约书亚补充道。

“应该是……噢，不……当然不应该。”我语无伦次地应道，“法利赛人，他们……太没有幽默感了。”

约书亚眼望着湖面，显然正专心致志地想着他的前任女友，就这样想了一会儿后，他对我说：“我很快就能再见到她了。”

这可是个相当不吉利的说法。

“在天界降临人间的时候。”约书亚补充道。

天界？我的脑中响起了红色警报！《星际迷航》里的柯克船长此刻正坐在我的脑前叶上，拿着扩音器尖声怪叫：“斯科提！我们必须停船了！得快点从这儿逃出去！”

斯科提在设置于我脑干处的轮机房里回喊：“办不到啊，船长。”

“为什么不行？”

“我们还没给比萨埋单呢。”

“等待乔万尼拿来账单需要多长时间？”柯克一边咆哮着，一边

---

① 一个犹太人宗派。

将红色警报的报警器拉得更响了。

“最少十分钟吧。不过，如果我们不停地喊‘请快点吧，我们想埋单啊！’的话，应该能缩短到八分钟。”轮机房里传来斯科提的回应声。

“等不了八分钟了，他都讲到天界了！”

“那就意味着——我们失败了。飞船即将坠毁，船长。”

既然我无法终止约会，就只好采取一个折中的办法了——转换话题。我绞尽脑汁想找到一个能引出话题的由头，嘿，还真被我找到了一个。“啊，约书亚，快看，有人在灌木丛里撒尿！”

这绝对是一个天才般的转移话题的由头。

我说的并不是谎话。湖边确实有个流浪汉，正躲在满是荆棘的灌木丛中小解。我知道你在想什么……没错，就连在马伦特镇这样一个伊甸园般的福地，也有失业者存在。都是些领哈茨 IV 补助、在大马路上冲着路灯柱发火的家伙。

“那是个乞丐。”约书亚说。

“是的，当然是乞丐啦。”我应和道。

“我们应该把面包分他一点。”

“什么？”我对他说的话感到震惊。

“我们把面包分给他。”约书亚又说了一次。

“分面包？”我在脑袋里面想着，“大家只会把面包掰了分给鸭子吧……”

约书亚却站起身来，看起来是十分认真地要去邀请那个肥胖臃肿、邋遢不堪、胡子拉碴的流浪汉到我们的桌旁坐下。如果事情真往这个方向发展，那么约会将正式结束，一次地狱惊险之旅即将开始。

“我们不应该跟他分面包吃。”我稍带愤怒地大声抗议。

“为什么不应该？告诉我原因。”约书亚十分平静地回应道。

“原因嘛，”我找到了理由，却有点可笑，“我们……没有面包，桌上只有比萨。”

听到这话，约书亚笑了：“那我们就分比萨好了。”话音一落，他就走过去把那个流浪汉请到了我们桌前。

那个自称弗兰克的流浪汉，看上去年近四十岁。他脑中的“分食”大概跟我的不太相同：一过来就拿走了整块比萨，只把浸在酸沙拉酱里的配菜沙拉留给了我们。弗兰克大口吃着，对我们倾诉道：“唉，别提有多不幸了，我去年一年都待在监狱里，现在刚放出来，一切都没着落。没办法，没办法哪……噢，是问入狱的原因吗？啧啧，还不是因为缺钱，我抢了一家电信手机店，不过技术不高，当场被捕……”

“为什么只抢电信手机店，不去直接抢银行？”我问道，“这策划逻辑可真有点奇怪。”

“因为……我觉得电信利用它们混乱到难以琢磨的手机收费标准获了不少暴利，钱不见得会比银行的少多少，保安措施又相对薄弱，相比守卫森严的银行机构更容易得手。”

老实说，在行为举止方面，我们可以很轻易地找到弗兰克的不是，批评指责他。比如，作为一个成年男人，他竟然完全没想到用除汗剂，现在满餐厅都是他的臭汗味，这难道不该批评吗？相对无业人士每月能够认领的救济金而言，除汗剂根本算不上贵。他不过漠视了良好卫生习惯的保持，和贫穷无关。

但是不得不说，他抢劫手机店的原因从逻辑上讲确实无懈可击。

“你是怎样变得穷困潦倒，决定去抢劫的呢？”弗兰克解释了事情的经过后，约书亚问他。除了比萨，他还给那个乞丐分了些红酒。

约书亚太富有同情心了，比我之前预想的更多。我悄悄凑到约书亚耳旁对他说："我们埋单走吧。"

约书亚却明确反对："不，再掰点面包给他吧。"

我非常愤怒，这种肮脏丑陋、浑身臭不可闻的人，我根本不想掰面包给他，再这样下去，我还会掰断他身上的某些东西呢！

我正这样想着，弗兰克回答了约书亚的问题："我原来是保险推销员，但是失业了。"

"为什么？"

"……是我主动不去了。"

"原因呢？"约书亚坚持不懈，刨根问底。

弗兰克突然结巴起来，显然，那段往事不堪回首。

"你可以试着慢慢讲，平复心情，放松一点。"约书亚沉静安稳的声音传递着友善和亲切，"你可以信任我，不会受到什么伤害。"

"我的妻子，她因为车祸去世了。"弗兰克解释道。

哦，我的天，约书亚居然挖出了这样的内幕！我在心里感慨。

"当时开车的人是我……"

了解到真相，我对弗兰克产生了同情，话不多说，主动给他倒上了酒。

当然，我自己的杯子也满上了。

弗兰克和我们讲了他对妻子的深深爱意，以及在事故发生的那个夜晚遭遇的可怕经历——这是他第一次对别人讲起那次事件的细节。

那天，弗兰克开车载着他的妻子卡萝在国道上飞驰，去参加朋友家举办的聚会。旁边道上一个销售代表模样的司机打算超车，方向盘打过了，两辆车车头相撞。卡萝当场死亡。她走得太过匆忙，还有太多没来得及完成的计划。在车祸之前她刚报了个印度舞业余培训班，还没来得及正式上课呢……

“你当时超速了吗？”我想知道那场事故是不是弗兰克的责任。

弗兰克摇了摇头。

“那……你是不是违规驾驶了？”我紧咬不放。

他还是摇头。

“既然这样，那又怎么会是你的责任？”我对真相感到好奇，问的时候不觉咽了一口唾沫。

“因为……因为死的是她，不是我。”他说着开始哭泣。这是第一次，他能坦白自己的负罪感，能够让体内的悲恸得到释放。约书亚握住他的手，让他尽情地哭泣，然后问：“你的妻子是个很好的人吗？”

“她是最好的人。”弗兰克答道。

“是的，你也是最好的人。”约书亚用富有感染力的温柔嗓音安慰他道。

听到这句话，弗兰克停止了哭泣，半开玩笑半认真地来了一句：“我不应该再抢手机店了，对吧？”

约书亚摇了摇头。

弗兰克把剩下的酒一饮而尽，真心实意地感谢了我们一番，站起身来走了。显然，他在未来很长一段时间里都能够保持坚强。

哈，就凭这种感化的功力，约书亚肯定能为比弗利山[①]的戒毒所赚上一大笔。

约书亚冲我微笑：“其实很多时候，只需要倾听别人内心的声音，我们就能够把困扰他们的心魔除去。”

突然之间，我发现和人分食面包也是件相当不错的事情。

---

① 美国富豪和名人的聚居地，也是吸毒成瘾的重灾区。

13

约书亚和我离开了餐厅，沿着湖边向城区走。因为刚刚发生的事，一时之间似乎有点无话可说。不过这一次，我并没有主动打破沉默，而是跟约书亚一起认真地看着夕阳远去。看着眼前的马伦特湖，当然没有福门特拉岛看海那么壮观、惬意，但在这儿消磨片刻餐后时光仍不失美事一桩。

约书亚这人可真让我矛盾。有时会让我想从他眼前逃开，有时又会让我想着“只把他那迷死人的嗓音偷过来便算”，有时还在心中升起难以抑制的渴望，想去碰碰他，只碰碰就好。不过，他心里是否也有这种感受和渴望，我却一点也不清楚。客观地说，他连一次明显暗示都没有给我：他从没有盯着我从头看到脚，也没和我有过哪怕一句话的暧昧调情。为什么他不这样做呢？是我没有吸引力，还是对他不够好？到底是什么原因，让这个家伙这么骄傲。作为一个木匠，在婚恋市场上，他显然也勾不起那些顶级尤物的欲望！

“哎，你为什么用那么古怪的眼神看着我？”约书亚突然问。我有些尴尬地敷衍：“没什么，没什么，哦，我的脸一受夕阳照射，就会做出各种表情，你别介意……”

“哪里，我不介意。”他对我说，“其实不古怪，还挺可爱的。”

从他的话里听不出一丝讽刺的意味。约书亚这个人，不论什么时候都完全没有恶意。我从没有感觉到他的哪个行为或者姿势是装腔作势、照本宣科，抑或是为了达成某种效果而刻意去做的，一秒钟都没有。这莫非是巴勒斯坦犹太人的一种客套表现？无论如何，这总比思文一直挂在嘴边的“我爱你身上的每一磅肉”要强得多。

想到这里，我不觉笑了。约书亚看到我笑，便也回我以微笑。这种温暖的行为比暧昧调情更让我舒服。

我们在中心老城区闲逛，偶然听到一群很可能打扮得像沃尔夫冈·佩特里[1]的人正声嘶力竭地唱着他《癫狂》那张专辑里的《你为什么送我下地狱？》。

约书亚听到歌词内容，突然有点紧张。

“你怎么了？”我问他道。

“那是首撒旦之歌。”

我还没来得及回应些什么，约书亚就直接冲进了那间叫作“波克—洛克”的酒吧。我只好赶紧跟上。

酒吧里站着大约二十个青年男女，穿着打扮看起来像办定期存款的银行业务员，他们兴高采烈地站在一台卡拉OK机前大吼大叫。这帮人放得很开，几乎到了声嘶力竭的地步，男人的领带已经松开，女人的制服上衣也脱掉了，各自摇摆着身体，很有些载歌载舞的感觉。

这显然是场卡拉OK聚会，不过是把那些白天工作时在转账表格间忙得天昏地暗的人们聚拢起来尽情发泄一番而已。但约书亚一定理解错了：那些唱着带“撒旦”字眼儿的歌曲、跳着小恶魔舞步的人们，他可一点儿都不喜欢。“他们看起来就好像正在围着金牛犊[2]跳舞。”

“不能反应过激呀。”我嘟囔道，“那不过是台卡拉OK机，不是什么金牛犊。虽然听沃尔夫冈·佩特里唱歌确实是场灾难，但也仅此而已。”

---

① 二十世纪八十年代的德国流行歌曲天王。

② 摩西上西奈山领受“十诫”时，以色列担心他不再回来，便造了金牛犊像来崇拜。

为了防止事态一发不可收拾，我走进这支银行职员的队伍里，来到正拿着麦克风的那个男人面前，问他："我也可以来一曲吗？"

那个抹了很多发胶，显然是标准理财产品销售员的男人还在想应该如何应答，我已经一把抢过麦克风，把它塞到约书亚的手里。

"你准备唱什么？"我问他。

约书亚犹豫了一下，因为他也不知道我为什么要他唱歌。

"就是找点乐子！"我悄悄对他耳语道，"你最喜欢唱哪首歌？"

他仔细想了一下，做好了决定，回答道："我特别喜欢《诗篇》里有关大卫王的那一部分。"

我看了一下卡拉OK机里的歌曲单，慷慨应道："没问题，正好有首《拉巴马》[①]。"

我选了那首歌。尽管约书亚在很努力地唱，明显是想取悦我，却似乎有些跟不上节奏。他有心无力地跟着《拉巴马》的字幕，在唱到"船长大豆，大豆船长"这句时终于放弃，放下了话筒，这首歌不适合他，我选错歌了。

我觉得很对不起约书亚，因为逼他做了他不想做的事。

那个抹发胶的银行职员走到我身边，说："好啦，你们难听到死的唱歌游戏玩尽兴了吗？"

我环顾四周，看了看那群气急败坏的银行雇员，识时务地做出了肯定的回应："尽兴了……"

我想把约书亚放下的麦克风话筒还给他，约书亚却对我说："我很想唱歌。这台机器上还有没有历史更久远些的？"

"我们不想听那些意境深远的老玩意儿！"那个在银行工作的家

---

① 一首墨西哥古民歌，其中包含不少《圣经·诗篇》内的原句。

伙嚷道，“我们想唱《九十九个空气球》。”

我看了看约书亚，发现他确实很想再试一次。显然是不想让我失望，那样子特别孩子气，特别可爱。

决定吧！我把抹发胶的小男人拽到一边，贴着他的耳朵警告道：“让他唱，否则我就把你身上的空气球戳破，那样一来就只剩九十七个了。”

这番威胁显然起了作用，那个懦夫立马唯唯诺诺地回应道：“哎呀呀，来首意境深远的歌也不是什么坏事……”

我走到那台机器前面，在歌曲列表里寻找可能适合约书亚唱的歌，最终锁定了沙维尔·奈多的《这条路》。约书亚拿起话筒，用他那极富磁性的嗓音唱了起来：“这条路，并不容易 / 这条路，满是荆棘 / 少有人欣赏赞同，你的决定 / 但这样的人生却能带给你——比平凡更多。”

他唱完时，差不多一半的马伦特镇银行员工都流下了感动的泪水。

他们大声喊着：“再来一首，来一首，再来一首！”

一个窈窕娇小的年轻女孩走到约书亚身边，向他建议道：“不如唱皇后乐队的《我们将震撼你》吧？”

听到歌名，约书亚非但没有欣然允诺，反而有些困惑地问：“这首歌是关于石刑的吗？①”

当然，他的困惑程度还不及那个年轻女孩听到他回答时的一半多——估计我当时晕倒的程度也差不多。

我把歌单里的全部曲子又重新审查了一遍，看到的都是自己觉得不适合约书亚唱的，什么《你觉得我性感不？》、迈克尔·杰克逊

---

① 震撼在英语中为“rock”，有石块之意。

的《真棒》，或者王子乐队的《我的狗是同性恋》。

“我觉得我们该走了。”我向约书亚建议道。可这伙被他的歌声感动得七荤八素的银行暴徒们却不肯放他走。约书亚突然问：“我可以唱《诗篇》里的内容吗？”

那个抹发胶的家伙答道：“没问题啊，虽然我也不知道你说的是什么……哦，管它是什么呢！”

因为他这样回答的缘故，约书亚便自然要向他展示一下：他开始吟唱《诗篇》中十分优美的一篇——它是约书亚凭直觉为银行工作者挑选的，内容跟他们的职业息息相关。歌词中有这么一句：“若财宝加增，不要放在心上。”

约书亚终于唱完，银行职员们不约而同地鼓起了掌——他们都被他的歌声打动了。这伙人不停地喊：“太棒了！”“再来一首！”“不加一首不能走！”

盛情难却，约书亚又唱了一段《诗篇》。再一次的大呼小叫，又唱一段，又是一段……整整唱了八段，直到酒吧歇业。酒吧老板太过感动，主动宣布为全场酒品埋单，统统免费（即使那帮银行职员在一人一杯凯匹林纳鸡尾酒后已全部换上了红酒）。在道别时，所有人都向约书亚表达了真诚的敬意。最后，当我从后面看着那帮仿佛刚受过灵魂的洗涤、渐渐远去的银行雇员时，突然有种预感：他们明天在和客户谈贷款额度时，肯定会心情大好、乱提上限的。

约书亚尽职尽责地护送我一直走回到老爸的房门前。在这一番折腾过后，我也是一路兴奋摇头晃脑，好像个醉鬼，我已经很久没像今天这般开怀畅饮了。（我得说，这个男人特别古怪：即使比我喝得还多，看起来却是完全清醒，像是没喝过酒一样——难道他的代谢系统优于常人？）毫无疑问，今晚的约会相当成功，比以往任何一次都更激动人心。不妨试想，如果今晚是跟思文在福门特拉岛上那个通过多人预订的方式以确保占位的酒店里过夜的话，没准儿还得跟他妈妈一起分享房间呢。

约书亚具有能够打动人心的能力，就连我也被他打动了。不过我并不确定，这种“打动”究竟是不是男女之间天然的吸引力在起作用。他到底有没有觉得我这个人，作为女人，非常具有吸引力呢？截至目前，他没有往我的胸口看上一眼。哎，说不定他是个同性恋？如果约书亚是同性恋，倒可以解释为什么他会是个内心如此细腻的男人。

“今晚过得十分愉快。”该道别的时候，约书亚笑着对我说。

噢，可能他确实觉得，我还是有那么一点点吸引力的吧？

“我吃了东西，也唱了歌，而且最重要的是：我笑得很开心。”约书亚这家伙，还特地费心向我解释一番他为什么感觉愉快，“这样一个完美的夜晚，我在人间已经很久没有体验过了。对此，我唯有向你表示感谢。玛丽亚，谢谢你！”

连他那双勾人魂魄的眼睛里面都满是对我的谢意。换了谁都会觉得，他肯定太久没有娱乐过了，今晚这么点儿事都能令他如此开怀。

如果愿意，也可以解释为——那些都是幌子，其实是我今晚陪他这件事最最使他开怀。哈，我当然愿意这样解释，尽管当他们大跳查尔斯顿舞的时候，我的膝盖抖得确实有点厉害……

“你还想再进来，到楼上坐坐吗？”我连想也没想，就问了这么一句。话一出口，我就被自己下意识的行为震惊到了：弄了半天，我在那该死的潜意识里，是真想跟这男人上床啊？

“哦，那我们到楼上去做什么呢？”约书亚几近天真无邪地问我。

不行，我可不能跟他上床。无论从什么角度来讲，这个想法都大错特错：比如思文。哦，老实讲，还有卡塔，如果我真跟这木匠上床了，那么在后面整整一年的时间里，她就该拿刨刀的工作原理来尽情调侃我了，八成要念叨得我耳朵起茧。

“玛丽亚？”

“嗯……怎么？”

“我刚刚问了你一个问题。”

“是的，你问了我一个问题。”我当然清楚。

“那么，我提的这个问题，你能给个回答吗？”

“当然。”

一阵沉默。

“玛丽亚？”

“怎么？”

“你说了要给我个回答。”

“啊，刚才那问题是什么来着？”

“我为什么要跟你一起上楼去呢？”约书亚温柔地重复了一遍。看起来，他是真不知道上楼该做什么。

真是让人抓狂，他居然这么纯洁！就是这种纯洁，反而莫名其妙地让他变得非常非常具有吸引力！

但是，如果他对到楼上房间里会发生的事毫无概念，或许我反而可以轻易诱惑他。此刻随便找个答案应付一下，把他骗上楼后再霸王硬上弓就好。然而，这样很可能会比诚实回答更糟糕。他以后可能再也不会理我了。

无论如何，都必须回答得圆滑一些。尽管已经喝得酩酊大醉，我也不能答出比如“上去喝杯热咖啡而已”这种令人尴尬的虚假答案来。

“你想跟我做什么？”约书亚又问了一遍。

“我想跟你研究研究刨刀的工作原理……”

“刨刀的工作原理？”

该死的红酒！

“呃……我的意思是……刨刨木头什么的。”

“刨木头？”

“没错！”我十分别扭地冲他笑了笑。

“那是什么意思？”

上帝啊，我怎么知道那是什么意思！

“我……唉……刨木头就是……和你一起在屋顶上干干活儿。”我口齿不清，噼里啪啦地说了一通。

“你想要……我们俩现在一起在屋顶上做木工活儿？”

“是啊！”我很高兴地答道。

看看，我这故布疑阵、引人琢磨的技术玩得不跌宕起伏吗？

“但是在这时候做木工活会吵醒你父亲和姐姐的。”约书亚考虑得倒很周全。

“没错，所以我们还是把它留到下回吧。”

约书亚只一句话就让我缴械投降了。

他有些疑惑地看着我。我则羞涩一笑，来掩饰内心的无可奈何。

沉默片刻，他又对我说：“好吧，那我们明天一起刨木头吧！”

“我可听见了！”突然之间，一个模糊低沉、攻击性十足的声音在我们身后响起。我转过身，竟然在屋前花园拐角处的李子树后面看到了思文！莫非他一直在门口等着？

他的样子看起来很吓人：喝了不少酒，愤怒得超乎想象。“你骗了我！”思文冲我吼道。

“我没有。”

“没有？哈，还真没有！”他讥讽道，“我敢打赌，你早就跟那个长发猴子出双入对了。”

“我的朋友。”约书亚开口了，那是沉稳安静的声音，他主动站在我们之间，防止发生什么糟糕的事，“请别对玛丽亚那样说话。”

“滚你的蛋！你再多废话，我就揍你！”思文威胁道。

“别那样做。”约书亚温柔地警告他。但思文早已一巴掌打在他脸上了。

“噢,我的天啊！”我叫出了声,赶紧过去看约书亚。他捂着脸颊,显然被思文打得不轻。

“过来揍我啊，如果你真是个男人，就过来揍我！”思文冲着约书亚挑衅道。

约书亚却只是呆站在那里，什么都不做，甚至一动都没动。毫无疑问,就凭约书亚的一身肌肉,当场打倒思文根本不成问题。而且,他一点都没有喝醉的迹象，头脑清醒，动作自然也会很敏捷。但他却毫无怒意,仿佛对挑衅充耳不闻:“我不会跟你打架的,我的朋……”

“我才不是你的朋友！”思文又是死命一击——这次是用拳头！

“哦……”被打中的约书亚不觉呻吟出声，这一拳肯定很痛。

“你还击啊！”思文继续挑衅。

约书亚仍然那样站在思文面前，表情平静，一点攻击的意思都没有。他的行为令人不觉想起甘地的“非暴力不合作”。可思文才不管那些，立即又是一拳。约书亚被打倒在地，思文整个人扑上去，一边打一边尖叫:“还击啊！你这个娘娘腔！”

我心里也很慌张着急，不住默念着:“约书亚，还击啊！就算不主张使用暴力，也不应该那样挨打啊！”

但约书亚一直都没有还击。思文也不知停止，打个不停。我实在看不下去了，一把抓住思文的衣领，想把他从约书亚身上拉开："马上给我停下来！"

思文十分愤怒地看着我，一股酒气扑面而来。那一瞬间，我有点害怕，这个人可能会连我也打。但他没有。他摇摇晃晃地从约书亚的身上起来，冲我嚷道："我再也不会见你了。"说完，就走了。

我用尽全身力气，对他大声回喊："那是你应得的！"

我扭回身去看约书亚的伤势，他站了起来，嘴唇上有一处裂伤。我的良心备受谴责，其实这一切都是我的责任，是我放任思文不管的——我本该阻止他。可我同时也在埋怨约书亚：他只是在最开始时捂了捂脸而已，造成现在这种情况的难道不是他自己吗？似乎这一切又不全是我的责任了，约书亚至少也得分担一点！

"你为什么不还手？"我生气地问他，心里难受得很。

"当一个人打你一边脸颊时，把另一边也给他打。"约书亚平静地应道。

这个回答让我的怨气更重了："你到底信的是什么教啊？你以为你是谁？"我故意逗他，"耶稣吗？"

约书亚站立的身体略微有些发抖，他如炬的目光直达我内心深处。我听到了他的回应，他说："没错，我正是。"

14

“斯科提！！！快把咱们从这儿弄出去！”柯克船长叫道。

“但是，船长大人……”

“没有但是！情况还不够危急啊，他是真的把自己当耶稣了！”船长坚称。

“就算是这样，也不能说走就走啊！”

“为什么不能？”柯克船长心急如焚，几乎要精神失常了。

“因为他受伤了。”

听到这话，柯克船长定了定神，斯科提说的没错，伤成那样，不应该抛下他不管。

但他对此却不太满意。

“斯科提，在吗？”

“在，船长。”

“长久以来，我都有句话很想对你说。”

“嗯？什么话，船长？”

“你这个人，就是太爱管闲事啦！”

我查看了一下约书亚现在的状况：他虚弱地勉强站在那里，嘴唇还在不停流血。不过，看到我正看着他，他还是坚持以低沉的声音对我说：“你肯定想知道，我为什么会在这里。”

你高估我了，我可不想知道为什么！对于你具体是从哪个精神病院出来的，我一点点兴趣都没有。我回答说：“别说话，你需要静养。

我现在就把你带到加百列那儿去。”

“没必要,我可以自己走回去。”约书亚说。我也希望他说到做到,现在的我巴不得能尽快离他远远的。

但约书亚才走了两步就瘫倒在地了。见鬼!

思文打他打得比我想象得重得多。最后我一路搀扶着约书亚,把他送到了教堂门口。都到这样的地步了,他还要再来一句:“我来人间的理由其实是……”

我赶紧对他说:“嘘!”显然,我一点都不想听他讲这些。我那以过往生活的全部建立起来的世界完全能够满足一切,不需要他那些古怪东西来补充了。

我们按了门铃,是加百列来开了门。他穿着细条纹睡衣,料子是半透明的:想象一下那副场景,我真希望自己从未见过这一幕。

加百列直接忽略了我的存在。看到约书亚伤成这样,他显然大吃一惊,好半天才缓过神来,发现了站在旁边的我。

“你对他做什么了?”他问我。

“在第十二回合的时候,我一记漂亮的左勾拳把他打成这样了。”我故意刺激他。

“现在可不是随便说疯话的时候!”加百列用比上神学课时严厉得多的语气骂了我一顿。我只好详细地向他解释了一番。加百列愤怒地把我推到一边,不耐烦地说:“让约书亚好好休息一下,别烦他了!”

我也极不耐烦地回了一句:“十分、十分、十分、十分、十分、十分——再加五百二十四次的‘十分’愿意!真是求之不得!”

加百列扶着被打得有些神志不清的约书亚进了房间。而我,也一举发现了三件很不得了的事。第一,加百列对约书亚实在太过殷勤,那态度跟中世纪仆人对他们的主人差不多；第二，加百列背后有两个很大的伤疤；第三，我听到屋里传来一句“发生什么事了？”的惊叫声——那声音听起来跟我妈妈的一模一样。

我赶紧跑到窗子后面偷窥。果然，和我想的一模一样：妈妈正从里屋赶过来帮加百列搀扶约书亚，她身上只穿了件内衣！

最后，再补充一点，我的肚子又饿了。

15

（与此同时）

加百列把约书亚带进客房简单处理了伤口，就守在他床边直到他入睡。为什么这位上帝派来的弥赛亚，偏偏只对玛丽亚敞开心怀呢？加百列想了半天实在找不到合乎情理的答案，只好离开约书亚的房间回到玛丽亚的母亲身边去了（她正在床上等他）。

对于曾是天使的他而言，眼前这一幕简直就不可思议。与梦寐以求的心上人结合，这一在他脑海中朝思暮想多年的梦想居然成真了。想到这里，他微微一笑。实际上，天使们都很清楚，上帝的幽默感非比寻常。不过，也只有在此时此刻，加百列才真切地体会到上帝的幽默感无处不在：将男女之间的性事设定为拉锯子般来来回回的方式，这可真算是全能者所创作的最富创意的笑话之一。

自然，这也是爱侣之间美好得超乎想象的甜蜜运动。

可怕的是，世界很快就要毁灭了，玛丽亚的母亲即他的心上人荣登天国的可能性简直近乎零。加百列曾经试着让她重新信教：他向她诵读《圣经》，但她却把《圣经》拿开，随手放到床头柜上，然后……便吮吸起他的耳垂来——这招数太厉害，三两下就令加百列缴械投降，把努力让她信教的事忘得一干二净。

即使真心爱人能够排除万难，顺利进入天国，加百列也怀疑在上帝直辖的领域里，这种了不起的拉锯子行为还能否继续。

正胡思乱想时，玛丽亚的妈妈突然问加百列："亲爱的，你怎么心事重重的？"

加百列安抚她说一切都会好的，然后又深深吻了她。

“是跟那个木匠有关吗？”西尔维亚却不吃他那一套。没办法，她到底是个心理学家。

还是不向她透露真相更好些。加百列审时度势一番后下了决心。因为他总不能跟她说：耶稣在前往耶路撒冷参与善恶之间的最终圣战之前，希望能够再次化身为凡人，做他曾经挚爱的木匠活儿。就这样，这位弥赛亚来到加百列管事的教堂，因为他曾是耶稣最喜爱的天使。尽管加百列也反复提醒，说世事变迁，化身为人不会带来很多快乐。但耶稣十分顽固，只要他脑袋里有了一个念头，就没人能够说服他（也正因此，犹太祭司的圣坛里才会哀鸿遍野）。另一方面，加百列也不能向西尔维亚透露：耶稣竟会想到要跟她的女儿外出约会。

耶稣到底看上玛丽亚什么了呢？

“你今天是不是不打算回答我的问题了？”西尔维亚紧咬不放。

他转过身来看着她，只是简单地解释了一句：“那个木匠是个很伟大的人。”

“肯定没有你大。”西尔维亚微微一笑，弄得加百列羞红了脸。有件事情再清楚不过了：在世界仍将以目前的状态存在的有限日子里，西尔维亚这句暗涉他拉锯子工具大小的玩笑话，肯定会让他一想起来就浑身不自在。

西尔维亚又开始吻他了。显然，她对他不肯回答的问题产生了兴趣，毕竟她是心理医生，可她也实在太久没有男人陪在身边了，要知道，心理咨询总是很花时间的，西尔维亚宁愿把时间全消耗在拉锯子活动上。

不过，加百列此时倒不怎么热心了。他正想着约书亚。

约书亚的任务很重，他要把上帝的领域带临人间，任何人都不应该干扰他。可是，换个角度想想，一个像玛丽亚那样的平凡人，其实也无法对即将发生的大事件造成任何影响。

难道不是吗？

16

我头昏脑涨地回到了老爸家，正巧碰见斯维特拉娜。她光着脚，身上穿着浴袍,正靠在洗碗槽旁喝咖啡。现在可是大半夜！不知不觉，我那恍惚迷离的眼中映出了老爸跟她在床上翻滚的场景。我打了个哆嗦，恨不能自挖双眼。

“刚才家门口怎么那么吵？听起来像是在打架。”斯维特拉娜问我。她的德语说得不错。据说她曾经专门学过。哈，很可能是在白俄罗斯国立大学读骗婚专业的时候学的。

仔细想想她问的问题，我心里突然蹿起一股无名火：你凭什么张口就问家门口怎么那么吵？我非得跟你说话吗？你怎么不在明斯克好好待着？为什么老爸会喜欢这个又蠢又呆的猪排女？为什么当人们需要极权统治发挥威力的时候，它总是不给力呢？

“让我一个人静一静。”我怒气冲冲地答道，“还有，别光着屁股在这儿跑来跑去。”

听到这话，斯维特拉娜颇带怨气地看着我，我也马上以灼热怒目回应。没准儿我可以瞪得她落荒而逃！要是我是超人，眼睛里就会迸出高能射线，把她烧成一堆黑灰。

“你对我实在很没礼貌。”她抗议，“我希望以后能有些改变。”

“明白了，我会努力变得更没礼貌些的。”我回应道。

“你肯定很希望我从这儿搬走。”她说出了自己的结论。

“哈，也不一定。如果你愿意就地自焚，我也会很高兴的。”

“不管你信不信，我爱你的老爸。”

“行啊，你爱他，在你们相识的三个星期里。”我讥讽道。

“有时候惊鸿一瞥，就能爱到无法自拔。”她回应。

为什么在听到斯维特拉娜的这句话时，我的脑海中竟掠过了约书亚的身影?

我赶紧摇摇头把他驱散，告诉斯维特拉娜：“你不过是通过一个居心不良的交友猎头，随便从网上找了个男人，想让他把你带到西欧而已。”

“是的,对此,我得感谢上帝,让我认识你爸爸。他真是个好男人。”

我对她的说法嗤之以鼻。

“而且，对我的女儿来说，他也会是个很不错的父亲。”

“你的什么？”我失声叫道。

“女儿啊。”

“什么？”

“女儿。她现在跟她外婆一起住在明斯克呢。”

“什么？”

“你真像个复读机。”

“什么？”

“看来我想的没错……”

我简直难以置信。搞了半天，老爸还得出钱管她生的拖油瓶啊！

“我妈妈正带着她飞来汉堡。”

“连外婆也要来这边？”

“别担心，她马上就会坐飞机回明斯克。”

“来了马上回，这听起来可不怎么环保。”

“没办法，小孩不能一个人坐飞机。我妈妈工作很忙，好不容易才能抽出一天陪她过来。”

“好吧，谁出机票钱？”

“你什么意思？”斯维特拉娜语含悲戚。

“你真差劲。”我紧咬不放。

“我的生活你根本不了解。”斯维特拉娜反驳道，“你根本没有权利评判我！”

“哪里哪里，评判你的权利，我还是有的，毕竟这一切都跟我老爸有关！”我努力装出咄咄逼人的样子，想给斯维特拉娜点颜色瞧瞧。

谁能料到，这个斯维特拉娜深深吸了一口气，居然十分平静地答道：“我明白，你做这一切其实是担心你父亲，对吧。但是，请你放心，我永远都不会令他伤心。至少不会像你在婚礼上对曾经的未婚夫那样绝情。”

这句话直接戳中痛处，根本无法反驳，我不觉咽了口唾沫。还没回过神来，斯维特拉娜已经转身离开了厨房。在推门的时候，她加上了一句：“别妄自评判了，说人的时候可别忘记别人可能会对你的评判，别以为你做得有多好！”

她说完就离开了。我看着斯维特拉娜离去的背影，十分想给她判个苏维埃式死刑。

现在我最好也来上一杯咖啡吧。说实话，在经历过这样一个跌宕起伏的夜晚之后，大概只有咖啡因才能让我稍稍平息。就在这时，我看见了卡塔搁在厨房餐桌上的绘图本：她又画了两张四格漫画。漫画迅速转移了我的注意力。

看完之后，我把卡塔的绘图本搁到一边，有些惊讶地思考着：漫画里说的是事实吗？我真的总是爱上错误的男人？

我躺回床上，看着天花板上那块水渍发呆，无聊中开始回忆生命中曾出现过的男人：当年想摸我乳房的凯文、跟野婊子跑了的马克……回忆最多的，还是一点一滴仍驻心头的思文。我从来不曾想过他居然也会暴力行事。尽管他殴打约书亚归根到底还是因为我（这让我良心不安），但想想在圣坛前离开他还真是个正确的决定——我突然觉得自己相当幸运。

约书亚和我交往过的其他男人截然不同：那么温柔无私，即使是对待陌生人也好得不得了。还有还有，他唱歌实力超凡。唯一的遗憾是——他脑子有点儿不正常，是个神经病。

此刻，我感到好奇，他究竟该算是什么类型的神经病。

我用老爸的笔记本在谷歌上搜索了一下，找到了两则自认是耶稣的新闻。其中一个是典型的疯子：为了验证自己天赋神力，直接从车库上往下跳，结果骨折住院，信仰直接破灭。另外一个例子是来自洛杉矶的某位神父：他号称自己是耶稣，从信徒的口袋里骗取了数百万美元，当这个全无廉耻心的秘密宗教社团领袖最终被警方逮捕、人们看到他戴上手铐时，心里大概都在盘算，“嘿，真该把这家伙钉在十字架上，看他是不是耶稣，会不会复活。”

约书亚绝对不是那种想通过信仰牟利的人，倒有点像从车库上往下跳的那家伙。到底之前发生了什么，把他推上了这么一条不归路？他是精神不正常吗？是受前女友死亡的刺激？

咳，这不过是个今夜过后满口牙齿已经参差不齐的木匠。我想他想得太多了。

关上卧室的灯，我重新躺回到床上。为了避免再去想关于约书亚的破事儿，我决定想点别的。想点……约书亚说话时的声音还真是好听……还有，他的微笑简直迷死人……噢，他的行事方式，回忆起来竟然那么有魅力……还有他那双眼睛……他的……唉，该死！我又开始想他了。

我试着去想个……同样很完美的男人，比如乔治·克鲁尼。

哈，这可真是个好主意：乔治·克鲁尼，几乎是我们所知道的整个宇宙里最好的演员……嗯嗯，不过他的微笑还是没有约书亚的好看……他的眼睛，也没有约书亚的迷人……没有约书亚的迷人……约书亚……

上帝啊！即便是乔治·克鲁尼，都没办法让我停止想念约书亚！

看来，只有一个选择了：想想马克。要知道，即使跟思文一起站在圣坛前准备结婚时，我心里都残存着对马克的思念。好吧，那么，马克的样貌……他的男性魅力……他的……哎，无论哪一点都无法跟约书亚相比！毕竟，约书亚各方面都很棒，几乎无懈可击……而且，约书亚还那么善良！这么说来，约书亚说话时的声音还真是好听……还有他那双眼睛……

不！不！不！！！

我终于明白了，即便约书亚真是个疯子，就凭马克这种小人也根本没办法驱散我对他的想念。看来，姐姐一点都没错：我胜过世上所有人的长处，就是一而再再而三地爱上错误的男人。

17

“耶稣？！”

卡塔在早餐桌前笑得前仰后合，弄得我懊恼不已。唉，究竟是哪根神经搭错了线，居然鬼使神差地把昨天约会的经过跟她讲了一遍。

她笑了足有一分钟那么久（在我看来，那一分钟实在是漫长），突然表情严肃地盯着我故作认真地问道：“对了，你用验孕棒做过测试没？我怀疑你已经怀孕了！”

“我根本就没跟他上过床！”对她莫名其妙的判断，我感到极度愤怒。

“《圣经》里面，圣母玛利亚还是处女，不也怀孕了吗？哈哈……”卡塔又陷入新一轮前仰后合中去了。

我拿面包扔她，可她还在笑；我又拿汤匙扔她，她也没停下来；然后是装蒸蛋的小杯子，也没有用。直到我举起果酱罐，她才勉强忍住。

“哼，这明明一点意思都没有。”我娇蛮地说。

“是是，当然一点意思都没有。”卡塔忍不住扑哧一声，再次笑场。

好不容易安静下来，她拿起一只小面包，往上面抹黄油，但是脸拧成一团，显然，刚刚无所顾忌的爆笑刺激到了她的脑神经。她现在一定头痛欲裂。

“好吧，早餐时间痛成这样，肯定跟喝红酒无关，对吧？”我关切地问道。

“呃，我昨晚喝过，所以……”姐姐还是嘴硬，但看她这样痛苦，恐怕有病情加重的迹象。

“你最近一次定期检查是在什么时候？”我问道。

“三周前了。”

“能不能把下次检查的时间提前一点？”

“没事的，我暂时不去了……”

“你这个人，到底要什么时候去啊？”

“等到——”卡塔突然冲我笑道，“你那位耶稣把我治好之后呀！呀哈哈……”

真拿这家伙没办法，我拿起一个面包，使劲扔到她脑袋上。

就在这时，门铃响了。我们一齐从厨房窗户向外看：是约书亚。他正站在我们家的房门外面，手里拿着木工工具箱。

“当人们说起弥赛亚……”卡塔一边开着玩笑，一边咕嘟咕嘟大口喝咖啡。

“喂，我是不是以后一直都要被迫听你讲耶稣笑话啊？”我生气地问。

“没错。对了，还有几个特别好的，下次你看我的四格漫画时就能瞧见啦！”卡塔居然回答得理直气壮。

门铃又响了一声。

“莫非你不打算为上帝之子开门？”卡塔问我。

“不。不过，我现在特别想揍某个泌尿学专家的女儿。”我微笑着回击。说实话，还是言不由衷：我几乎是本能地想要冲下去给约书亚开门。

“耶稣可不会喜欢你这种粗人。”卡塔继续在言语上非难我。不过说罢这句，她倒也不再理我，转而看起《马伦特快报》来了，报社给我准的婚假还剩五天。

老爸是没办法给木匠先生开门了：他正忙着去汉堡的机场接斯维特拉娜的女儿。显然，约书亚开门的任务被交给了我。

于是我长吁短叹地站起身来，向着房门走去。

开门的时候，我震惊了——约书亚的伤居然痊愈了！眼圈上的乌青没有了，身上的伤疤一点都看不见了，连被打肿打裂的嘴唇也完好如初。

“早安，玛丽亚。”约书亚向我问候。他笑得很灿烂，再见到我，他明显很开心。看着他那张亮闪闪的笑脸，我顿时感到膝盖发软，几乎又要缴械投降。

“我准备好了，跟你一起刨木头。”他说话时的兴致很高，简直像是在期待过节。

话音未落，我已遥遥听见厨房里传来卡塔的爆笑声。

我赶紧折回去，关上厨房门，心情复杂地对约书亚说：“我可不觉得现在一起刨木头是个好主意……”

“你不相信我是耶稣。”他却突然这样对我说。

唉，他为什么就不能简简单单地来句“嘿，玛丽亚，之前一切关于耶稣的内容都不过是个笑话。其实我是个该死的大烟枪，吸了叶子就犯晕，哈哈”？

如果他这样说了，我的生活或许又能回到正轨了。如果他现实一点，就算是吸毒惹的祸也好，我愿意跟他一起共建未来的美好生活。

“玛丽亚，你缺乏信仰。”约书亚实话实说。

好吧，我缺乏信仰，你这个该穿拘束衫的重度精神病患者，我在心里反驳道。

“听着，如果你真是耶稣，”我刺激他，“就试试从车库顶上往下跳吧！”

“哦，那是什么意思？”听到这话，约书亚居然微微有点吃惊。

“或者……嗯，把水变成酒也可以，或者在大海上行走，或者把整个海都变成酒，再让酒鬼们在这海里尽情遨游，或者弄点美味甜食过来……”我开始为他策划各种验证办法。

“你可能误解了神迹存在的意义。”约书亚说话的语气突然间变得严厉起来。然后，他不再多说什么，面带愠色，径直走了进来，上了二楼。

他到底骄傲个什么劲儿啊！难道他做这一切就是为了指责我吗？如果可能，我还真想往他脑袋上扔一个果酱罐！嗯，最好把果酱罐扔到他头上打碎，然后让果酱流他一身（很美味的感觉）……

我突然发现，我的荷尔蒙果真就在围着约书亚打转，这可如何是好？我该跟着他上楼去，还是应该同他保持距离？又或者我应该结束这纠结不清的人与事，重启自己的人生，揭开崭新的一页，让一切焕然一新？我大概应该仔细考虑一下，是不是要换个新工作，哪怕只是为了实践一下，以我的能耐，其实可以找到一份更好的工作。

我选择了自认为最正确的下一步棋：直接离开家，去向某位好友求助。

米基开了一间影碟出租店，他的理想生活方式跟我的完全一样——得过且过，不思进取。在与思文认识之前，我几乎每晚都去他那里消磨时间。晚上九点整，在他的店关门之后（以马伦特镇夜生活的标准来看，这个时候关门已经算是相当晚了），我们吃着由外卖比萨、薯片和低糖可乐组成的特选节食套餐，一起看 DVD，不时地评价影片的内容。

“哎呀，迪卡普里奥可算是冻成冰棍儿了。”

“如果他打牌输了，没能赢得登上泰坦尼克号的船票，故事会变成什么样？”

“看，凯特把他放开了……”

“……哎，他沉到冰冷的大海深处去了。”

“我觉得吧，《泰坦尼克号》的中心思想就是：人应该学会放手。”

诸如此类。

我一边在租碟店里大口喝咖啡，一边跟笃信《圣经》的米基说着关于约书亚的事。我事无巨细地给他讲了几乎所有发生过的事，仅仅隐瞒了我对这位木匠怀有的那份特殊感觉。啧啧，这部分实在无关紧要、不值一提。

从米基那里我了解到，约书亚在湖边就“别想太多，好好活”这个主题说的那些激动人心的话，耶稣早在《圣经》里就说过了。此外，米基还告诉我，“耶和书亚”这个名字正是“耶稣”在希伯来语里的称呼，而“约书亚”则是“耶稣”的现代缩写形式，其实都是一回事。

“作为一个神经病，你那位木匠朋友算是见多识广的。”至少在疯子领域里，米基承认约书亚确实有一手。

“好吧，也就是说，他是个高级疯子。”我回应道。

“没错！不管是哪个领域，高水平的家伙都值得钦佩。”

我叹了口气，看到我的样子，米基也不知怎么想的，突然问了个我最不想听的问题：“哎，难道你对他就没有那么一点点动心吗？”

“没有，当然没有！”我心虚地赶忙否认，却不敢抬眼看米基，只是死盯着桌上某张影碟的封面，勉强装出心不在焉的样子。

“咦，你什么时候对色情片感兴趣了？”米基问道。

我马上把那张碟甩到一边，努力抛开关于这张色情片的古怪念头：会借这部片子的人，究竟是出于怎样的动机呢？

“看起来，你果然是爱上那个木匠了。”米基下了结论。

“我就那么容易被人看穿吗？”

“你想听真话还是假话？”

“还是骗骗我……”

“你简直太难被人看穿了。”米基的谎话正式开始了，“哈，岂止不容易被人看穿，你真的就是个极为神秘的女人，世上没人能猜透你的心思。对了，就像玛塔·哈莉 一样……噢，还不止如此——实际上，玛塔·哈莉在你面前，就是个彻彻底底的外行！”

“大说谎家。”我表扬了米基的卖力欺骗，继续抱怨道，“唉，我特别讨厌被人一眼看穿。”

“被人一眼看穿还不算糟。”米基试着安慰我，“想想看，如果你不得不孤身一人面对这个世界，是不是更糟些呢？”

“我本来就是孤身一人！”我咆哮道。

“不，你不是。”米基毫不犹豫地否定了我的说法，然后给了我一个真诚的拥抱。

跟米基在一起，他就好像我的亲哥哥。当然，对于米基而言，我就和他的妹妹差不多（不过，卡塔倒是一直都认为：男人会更加迷恋、着魔于那些像自己亲妹妹的女孩，因为他们都希望拥有一段乱伦式的感情）。

“如果你对约书亚真有感觉，”米基说，“就必须弄清楚他究竟是精神不正常，还是有其他什么原因。”

“我应该怎么做？”我问他，“去打劫负责他医疗保险的公司，把他的档案都偷出来看看吗？”

"这样做当然可以。"米基对我笑了笑，"不过，更好的方法自然是去问问加百列牧师，毕竟他们是熟人。"

"你说得没错，但比起去找加百列我倒宁愿去抢保险公司！"我叹了口气，结束了对话。

在加百列牧师的房门前，我遇到了妈妈。她正哼着小曲儿出门，像是要出去购物。看起来，她的小日子过得有滋有味。

我猛然意识到：妈妈和老爸现在都过得开心惬意、性生活美满，比我可好得多了。不过，随便哪个内心强大的三十来岁的女人，如果置身于我目前的境地里，保准一蹶不振，患上抑郁症。相比之下，我倒算是坚强的了。

我正想着，妈妈走了过来，微笑地问："现在过得怎么样啊，玛丽亚？"

"至少笑得还算多吧。"我一边应付她，一边考虑是否应该过问一下她和加百列牧师之间的关系。如果问了，肯定会以母女间大吵一架收场。每次都是这样，只要我问她跟当时的爱人相处得如何，不管对话怎样进行，最后一定以吵架结束。我的天哪，为什么我的父母就不能跟其他父母一样，做点他们那个年龄的人该做的事呢？比如一起在客厅沙发上消磨时光之类的……

"你肯定想要问为什么我会跟加百列在一起，对吧？不错，作为我的女儿，你有权知道。"

我却并不清楚自己是否被作为女儿的知情权强迫了，需要知道些其实一点儿都不想知道的事。但是，相较"让斯维特拉娜当我的继母"这件事而言，"让加百列牧师当我的继父"似乎更容易让人接受一些。因此，不妨顺着妈妈的意思，问她一下："好吧，你怎么会在加百列这儿呢？”

谁能想到，妈妈的回答居然是唱出来的，还是辛迪·劳帕[①]的英文歌：“啦啦啦，姑娘们只是想找点乐子！”

“你是姑娘的年代得追溯到二十世纪了。”我对妈妈的得意大胆说笑。

“哈，你也一样！”妈妈毫不客气地反击。

“无论如何，那都是二十世纪的事了。现在的我，跟个傻子差不多……”我抱怨了一句，不想再多说些什么，只想绕过她，进去找加百列。但她却拦在我面前。

“如果你需要帮助……”唉，看她那架势，又要对我长篇大论了。

“不管你怎么说，我都不会去那间心理诊所，坐到单人沙发里面接受你的治疗！”我打断了她。

“我确实应该对你遇到的一切麻烦负责，都是因为我当初跟你们的爸爸离婚，离开了你们。”她也知道我不喜欢听她长篇大论，所以直入主题。确实，她这句话讲得很对，我不能更同意了。

“玛丽亚，你知道吗，人总是要长大的。到了特定的年龄，就不应该什么事情都怪在父母身上，命运需要用自己的双手来把握。”

“好吧，你说的这个‘特定的年龄’大概是多少岁？”我知道她想说什么，便不无尖酸地挖苦道。

“二十多岁。”妈妈笑道。说完她不再拦我，自己出门去了。离开的时候，又多说了一句，“不管怎样，如果你需要心理学上的咨询意见，我会帮你找个好治疗师。”

我没有回话，默默看着她离去。她那种高高在上的态度一直都

① 美国女歌手，一九七七年登上乐坛，风靡一时，当时风头之健仅次于迈克尔·杰克逊。

让我受不了。如果她真要找，还不如帮我找个干起活来干净利落的职业杀手呢！

走进加百列办公室的时候，我又被墙上挂着的关于耶稣的油画包围了。这次，我仔细看了看《最后的晚餐》，发现画上的耶稣和约书亚还真有点儿神似。约书亚，他甚至比比吉斯乐队的成员还像耶稣！这也太奇怪了吧！

加百列牧师正在忙着安排他记事本里“待办事项”的部分。出于某种原因，他把下周的计划都画掉了。显然，他知道我进来了，手仍在记事本上忙着，看也没看就问了一句：“哎，玛丽亚，你又打算结婚了吗？”

在加百列长达三十年的职业生涯当中，即使他自认为说的话有多幽默，也从来没有一位听众笑过。可以说，他这个人对于自己缺乏幽默感这件事，根本就没有一个成年人应有的自觉。

“我，我想问你一些事情，是关于约书亚的。”

听到这话，加百列总算抬起头来了，脸上看起来很严肃。尽管我有些怕他摆出这张臭脸，还是吞吞吐吐地坚持问了下去：“他……他说自己是耶稣。他是疯了吗？”

加百列并没回答我的问题，十分严肃地反问道：“你想从他那儿得到些什么？”

感谢上帝，我还算是清醒，“刨木头”这个条件反射似的答案并没有脱口而出。

“他到底是不是疯了？”我效仿加百列的做法，重复了一遍自己的问题。

“没有，他没疯。”

“那他为什么要对我说谎呢？”我继续问道。

加百列却不愿意再回答了，只对我说了句：“玛丽亚，没必要回答了，约书亚永远都不可能在乎你对他的感受。”

“为什么？”我又问。

我努力装出对约书亚毫不动心的样子。

“相信我，那个男人不会跟任何一个女人坠入爱河。”加百列言之凿凿。

这句话在我心里的解读却是：“上帝啊，约书亚果真是同性恋！”

但是在回家的路上，我突然想起：约书亚曾经跟我提过一个女人，他真的会是同性恋？不过，巴勒斯坦人如果想出柜应该是困难重重吧？没准儿跟成为职业足球运动员一样难。因此，巴勒斯坦的同性恋男人如果想要摆脱哪个不明真相的女人，应该不会简简单单来一句“我喜欢穿粉红色内裤”，或许更倾向于说“我是耶稣”。

卡塔已经走了，我没办法跟她聊此刻的想法，只好爬出天花板，约书亚在那里。我上去的时候，他正唱着新的诗篇，锯一根支撑用的长木。不过一看见我，他马上不唱了，但看我的眼神还是一如既往的深邃、平和。显然，他早就不生我的气了。我果断采取“条件反射式提问法”，快速问道：“约书亚，你在家乡的时候也独自一人唱诗篇吗？”

约书亚有些吃惊地看着我，几乎是无意识地答道：“不，不是一个人唱。”

“那你是跟谁一起唱的？”

“我有不少朋友。”

“是些男人吗？”

“是的，是男人。”

听到这话，我在心里暗想：所以，其实他还是同性恋？

“这些男人里有你爱的人吗？”我决定不拐弯抹角了。

“我每个都爱。”

每个都爱？我心里大吃一惊。

“一共有多少个？”

“十二个。”约书亚答道。

哦，我的老天，居然这么多！！

“但是……你应该不会同时爱这么多人的吧？”我佯笑着试探他。

“嗯，是同时跟他们一起。”

上帝啊！！！

“那些男人都很平常，比如渔夫、税务员……”

他居然还有个在国税局里工作的同性伴侣？唉，那句话是怎么说来着——参差不齐乃世界的常态。我咽了口唾沫，问了最后一个决定性的问题：“如果是这样，那你提到的玛利亚又算什么呢？”

约书亚算是弄明白我在误会什么了，他没回答我的问题，只是反问了一句：“难不成你认为我跟这些男人之间竟有那种通过身体联结来交流的爱意吗？”

“不是，不是，不不不……”我慌不择言，但显然我心里清楚得很，这个男人不会再被我的拙劣谎言欺骗，“不不不……噢，好吧，我就是那样以为的。”说了太多的“不”字之后，我终于小声承认了。

约书亚大笑。他的笑声洪亮，整个屋顶似乎都随着他的笑声共鸣、回响。不过这次他是在笑话我，所以我心里并不觉得这笑声有多么震撼。

就在这时，我们突然听到楼下传来一声尖厉的叫喊，是孩子的声音。约书亚不再笑了，我们赶紧跑下了楼。

“我们得让小家伙平躺在地上。”下楼梯时，我和约书亚听到斯维特拉娜在说话，听得出来，她焦急万分。我们加快了脚步，终于在走廊里看到了斯维特拉娜：她正紧紧抱着那个躺在地板上身体不住抖动的八岁小女孩，老爸站在她们身边，不知所措。女孩个子很小、长得像瓷娃娃似的，有一头漂亮的金发，她大概犯了癫痫：身体抖动得越来越厉害，口吐白沫，神志不清。

“那个，莉莲安娜会很疼吗？”老爸十分关心那女孩，但显然毫无经验，手足无措。

“叫并不是因为疼痛，而是因为呼吸急促，吸进了太多的空气。”斯维特拉娜向老爸解释。她只是抱着女孩，什么都没做，希望莉莲安娜能够自己稳定下来，恢复正常。

“一般来说，这种情况会持续大约两分钟。”她补充道。

老爸点了点头，也学着斯维特拉娜的样子从另一侧抱住了孩子。这样一来，莉莲安娜就完全没法挣脱，也不会因撞到什么而受伤了。

就在这时，约书亚走了过去，在不停颤抖的孩子旁边弯下腰来。

“你想干吗？”斯维特拉娜的语气里明显带有敌意，显然是出于母性本能。为了保护自己的孩子，这位母亲就算跟人用中国功夫决斗都不足为奇。而且，根据我的估计，没准儿她还能赢……

约书亚并不急着答话，他神情专注地用手碰了碰孩子的额头。

小家伙马上就不再颤抖了。她重新睁开双眼，甜甜地笑着，好像什么事都没发生过。

约书亚宣布：“她再也不会像这样受罪了，她已经痊愈了。”

斯维特拉娜和老爸万分吃惊地看着莉莲安娜，就好像她是个外星人。

而我，则以更吃惊的目光，死盯着约书亚。

18

现在绝对是该说“真他妈扯”的时候了。对不起，不用中间那个少儿不宜的词根本没办法表达我此刻的心情。

现场三个大人：老爸、斯维特拉娜和我已经全然呆滞，只有小女孩完全正常。她用袖子一把抹掉嘴边的白沫，站起身走到约书亚身边，微笑着用白俄罗斯语问了他一句什么。哎，如果真有白俄罗斯语的话……实际上可能是没有的吧。想想看，比利时这个国家就没有单独的比利时语，因此，莉莲安娜说的很有可能是俄语。

谁能想到，约书亚竟然也用那种听起来令人感觉寒冷又坚韧的语言回答了她的问题。然后，两个人站在那里用我根本听不懂的语言聊起天来。过了好一会儿，约书亚哈哈一笑，转身朝楼上走去。

“莉莲安娜问：‘我是怎么了？’”斯维特拉娜向我们解释道。这个惊魂未定的年轻母亲说起话来还很飘忽。“那个男人说：‘上帝治好了你的病。’于是莉莲安娜又问：‘上帝是不是万能的？’那个男人肯定地回答：‘没错，上帝确实是万能的。’因此，莉莲安娜向上帝许愿，希望能够得到一台 PSP 游戏机，除此之外，她还希望我能找到一个不那么老的男人。”

听到最后这句话，老爸似乎有些愤慨：如果单看此刻的场景，很难想象他爱这个小女孩能有多深。

“好吧，约书亚又说了些什么呢？”我有些激动地刨根问底。

“他笑着教育莉莲安娜说：‘看来，关于上帝，你还需要再多一点了解。’”

我继续追问斯维特拉娜，她女儿这么快就恢复过来并站起身来的情况之前是否发生过。而她回答说“过去绝对没有过”。斯维特拉娜还继续解释说她所说的“绝对”指的是“在整个已知的医学研究史上都绝无仅有”。莉莲安娜刚才的表现压根就不符合癫痫的病征。

不需要再多问些什么了。我赶紧上楼去寻找约书亚，终于在自己的房间里发现了他。约书亚正顺着梯子往上爬，应该是又要去屋顶上了。

“你……你还懂俄语吗？”

自然，我也可以直接问他：“你能用超能力治病吗？”但是刚才发生的一切，以及斯维特拉娜关于癫痫病征的证言，也并不是什么太不得了的确凿无误的证据，权衡之后，我决定暂时不这么直截了当。我担心约书亚给我的回答太过刺激，会令我无法接受。

“那是白俄罗斯语。”约书亚纠正了我的错误。

“对我来说无关紧要！”我呵斥他，“快点！老实回答我的问题！”

“世上所有的语言，我都会说。”

哈，我就猜到他会这样回答。真不必指望他会正经地回答问题了。真是一疯再疯。

“会说所有语言？好吧，证明看看。”我决定紧咬不放。

“如你所愿。”

约书亚微笑应答之后，马上开始了一次小型演讲。这段演讲用德语的“信上帝”打头，然后以各种不同的语言向前推进。其中不少语言我完全听不懂，可以确认的有英语、西班牙语，似乎还有黎巴嫩籍的侍应生在打工的意大利比萨店角落里聊天时使用的嘟嘟囔囔的语言，接下来的几种语言听起来像唱歌。对了，有种语言听起来好像患了喉炎似的，我想那大概是荷兰语吧。

恍惚之间，我像是在看《橘色小老鼠》[①]的一次纪念剪辑，唯一的不同之处在于不会有画外音跑出来说明“这是土耳其语”“这是瑞士德语”“现在是斯瓦希里语”……

如果这是骗术，那他的技巧也太高明了，起码也必须准备相当长的时间才行。无论如何，在这次小型表演之后，我觉得自己没有必要再去问关于超能力治疗方面的问题了。我有些惧怕他将会说出口的回答，已经不敢问了。

“好了，你现在愿意跟我一起刨木头了吗？”约书亚向我建议道。看起来，他确实很想跟我一起在屋顶上刨木头，以此消磨一整天。

“我……我不会做木工活，帮不上什么忙……”我找了个借口推托，赶紧逃离自家屋顶，扔下他一个人站在那儿。这整件事对我而言实在是太诡异了。一时半会儿，我没法接受。

稍微停了一会儿，我直接冲进了教堂。我希望从加百列那里听到真实的答案，我再也不要听什么神神道道的胡言乱语了。如果加百列还像上次那样欲言又止，只会让我再次陷入“哎呀，我错把你当成同性恋了”的尴尬境地。

很可惜，加百列并不在办公室。于是，我冲进了礼拜堂。

走在礼拜堂，我的心情逐渐平复，总算享受到了片刻安宁。

闷热的夏末，我又站在教堂的祭坛前看到了钉在十字架上的耶稣。

如果约书亚真的曾经受过这一切磨难，那么他绝对是一个完全不记仇的人。他对人们那样好，简直到了让人吃惊的地步。

我在内心高声呼喊：上帝，我将从现在彻底相信救世主，真的！

---

① 德国最受欢迎的儿童动画节目，流行四十余年，经久不衰。

就在这时，我听到了加百列的声音，是从教堂的地下室里传来的。一开始，我还听不明白他在说什么，走近些，接近地下室入口时，我听到他说："你简直是个奇迹……"

不会吧！他该不会正跟我妈妈在教堂地下室里……

"……我的主啊，你身在天国之中……"

哦，还好，他只是在祷告。

我鼓起勇气顺着楼梯走进散发着霉味的低矮地穴。通往地下的道路相当狭窄，如果我是个篮球运动员，一定连腰都直不起来。

加百列正跪在地下室里念祷词。他已经发现我了，却并没有搭理我，自顾自地祷告。

唔，他是希望我跟他一起跪下吗？好吧。但是跪下了，我应该说些什么呢？实际上，除了心里总是念叨的独创祷词"求你了，亲爱的上帝，显灵吧，请让我……"之外，我可连一句正式的教堂祷文都不会背。

我决定保持沉默，安心地等加百列完成他的祷告。

不过，老实说，这种祷告时下跪的规矩，我早就看不顺眼了。为什么上帝要求人们这样做？为什么人们在他面前需要下跪？为什么人类就必须在神的面前臣服？全能者还需要用这种方式来自我满足吗？

噢，要是给上帝进行心理治疗，大概会有这样有趣的诊疗对话吧。

"亲爱的上帝，请靠在那张单人沙发上……好了，就是这样。现在，请告诉我，你为什么要让信徒在你面前跪拜呢？"

当我正继续幻想那位治疗师会采取怎样的方式询问上帝童年时期发生的事时（其中一定会涉及这些有趣的问题：谁创造了上帝？是他自己吗？如果是，这个过程又是怎样实现的？），加百列突然转过脸来，问我：

“你为什么不跟我一起跪下？”

我只好向他解释自己对祷文的内容不是太熟悉。

“没关系，任何人都可以用自己喜欢的方式跟上帝交流。”加百列这样说。

于是，我又继续向他解释我对下跪祷告行为的怀疑。

“上帝看重的并不是这些形式化的玩意儿，而是其他一些东西……人们是否用下跪的行为来表示虔敬，或者……即使人们对上帝并不虔敬也罢。这些都无所谓，他看重的是另外的东西。”

“好吧，但那些‘另外的东西’又是什么？”我对加百列回答中的欲言又止不无好奇。

“或许你能凭自己的力量找到。”加百列这样答道。但从他答话的语气来看，不应对此抱太大的期望。我只好暂时终止这个话题，转而跟他说起约书亚。我提到他在语言方面的天赋，以及奇迹般治好莉莲安娜的癫痫的事，说得唾沫横飞、神情激动。

“到底是怎么回事？”我向加百列牧师要一个解释。

加百列沉默了一会儿，开口时却又抛出了一个反问：“如果我告诉你，那个木匠真的是耶稣，你会对我说些什么？”

“我会说你肯定是在骗我！”我脱口而出。

“很好。”加百列笑了，“这样的话，我可以明确跟你说，那个木匠正是耶稣本人。”

我感觉自己的下巴都要掉到地上去了。

“难道不是吗？你已经见到足够多的证据了。”加百列继续说道，“约书亚会说所有的人类语言，他还完成了一次超能力般的触摸治疗。和这些证据相冲突的只有一点，那就是……”

“约书亚完全没有正常人的情商，对吗？”我插话补充道。

“当然不是，唯一的一点就是你这个人缺乏信仰。”

“哼，不需要你编这种话来嘲弄我……我已经够让自己丢脸的了。”我抱怨道。

“没错，你让自己丢脸的场面，我已经在那场婚礼上见识过了。”加百列干巴巴地应和了一句，还自以为很幽默。不过老实说，他讲笑话的能力相比之前进步了很多。

“无论如何，我给你一个建议。”加百列接着说道。

“什么建议？”哈，加百列还能给出什么好建议？我根本就不指望。

“找回你丢失的信仰。”他说得十分恳切，简直算得上警告。“还有，最好快一点。”

“信仰啊，什么玩意儿！”想到加百列刚才的建议，我忍不住小声骂了一句。

我坐着脚踏船在马伦特湖上漫无目的地游荡。

家是没办法回了，因为约书亚还在那儿。除了他，还有斯维特拉娜和那个觉得老爸太老的小女孩。米基那儿也不能去，下班时间租碟店里总是有很多人。他们会租那些打了“少儿不宜”标签的碟子，然后随手抽一张出来，在店里兴致勃勃地观看。打卡塔的手机也找不到人——到底是怎么回事啊？

我踩着脚踏船，十来岁以后我就再也没有做过这件事了，那时候，只要我觉得心情低落，就会跑到马伦特湖踩脚踏船。仔细想想，大概每两天就会来一次这里。

此刻的湖面上，除了我踩的这艘船之外再没有其他船了。换句话说，我独自拥有这个湖。学生们已经快要开学了。如今那些抑郁的年轻人显然不会选择用踩脚踏船的方式舒缓心情，他们会在互联网上搜索炸弹制作指南。

对了，还有一个原因：马伦特镇的天气已经湿热到了令人难以忍受的地步，空气中满溢着暴雨将至的征兆。不过，因为我还沉浸在“如果我真在厨房里做成了一个炸弹，应该用来炸死谁”的妄想之中，并没有意识到这一点，直到第一滴雨打在身上，我才勉强察觉。

约书亚的身份，加上刚刚同加百列的一席谈话，弄得我很混乱。天空忽然雷鸣滚滚，我吓了一跳，也终于能够从想象的世界回到现实中来。我抬头看看天上，乌云之间隐约有闪电掠过，一阵狂风吹来，我的眼睛几乎没法睁开。

我看了一眼码头，得赶紧上岸才行。电闪雷鸣，绝不能再在湖面上逗留了。

我拼命踩着船上的踏板，然而雷声越来越近。刚才无意识的神游已经把我带离码头很远，必须踩上好半天才能回到岸上。唉，这呼啦啦袭来的雷暴，我早该预料到的！该死的爱情，只会让人心乱神迷，惹祸上身！

暴雨突然倾盆而下。豆大的雨滴打在我的脸上，须臾间便将我淋了个透湿。因为全力踩踏板的缘故，我上气不接下气，几乎无法呼吸，肺部隐隐作痛，双脚拼命乱蹬。但是，无论怎样朝码头方向狂踩，小船都不愿向前推进，只在风雨中飘摇：暴雨令湖中波浪翻卷，犹如身处海中，船被推向离岸更远的地方。又是一声雷响，刹那间几乎要震聋我的双耳。巨大的恐惧感袭来。我很清楚，除非雨停，否则我无法靠岸，希望闪电不会打到湖面上来。

我怕得要死，不知不觉间已开始向上帝祈祷。有那么一小会儿，我突然意识到自己之所以不愿在上帝面前下跪，正是因为他对我太过宠爱。我知道自己错在哪儿了，但这艘小小的脚踏船实在不适合下跪祈祷。考虑片刻之后，我决定放弃跪祷的打算，而是简简单单地双手合十。但就在我开始祈祷的时候，一个闪电劈了下来，打在湖的那一端——那场面简直像是发生了大爆炸，我的眼睛被晃得睁都睁不开。雷击掀起的大浪把小船整个掀翻了，我掉进了水里，很快就沉了下去。

突遇意外的惊慌和对死亡的恐惧席卷了我，但我仍在努力，希望能让自己冷静下来。没错，我又不是不会游泳，虽然游得不怎么好。虽然在学生时代，那个脾气超好的体育老师在评价我的各项体育成绩时，总是会用“别担心，肯定有个你擅长的项目，只不过我们不考而已”这句话来安慰我，但是向下用力蹬腿并浮上水面这件事总还是做得来的。

只要我能在嘴里这口气耗尽之前奋力浮上湖面，把脚踏船扶正，就还有一线生机！

于是，我用尽全力向下蹬腿。片刻后，水面确实渐渐变近了些。就在这时，我的腿突然抽筋了。因为剧痛，我开始在水里大声喊叫，这显然不是什么好主意。湖水涌进了我的肺，感觉就像被火灼烧一般。实在太难受了，胸腔仿佛要被一股力量撕裂开来。所剩无几的空气从我的嘴里变成气泡逃走，向着湖面上升，上升，上升。我却在不断下沉，惊慌失措地看着那些似乎象征着希望的气泡一点一点地离我远去。我犹疑不决，想试着继续蹬腿，可惜此时肺像火烧，一条腿因为抽筋完全派不上用场，我清楚地知道自己已经力不从心了。

我就要死了。

没办法抗拒命运了。我放弃挣扎，任由身体下沉。巨大的痛苦同时折磨着我的身体和灵魂。不过在这生死相交的关口，痛苦都已是远方细碎的轻响，算不上什么了。

在生死关头我不禁追问，自己死后会上天堂，还是坠入万劫不复的地狱。总的来说，我在短暂的一生当中，除了把思文晾在教堂那次，并没有做过什么违背良心的坏事。但是，我好像也没做过什么值得一提的好事。

没错，我连一件可以说得出口的好事都没做过，活到这么大从未参加过什么了不起的组织，没做过任何大善事，没有去发展中国家做过义工，也没有参加过红十字会无国界救援组织。不仅如此，我还不怎么热衷于慈善捐款事业。鉴于以上原因，我并不指望圣彼得会在天堂门口隆重欢迎我的到来，同时说些诸如“玛丽亚，欢迎光临，感谢你每次都把找零硬币扔进在人行道上讨钱的乞丐们的破碗里”这种体面话。

我的嘴里早已没有气泡能再逃出来，意识逐渐模糊，周围慢慢暗了下去。我的双脚已经触到了湖底。在最后时刻，我闭上了双眼。很快，我就能真正弄清楚，天堂或地狱是否真的存在了。

就在这时，突然有人抓住了我的手。

我被拉起来向上升去，一直升到湖面上。我大口吸入空气，那反而让我的肺部更加焦灼。和我一道被带出湖面的水像鞭子一样划过我的脸庞。雨仍在下，我听得到雷声轰鸣，闪电划破长空，把周围瞬间照亮。在这炼狱般的场景之中，我看清了是谁一直紧握着我的手：

约书亚。

他正站在水面上。

19

约书亚把我带到水面上，抱住了我。

没错，我没说错——他把我带到水面上，抱住了我。我仔细看后，发现自己并没有说错：是的，他正抱着我在水面上飞！

显然，在这种情况下，除了上述简单事实之外，我还可以想很多其他的事：是约书亚把我从湖底拉了上来，他救了我的命。并且，最最关键的一点是，我的天，原来他真的是耶稣！

可惜，此刻我除了反复念叨“约书亚正抱着我在水面上飞”外，已经没有能力思考其他的事情了，就好像电脑突然死机，程序无法运行，无法处理比如“我的天，原来他真的是耶稣！”这样劲爆的信息了。

经过努力，我那可怜的思考能力终于能够向前迈出一小步了。不过，出于安全考虑，它思考的仍是些无关痛痒的事：哦，之前还没有男人能够那样抱我呢！对了，思文曾经试过一次。某次做爱的时候，他企图在快要高潮之前，把我整个举起来，完成一次高难度动作，结果他的腰椎间盘差点没从身体里飞出来。

风雨仍像鞭子一样抽打在我脸上。约书亚张口了，却是在对天地下令：

“你们，全给我停下来，安静！”

狂风即刻萎靡，刹那间便已停歇，雨水消失得无影无踪，湖面也安静了——看起来，这男人一辈子都不需要雨衣雨伞……

五分钟后，约书亚把我好好放在码头边，遮蔽天色的满天乌云已全部消散——他很温柔，还特意找了一把公园长椅，让我倚靠。

我全身湿透,他身上却滴水未沾。我的身体冷得仿佛已结成了冰。活这么大，我还从未冷成这样。

我的肺里仍有刺痛的灼烧感。约书亚像是洞悉一切，很平和地对我说:“我可以让你的痛苦停止。”

说完，他准备触摸我，就像之前碰触斯维特拉娜的女儿那样。我却尖叫起来:“不！”

没错，我就是不想——不想让约书亚碰我。到现在为止发生的这一切对我而言实在有些太过了。太过了!

听到这歇斯底里的大喊之后，约书亚的动作停止了。他被我的古怪行为弄昏了头。不解女人心的木匠显然不清楚我心里想的究竟是什么。

“但是,”约书亚劝道,“你现在体温过低，如果不……”他说着，又想伸手了。

“别碰我！”我冲他吼道。现在，我对他有一种本能的恐惧——就像遇到超自然现象时人的本能反应。

“你怕我吗？”

啧啧，这家伙的反应简直比恐龙还慢。

“不要害怕。”他试图抚慰我，声音变得越发温柔。但这并没能把我从惊慌失措里拯救出来。

“不——要——碰——我！”

见我反应如此强烈，他只得点点头:“如你所愿。”

“快走开，从我眼前消失！”我用仅剩的一点力气对他喊。然后因为用力过度，我开始咳个不停。

约书亚看着我的眼神里满是担心和忧虑。或许我对他而言意义深重？又或者他对每个溺水得救的人都一视同仁，总是这般关心？

"'从我眼前消失！'是指'别再说话，赶紧滚开！'"我重新聚拢些力气，喘着粗气，又对他解释了一遍。接下来，是新一轮的咳嗽……

"如你所愿。"约书亚同样用温柔礼貌的声音重复了一遍。说完他就离开了。他让我独自留在公园的长椅上忍受寒冷、不住咳嗽，没有别的原因，只是因为我自己愿意。

约书亚拐了个弯，看不见了。感谢他的咒语，雨完全停了，但我身体的颤抖程度却比之前更厉害了，咳嗽也加剧到了身体几乎无法承受的地步。我得想办法回家，就这样靠在公园长椅上，我会感染肺炎死掉。

我抖擞起精神，努力从长椅上撑起身来。看着吧，我一定能凭自己的力气走回家的。

不过这事儿还真不容易。站起来后刚走了半步，我就眼前一黑，瘫软在了路上。

20

“嘀——嘀——嘀——”

醒来时，我听到了这样的声音。

我正躺在医院的病床上。身边有一台制造“嘀——嘀——嘀——”声的机器，上面伸出很多线来，全部连在我身上。

这台机器为什么这么吵？病人不是应该静养吗？怎么还需要被迫听这无休无止的声音呢？

我看了看自己，穿的是病号服。换句话说，在我昏迷的时候，有人把我的衣服脱光，给我换上了衣服。

外面的天已经黑了，我开始犹豫是否该叫夜班护士过来，问问具体情况。

“嘀——嘀——嘀——”

这机器实在让人抓狂，我攥起拳头用力捶向那台机器，几拳下去终于令它停止了叫唤。然后我琢磨起之前发生的事情。早在于湖面飞翔时，我就该认真想想了。是约书亚把我从湖底拉了上来，他救了我的命。并且，最最关键的一点是——我的天，他真的是耶稣！

此外，我还想到另外一件更重要的事：“上帝啊，我真想好好捏一把耶稣的屁股！”

等等，等等，冷静下来。

我深深吸了口气，试着平复心情。没准儿之前经历的这一切都只是我的幻想。是我在水里窒息久了，大脑意外受损，所以产生了幻觉？其实救我的并不是约书亚，而是我自己的求生本能？到底发生了什么，实在是弄不清楚了，可是，就算是求生本能，凭我的身体条件，根本不可能从水里浮上来游向码头。我是怎么办到的呢？

显然办不到。可是如果否定自救，一切又不是幻想，那就意味着约书亚确实是耶稣。假设他真是耶稣，我能够被他救起，没在马伦特湖里溺死，显然是件值得高兴的事。因为，耶稣既然存在，也就意味着上帝、天堂、地狱这些玩意儿也都是真实存在。想想吧，之前在房间里时我居然还暗示耶稣让他跟我上床呢！就凭这点，也够被打入地狱几十遍了。

很好，已经基本可以确定，我跟他之间是完全没戏了。不仅如此，由于之前跟约书亚的种种牵连，天国管理委员会肯定还会给我减分，因为我竟试图勾引救世主。还有，在他把我从湖里救出来之后，我还冲着他喊叫，让他“赶紧滚开”。

唉，等我死时，这些账肯定都会算上——地狱之旅是逃不了了……

正想着，病房的门突然开了。在那一刻，我还担心是约书亚来看我了。如果不是，那门最好只是碰巧被风吹开的。我可不想让任何人看见自己现在的样子。

果然是有人进来，却是思文。

我住的恰恰是思文工作的医院，而他恰恰又负责今天的晚班。

莫非之前我昏迷时是他给我换了衣服？想想就觉得难受死了。

思文一脸同情地看着我：“一切都还好吧？”

“不好不好！一点都不好！要么是我疯了，要么是我看见了耶稣被吓疯了！啊啊啊！”

我非常希望能这样大喊，但最终只是轻轻点了点头。

思文走到床边继续对我说：“有个观光客看到你全身湿透倒在湖边就通知了我们，究竟发生了什么事？”

我向他解释了脚踏船翻船的事，别的一句都没多说。思文微笑着为我轻声唱起那首老掉牙的儿歌："海难过后，在救生艇上啊，晚霞辉映，我们奋力向前，没有发 SOS 电报，信号枪也已用光。一艘救生艇啊，风雨飘摇，即将沉没。"

"哎，这首歌啊，我都快不记得了。"我有些任性地回了他一句。

思文这家伙，突然过来握住我的手说："我一直都在你身边。你知道吗，这是医院里唯一一个单人间，我想方设法才帮你争取过来的……"

但两手相握已经完全没有感觉。我心里明白，现在唯一应该握住我的手的人只能是约书亚，再没有第二种可能了。

我把手抽出来，并且请求他不要再碰我了。

思文对我的态度感到震惊。显然，他现在对我好不过是别有用心，希望趁我身体虚弱的时候挽回我的心。此时尽管他脸上仍带着些许落寞，说话的声音却已变成男护士特有的不带丝毫情感的亲切："很好，那么，现在是打针的时间了。"

"什么，打针？"我惊慌失措地问道。

"是的，我过来就是要给你臀部注射的。这是医生的要求。"说完，他拿出针筒，放在一旁的柜子上。

我不觉咽了口唾沫。光是打针，对我而言已不够轻松，居然还要由我的前任男友来执行……

我很不情愿地翻了个身，俯卧在病床上，露出屁股。刚才和思文两手相碰时，我就已经很不自在了。现在这姿势，只会更加难受。哦，思文的手已经按在我痉挛的肌肉上了，简直难受死了！

"哎哟！"我痛得忍不住大喊。

"噢，真抱歉，我好像扎错位置了。"他一副无辜的表情，"我们还得再来一次。”

思文手里的针头，再一次瞄准了我的屁股。

“啊——”这次更狠，痛得我已经不能忍受了。

“哎呀呀，又扎歪了，我真是个大大大大傻瓜呀！”思文重施故技。

我转过头来，看了思文一眼。他不擅撒谎，所以只消一眼我就明白了：

“医……医生根本没有要求你给我打针吧？”

既然已被识破，他索性不装了。“哈，如果我再来两针，就能在你屁股上扎出个笑脸了！”他笑得狰狞，将针筒同时再度刺下。

“嗷——”

我从病床一跃而起，穿上裤子，大吼一声：“你可真是个变态！”

然后，便急匆匆地向门外跑。思文挡住了我的路：“嘿，我们还没完呢。噢，我想起来了，医生还跟我说，希望给你下点泻药……”

情况危急！我在圣坛前抛下思文这件事显然给他造成了相当负面的影响，并引出了他内心潜藏已久的阴暗面。不过，我还记得姐姐传授给我的、在面对这种情况时的终极逃脱奥义：“没事，男人那地儿，踹一下，踹一下又不会爆掉。”

一脚下去，思文发出了撕心裂肺的尖啸。我逃出医院，跑到了还有点湿的路上。我拼了命地奔跑，直到自己完全跑不动才勉强停下来。思文没有跟着我跑过来，没准儿他还紧捂着下体，像头丛林狼一样尖叫哀号。

我穿着病号服在马伦特镇的夜色中快步行走。光着的脚因为寒冷，几乎要失去知觉——真冷，我全身都在发抖。当我终于来到老爸屋门前时，除了摁门铃之外已经别无选择，再也找不到其他办法了。幸运的是我没有吵醒老爸，过来开门的是卡塔。看见我这副模样，她有点儿吃惊，而我只是简单地回了一句:“别问。”

姐姐爽快地应了一声“没问题”，然后十分关切地来了句“怎么了怎么了”。

为了敷衍这麻烦家伙，我只好讲了脚踏船和思文的事，却隐瞒了约书亚飞越水面的那部分——我可不想被自己的亲姐姐送进疯人院!

卡塔领我去洗了个澡，终于把全身上下的湖水味洗掉了。老爸、斯维特拉娜还有她的女儿已经睡着了，我却一点都不想睡。现在的我，感觉仍在天国(约书亚)和地狱(思文)间神游。洗完澡，我换好衣服，跟卡塔一起回房——她刚刚画好一幅新漫画。

这幅漫画很让人吃惊。一般来讲，卡塔从不在这个系列漫画当中缺席。而上帝只在漫画世界里卡塔本人遭遇相当大的挫折时才出场。看到这儿，我很清楚，卡塔的心情一定不太好。

“你去医生那儿了，对吧?”我有些紧张地问道。

“是的。”

“结果怎么样?”

“还得等一段时间才能拿到检查结果。”她努力装出很帅气的样子。

“感觉不是太好?”

“哪里，就是例行检查，没什么需要担心的。”听到我的疑惑，她一点儿都不着急，安静地向我解释。

我不知道自己是否应该相信卡塔。我的姐姐撒谎技巧相当高明，尤其是在掩饰自己的恐惧方面，简直出神入化。尽管这样，我却也有分寸，问话时不能把她逼得太急。于是，我凭着灵感，在房间里四处找寻是否真可以不担心的线索。找来找去，在桌上发现了第二张漫画，是她今天画的:

跟上一张比起来，这张漫画显然快乐得多。看来姐姐仍旧很乐观向上。确实没什么需要担心的。

如果我不是被“约书亚在湖面上飞来飞去”的故事搅昏了头的话，或许会注意到（我得说，这点确实很值得注意）：卡塔居然在夏末的时候就开始着手画与圣诞节相关的漫画了。除此之外，我还应该注意的是卡塔在这张漫画里最终否定了和蔼可亲的白胡子老爷爷即圣诞老人的存在。姑且不论其中是否有些深意……但至少，她为圣诞老人漫画提出了一种诠释的可能。另一方面，参考卡塔那彻夜难眠的状况，对这幅漫画还存在另外一种解读：卡塔内心深处很希望和蔼可亲的白胡子老爷爷能够原谅她做得不对的地方……

21

加百列在家中厨房里守着，等待耶稣归来。他的爱人，玛丽亚的母亲，此时在汉堡出差，不在他的身边。

上帝啊！加百列没想到，尽管只是几个小时没见，他就已经无法抑制对西尔维亚的思念了。在这种危急时刻，爱情的麻烦远远大于它带来的好处。关于这一点，加百列算是领教到了。上帝在创造爱情时考虑得太不周全，成品远不完美。或许爱情是上帝万千创造物中的一个次品也说不定，没准儿他当时状态不佳。

显然，全能者不可能状态不佳。作为前任天使长，加百列对于这一点再清楚不过了。但是如果不这样解释，他对爱人的渴望便无从解释了。这一切情感根本就毫无道理可言！

爱情就像常发性胃灼烧，背后所藏的上帝意志让人难以琢磨。

耶稣终于回来了。看起来，他正陷于深刻而彻底的沉思当中。

“你在忙什么呢，我的主人？”加百列问道。

“关于玛丽亚，你知道些什么？”耶稣反问道。

不会吧，加百列暗自叫苦，我们的弥赛亚还在跟那个女人纠缠不清。

“抱歉，我的主人。”他回答道，“玛丽亚，她正是人间平凡到不能再平凡的那种人，实在没什么值得一说的。”

“我觉得她一点都不平凡。恰恰相反，她很特别。”

“在哪一方面？”加百列的声音，不觉微微颤抖，“哦，我们说的是同一个玛丽亚吗？”

“她有本事惹我发笑。”耶稣并不打算回答加百列的问题。

“她做什么了？是走着走着就突然撞到墙了吗？”

脱口而出的这句话让加百列被自己的无礼吓了一跳，微微埋怨起玛丽亚——那恼人的女孩就不能让这位弥赛亚消停些吗？

“没有，她不是走路撞到了墙。你怎么会想到这种事？”耶稣问。

听到这话，加百列松了口气，心里暗喜。还好，耶稣对“反讽”这种修辞手法全然陌生。

“对了，玛丽亚是不是有点缺乏信仰？”耶稣问。

“啊，只是有点缺乏吗？”话到嘴边，加百列不觉叹了口气，在心里悄悄说出了后半句：她确实是“有点”缺乏信仰——如果把有信仰的人比作巨人，玛丽亚大概只能算是蚂蚁。

但前半句话的意思已经相当清楚。耶稣不再回话，看起来若有所思。

“莫非……你想要让她皈依？”加百列有些犹豫地追问道，“这个，你得想清楚了，毕竟你没有时间了。想想你将要完成的艰巨任务吧。”

“我只是想多了解她一点。”耶稣这样答道。他不再说话，直接离开了加百列的房间。

加百列瞧着关上的屋门发呆。“多了解她一点”？就算耶稣那样做了，到最后又能获取怎样的信息呢？一考虑到这件事的结果，加百列就忍不住失笑。耶稣的这个决定，当然是自寻歧路——他可能确实对玛丽亚有些感觉，希望了解她更多。但是，玛丽亚显然不是抹大拉的玛利亚那一型，也不是莎乐美那一型，顶多跟罗得的妻子[1]有点相似吧。在当今时代，耶稣费尽心思，最多也只能让那类误入歧途的小羊羔皈依——他显然还没了解到玛丽亚的可怕之处……

---

① 《圣经·创世记》：上帝打算毁灭淫乱放纵的索多玛和蛾摩拉城，天使通知罗得一家逃离，但在逃跑时不得回头看。罗得的妻子因为好奇，并未遵从天使的嘱咐，回头看时变成了一根盐柱。

22

经历过所有这一切后，我晚上算是彻底没法合眼了。可不是吗，我差点淹死，又被思文恐吓，光着脚横穿了整个马伦特镇。我的灵魂像是受了洗礼，身体却只想昏迷。然而，我几乎是刚挨到床就睡着了，还做了一个狂野粗放的梦：我站在婚礼圣坛前，加百列正在问“你愿意吗”。不过，站在我身边的却不是思文，而是约书亚。他身后本该挂着耶稣十字架的墙空空如也，因为他从上面蹦了下来。对了，他穿着新郎礼服简直帅极了！

我欣然回应，发自真心：“是的，我愿意！”

约书亚的嘴唇慢慢向我贴近——他要吻我了！他那双手很温柔地抚摸着我的脸颊。被他这样抚摸着简直太美妙了。我的心怦怦直跳。

噢，他的嘴唇越来越近了。我全身止不住地颤抖。他的胡子最先碰到了我，一种全身过电的快感拂过。他要吻我了他要吻我了！在那一刹那，我不觉全身绷紧……噢，他的唇挨到了我的唇！我尖叫了起来，从梦里跌了出去。

当我终于能够冷静下来控制自己不再继续尖叫时，我意识到一个颇为残酷的事实：难道在我的潜意识里，其实希望能够和约书亚结婚？！

啧啧啧，该死的潜意识，你就不能不来干扰我的生活吗？

我看了看时间，八点五十六分。已经这么晚了吗？还有四分钟，约书亚就要来了。他总是九点钟到这儿爬上屋顶做木工活，相当准时。我可不想看见他！我真的很怕他！仔细分析，这种恐惧感其实是由两部分组成的：其中一部分就像是女孩们看恐怖片时会有的那种恐惧，比如，当她们意识到那个德州电锯杀人狂正在悄悄靠近；另外一部分，是我不敢面对自己内心的真实感情，我竟然爱上了耶稣！

我赶紧起床，匆匆穿上衣服——所有非必要的事比如洗脸、梳头、刷牙、系鞋带之类的通通省略——冲出了房间，却突然……摔了个狗啃泥！

该死的鞋带！

斯维特拉娜的女儿正拿着粉笔在门前的大街涂鸦，被我的狼狈样逗乐了，嘴都合不拢。我十分吃力地从地上爬起来，花了好一会儿工夫系鞋带，却被那孩子的一句话砸了个结实："你的头发看起来可真蠢！"

磕磕巴巴的德语自然是她妈妈教的。不过，我对这种"国际交流"毫无兴趣，不理她。

"我妈妈的头发比你的好看多了。"她继续用带白俄罗斯口音的德语说着我的坏话。我差不多都能听见她心里在得意欢快地"啦——啦——啦——"了。

"你多大了？"我问小家伙。

"八岁。"

"如果你再这样说话，我保证你活不过九岁。"

听到这话，她吓得一抖，手里的粉笔掉到了地上。就在这时，我看到约书亚从路那边走了过来。我赶紧跑开，速度比《阿甘正传》里的阿甘打了促红细胞生成素[①]后还要快。不仅如此，在跑的同时我还一直默默祈求上帝，希望不要被约书亚看见。

祈祷了好半天，我才意识到，涉及约书亚时，最好还是别向上

---

① 一种兴奋剂。

帝祈祷……

一路奔逃到马伦特湖边，我差不多要背过气去了。

不过，好歹可以安静地歇一会儿了。我坐在栈桥边喘着粗气，稍事休息。

呼吸终于平稳了，我望着波光粼粼的湖面开始发呆。一些不怕死的游客在玩脚踏船。湖面上吹来些许微风拂上我的脸颊。昨天在这里发生的一切，现在想起来竟是那样的不真实，恍如一梦。哈，耶稣救我不过是我的幻觉而已，这是唯一合乎逻辑的解释了。不……准确点说，这是唯一稳妥的解释。否则，不久的将来，我最常听见的一句话就会是："嘿，玛丽亚，今天由这两个壮实的小伙子负责带你去做电击治疗。"

好吧，无论如何，在这种情况下，我和约书亚都是疯子。他是个自认为耶稣的疯子，我是个自认为见过耶稣的疯子……要真是这样，我们俩还挺般配。以后，还可以生一窝可爱的小疯子呢！

等等，这么说，我已经不只想跟他结婚，甚至还想要给他生孩子了？！

唉，这就和当时与马克在一起时一模一样。唯一的不同在于：当年，我还给未来的孩子取了名字……原来，我曾爱得那样深，自己却毫不察觉。

其实，我每一次都爱得那样深，每一次都毫无察觉……

蠢死啦！

几乎在全无预料全无防备的时候，身后有个熟悉的性感声音喊我："玛丽亚？"

约书亚正站在栈桥上。他果然还是跟过来了。

“很高兴看到你。”他的微笑真让人心醉。

“哦……啊……呃……”我又口齿不清了。

“你害怕我吗？”他平静地问道。

“不……那……也……嗯……”

“肯定是的，你害怕我，看到我就逃走。”

“非……可……唉……你……我……”

“别怕我，好吗？”

约书亚温柔得让人吃惊，我身体里藏着的所有恐惧仿佛眨眼间便烟消云散。

“玛丽亚，我有个问题要问你。”约书亚说。

“那就好好问。”我回应道。恐惧被驱散后，我终于又能够流利地说话了。

“今晚，能再跟我一起出去吃饭吗？”

这……也太令人难以置信了。他居然要约我出去！

“这次约会对我而言意义重大。”约书亚补充道。

我敢发誓，他这句话绝对出自真心！对他真的有意义！

准确点说，我对他意义重大！

还有还有，那也意味着，咿……哦……哎……耶！！！

语无伦次的状态卷土重来……

我坐在栈桥上，喜笑颜开，像一匹嗑了大麻、鼻孔冒烟的小马，而约书亚在我旁边坐下了。挨得很近！他不过多看我一眼，我的膝盖就软了；他一谈笑风生，我的心肝脾胃就软绵绵酥作一团。我们坐在那儿，双腿悬空，在水面上晃悠。看看，两个疯子也能享受少许幸福时光！但约书亚只说了一句话，就把“我们不过是两个精神病人”

的指望掐灭了:“马伦特湖看起来比昨天要平静得多。”

“你昨天也来湖边了吗?”我惊恐地问道。

“我带着你在湖面上飞,你不记得了?”

也就是说,昨天发生的那一切都不是幻觉!要知道,那些经历我可没告诉过任何人。如果事情不是真实发生过的,约书亚又怎么可能知道呢?

“所以,你……你真的是耶稣本人。”我的声音微微颤抖。

“是的,我确实是耶稣。”

“噢!”我感叹道。但除了一个“噢”,我没再多说什么。没有说“老天,我竟然站在上帝之子面前”,没有说“上帝之子再临人间”,没有说“简直就是个奇迹”,只是一个傻里傻气的“噢”。千言万语,不过化作了一个有气无力、迟钝缓慢、疲惫倦怠的“噢”。

“你还好吗?”耶稣关切地问了一句。

“噢。”我又重复了一遍。

“玛丽亚,一切都还好吗?”他的关心更浓了。

我一点都不好。客观来讲,也没什么好的。对于像我这样的人而言,耶稣存在与否,和面前真真切切的悲惨人生相比并无太大关系。

“究竟为什么——”我有些虚弱地问道,“你非要跟我一起出去吃饭?”

“因为你随性自在。”

“随性自在?”

“正是。”

这世上有千万种漂亮话,即使此刻不是在马伦特湖畔,而是身处巴勒斯坦城外的某个水井旁,肯定也有很多舒心的话可以说。可是为什么我千言万语都不想听,偏偏想听耶稣——听这个男人给我讲些舒心话呢？就这么个小小的愿望也落了空。可笑又可悲啊！

我不说话，只是看着马伦特湖发呆。湖面变得越来越平静了，昨夜的波涛、风暴、雷电全都消失无踪。仔细想想，这平静不正与“耶稣在我身边”这一事实相搭配吗？

“你不说话。”耶稣说。

啧啧，观察力还真不错……我在心里暗暗回了一句。

“你在想些什么？”

“我……实际上，我并不觉得你应该把时间花在我身上。”

“为什么？”

“不值得。你应该去跟教皇一起开会。或者做些，呃……同你身份相匹配的事。”

嗯，和耶稣身份相匹配的事，比如出去追杀异教分子之类的。我在心里偷偷补充。

“你跟教皇一样重要。”耶稣这样说。

“你肯定会这么说啦！因为你是耶稣，你认为‘人生来平等’，不是吗？不过，你的想法归你的想法，我还是觉得你和我在一起只是浪费时间。”

“你很重要。”

他反复这样说，只表示他并不清楚我是怎样一个差劲的家伙。生活中一无是处，稀松平常，此为理由之一；事实摆在眼前之后才搞清楚“上帝之子”真的存在，此为理由之二。

“我有件事要请求你。”耶稣看着我，眼神别有深意。

“什么事？”

“和我度过一个真正的约会之夜。就像你跟其他任何人一起度过的那样。”

“但你是耶稣啊，可不是‘其他任何人’。”

“不是这样。不管是什么人，只要愿意，就可以跟我一样。我跟其他任何人都没有什么不同。”

是啊，是啊，我在心里暗自反驳。所以，下次我也在水面上飞着玩玩好了。“我倒要问你，为什么你执意要跟我一起度过？”

“因为……因为……”他被这问题问住，说不出话来了。耶稣也会有说话不利索的时候，对我而言，还是第一次遇到。莫非他对我动了真情？或许正是因此，他才特地想找我约会吧。

不不不，这样想简直跟渎神无异！上帝之子怎么可能跟人界居民相爱。就算可能，也不会是和我。

耶稣清了清嗓子，终于能够完整地回答我刚才提的问题了：“因为我很好奇。我想知道如今人类都怎么生活。”

哈，就是这样，就是这样。他不过是想找一个人界向导而已。我无力地点了点头，表示同意。他看到我同意了，笑得跟什么似的。

约书亚走了，说要回我们家。他在离开的时候这样告诉我，他要完成屋顶的修补工作。而我则被他抛下，独自留在这里，看着马伦特湖发呆。

我答应了耶稣的约会。“我的人生还会变得更疯狂点吗？”这个问题的标尺线，也被刷新到了一个崭新的高度。都已经跟耶稣直接约会了，排名在我之前的大概也没有几个人了吧。

被当成人界向导之后，如果耶稣之子想让我带他去看世界，我该怎么应付？或许该对他说：“抱歉，比起看世界这种事……我宁可去修修眉毛。”

我在栈桥上坐了好一会儿，试图理清眼前的种种现实：一个像我这样无聊又可笑的人，居然会爱上耶稣。这是首要的现实。但是换个角度来想，这个问题又比较容易解决。关于耶稣的一切感觉几乎都是以极致的方式呈现的，之后再出现什么状况也不至于超越现在，所以，不必再担心会有更令人震惊的事发生了。就这点而言，需要感谢上帝。

可我究竟该怎样跟他一起消磨这个约会之夜呢？像耶稣这样的人，究竟想要体验些什么？不过可以确定的是，我不是初出茅庐的菜鸟，对于现实世界总算还比较了解。另一件能够确定的事是，我其实一点都不了解耶稣。

为了改变这种窘境，我去了马伦特镇那家漂亮的小书店，请店员给我找一本《圣经》。店员问："哪个版本的？"

老实说，对于《圣经》我可没什么研究。她这句话到底是什么意思？难道《圣经》还分不同品种？如果真的有不同品种，又是为什么呢？有没有混合对照版的《圣经》？

"一般人会买的那种。"根据经验来讲，这绝对不会是个错误的回答。

店员果然挑出了一本，卖给我。

我找了家咖啡店坐下，喝一杯拿铁玛琪朵，然后翻起《圣经》。很快我就发现，经里用的语言，跟我当年在神学课上学到的一模一样。看来即使是现在，我对《圣经》里所写的内容也没有一点兴趣。我决定换一种方式来带自己进入。

我去了米基的租碟店，摁响门铃。

明显睡眠不足、蓬头垢面的米基给我开了门。他穿着一件文化衫，上面印的文字，不得不说，跟我目前的状态还有些相似："你以往所习得的经验，必须被完全抛弃和忘却！"这正是《星球大战》里尤达大师的箴言。

“你想干吗？”米基睡眼惺忪地问我，用手揉着眼睛试图振作精神。

“我……我……噢，我突然想来看看你。”我答道。

“在应该好好睡觉的时候吗？”

“现在才十一点啊。”

“我说了，这是该好好睡觉的时间！”

“我想看几部电影。”

“什么电影？”米基问。

“关于耶稣的……”我小声应答。

“看来那个约书亚真把你搞晕了。”米基有些担心地说。如果我没有听错的话，这家伙竟是用又低又轻、带着些许醋意的语气说的。

“没有，没有。”我试图辩解。只是这几天经历的一切摆在眼前，无论怎么说都不太能让米基信服。

“至少有一点可以保证——”我对米基解释，“我对他再也没有任何感觉了。”

嗯，至少这点可以肯定。

听了这话，米基显得很开心，领我进到店里，端来一杯咖啡。

在租碟店的平板电视上，米基为我举办了一场关于耶稣的小型影展。首先，我们一起看了《耶稣受难记》。导演梅尔·吉布森讲述了一个关于耶稣受难被钉上十字架的故事。

“他们在里面说些什么玩意儿？”我问米基。我实在不明白剧中演员都在说些什么，不是德语，也不是英语。

“吉布森特地用亚拉姆语[①]和古代拉丁语导演了这场电影。”米基

---

① 古代闪族人的语言。

向我解释。我则在心里暗想：吉布森都能用这些怪语言拍电影了，没准儿也能让演员们在哪部新电影里用海员专用的旗语交流。

耶稣受难的经过简直就是一场残忍虐杀！这部片子该算是《圣经》爱好者们专属的血浆片了。剧中的犹太人，是被以如同戈培尔手下纳粹宣传机器一般的"博爱"视角来展示的。耶稣最终被残忍杀害于十字架上的情节，拍得几近真实（看之前没有吃东西，实在是太幸运了）。如果今天上午跟我在栈桥相会的那个男人确实经受过这么多折磨，而且，如果他真是心甘情愿地接受这么多折磨的话……我的天，简直令人难以想象。

作为对照，米基又给我放了一部七十年代时拍的歌舞电影《耶稣基督万世巨星》。才放了几分钟，我就开始怀念吉布森导演的那部《耶稣受难记》了。《耶稣基督万世巨星》中有个十分恐怖的设定，耶稣唱起了音乐剧。

不仅如此，演耶稣的演员还像路易·德菲内斯[①]那样做鬼脸。这部片子里的耶稣最多能跟附近街区里穿白色迪斯科服扮犹大的黑人哥们儿比了。

一刻钟后，我们缴械投降，开始看马丁·斯科塞斯导演的《基督最后的诱惑》。相比前两部电影，我最喜欢这部。片中的耶稣是个有血有肉的正常人……呃，其实也不太正常，算是个轻度神经病吧，但至少是个随处可见的凡人。对了，按照弗洛伊德的理论，哪个神经病不是因为被父权压迫得太多？约瑟既然不是耶稣的生父，那他不是会更加压迫他吗？所以片中耶稣的神经质也是可以理解的。

即使在十字架上，耶稣也还有机会娶抹大拉的玛利亚，过正常

① 法国喜剧大师，以精湛的演技和丰富的表情闻名。

人的生活，然后像正常人一样死去。但是，这不过是混淆视听。其实，人们希望他能淡定超然地来上一句："把我钉上去！"

现在，我已经弄清楚，之前耶稣跟我约会时说到的玛利亚，正是抹大拉的玛利亚。因为米基对《圣经》很熟，我就直接问他，抹大拉的玛利亚到底算耶稣的什么人？是个普通妓女，是耶稣的妻子，还是爱人？或者仅仅是个擅跳布吉舞的舞娘？

米基向我解释，《圣经》当中很少提到抹大拉的玛利亚。她究竟是一个皈依了的妓女，还是耶稣的妻子，并没有直接的证据。至于她是否是流行舞者，同样没有证据。

尽管如此，却有一项证据证明耶稣和抹大拉的玛利亚曾经接过吻。不过，这项证据不在《圣经》里，而是在约公元两百年的一份古卷里，也就是传说中的《抹大拉的玛利亚福音》。

我觉得，如果古卷描述属实，就表示耶稣也是凡人，他也可以和凡间女子相爱。换句话说，耶稣重生在这个时代，也同样有可能……

不想再往深处想了。其他任何人都可以按这个思路想下去，但我不行。对我而言，这将会导致十分危险的后果……

23

（与此同时）

“你又要跟玛丽亚约会？”

加百列简直不敢相信自己刚从耶稣那里听到的话。这位弥赛亚，他正坐在牧师家的餐桌前喝着咖啡。根据耶稣的看法，咖啡这种饮品是自己在当代尤为中意的少数几样东西之一。跟比萨一样。

“你说得没错，我今晚也要跟玛丽亚一同度过。”耶稣气定神闲地回答，又从壶里给自己倒了一点咖啡——他实在太喜欢这味道了！

“好的……不过，为什么要这样做？”加百列有些吃惊地问他。

“因为我觉得从玛丽亚身上能学到很多关于现代人的知识，比如他们是怎样生活、怎样感受情绪、怎样去追寻信仰的。”

“你也可以从其他人那里学到这些。”加百列反驳道。说罢，他立即向耶稣列举了一堆信徒的名字，保证他们比玛丽亚更适合约会和共度夜晚。为求稳妥，加百列甚至还列举了一些无神论者的名字。这位牧师认为，就连这些人都强过玛丽亚百倍。玛丽亚实在太不合适了，即使她是自己心上人的女儿，他也没法偏袒。

“我既然答应了这约会，就不会反悔。”耶稣显然已经决定了，“还有，在跟玛丽亚打交道的过程中，我一直都十分快乐。”

听到耶稣这样说，加百列胃灼烧的毛病突然又犯了。

“好吧，好吧……只是，难道你就不为自己降临人间的任务好好准备一下吗？”加百列又问道。

他自然希望耶稣听到这番话后会发现时间紧迫，从而放弃和玛丽亚的约会，去做完成任务的准备工作。

“你不必劝诫我。”哪里知道，耶稣斩钉截铁地否定了加百列最后的希望，“我自有分寸。”

加百列沉默了。耶稣说得没错，没有人能够劝诫弥赛亚本人。关于这一点，加百列其实也一清二楚。

“相反，你自己也该为最终的圣战好好做准备了。”耶稣反而劝诫起加百列来了。

“我……我做好了准备。”加百列全无防范，回答得结结巴巴，显得相当被动。

“不，你没有做好准备，你已经沉溺在与那个女人之间的关系中了。”弥赛亚用略显责难的语气说道。

听到这话，加百列的脸红了。耶稣说得没错，昨天和前天，整整两天时间，他都跟那位真心爱人在床上耳鬓厮磨，根本就没为最终的圣战做任何准备。没准儿耶稣那时正好在房间里，听到了他们两人发出的声音？西尔维亚意乱情迷时叫起来确实声音不小，可那感觉也很销魂。即使是他加百列，在拉锯子活动到了一定程度、即将完工的美妙时刻到来之前，也会有些把持不住，发出无法控制的叫喊……

“我，唉……我不过是想令她皈依。”加百列吞吞吐吐地反驳。这可不能算谎言，他绝对不会对弥赛亚说谎的！实际上，令西尔维亚皈依可不容易。她的立场十分坚决，不给《圣经》任何干扰她生活的机会。

“‘蕾丝内衣’这个词是什么意思？”

这是什么问题！加百列突然剧烈地咳嗽。

“呃，在你跟那个女人说话的时候，我偶然听到的，说你喜欢蕾丝内衣。”

“啊，对了，那是一道有名的法国菜……”加百列几乎脱口而出。

显然，他还是会对弥赛亚说谎的。这样的事情居然会发生，令他大吃一惊。

“‘丁字裤’又是什么意思？”耶稣继续发问。

“丁字裤……那……那是她养的猫的名字。”加百列说。

对耶稣说谎这种事，他不只做了，还很快就适应了，张口就来，莫非这就是人类的本性？还真是令人吃惊哪。

似乎对那些骗人的回答都还满意，弥赛亚终于从餐椅上站起身来，向加百列宣布：“我现在要出发去见玛丽亚了。”

加百列心里不是很愿意。他担心玛丽亚会对弥赛亚产生不良影响。哪怕她只有她妈妈一半的实力，对中意的目标专心致志，专精于引诱异性的技艺……如果这些都是这个家族内部女性成员的天性，都意味着这两个人最终也会一起进行拉锯子运动的！噢，上帝啊，您这样安排，真的不是脑袋一时短路吗？！唉，这个想法可不能说！

“你今晚不打算跟我一起吃晚饭吗？”加百列勉强进行最后一次努力。

“你不是跟西尔维亚有约会？”耶稣反问道。

“我们可以一起吃晚饭。”加百列提议道。

“吃蕾丝内衣吗？”耶稣又问。

“当然不是！”加百列窘得不行，不觉大声否定。

“为什么不能吃这个？”

“哎……吃那个容易跟我一样，患上常发性胃灼热。”谎言就是这样。一旦说了第一个，就必须用更多地去弥补。

听到这样的回答，耶稣笑了：“我还需要担心胃灼热？”

在加百列的下一个借口还没完全问世时，门铃响了。耶稣过去开门，来的是西尔维亚。来得早不如来得巧，加百列几乎都要下跪，祈祷耶稣不要提到蕾丝内衣和丁字裤了。西尔维亚进来后马上吻了下加百列的脸颊。如果是平时，这场面倒也稀松平常，但此刻上帝之子就在眼前，这位曾经的天使长感到了莫大的压力。

“你是不是不舒服？”西尔维亚关切地问。作为心理学家，她显然发现了他此刻的不对劲。

“没有……我很好。”加百列否认道。他终于意识到，自己除了说谎再没有别的路可走了。

“你应该不会反对约书亚今晚跟我们在一起吧？”

尽管她没有说话，眼神也已出卖了她。很明显，她相当反对耶稣今晚当他们俩的电灯泡。

连耶稣自己都反对：“不好意思，我今晚有约了。”

西尔维亚松了口气，耶稣也礼貌地把话说完：“看来，蕾丝内衣什么的，我只好下回再来尝试了。”

这话让西尔维亚结结实实地吃了一惊：“唔，你要拿我的蕾丝内衣……”

加百列赶紧打断了她的话：“我们还是不要聊晚饭了，我的胃现在有点不舒服。”

西尔维亚算是被彻底弄糊涂了。

耶稣却不依不饶地加了一句：“请问，你那小丁字裤现在在哪儿？”

西尔维亚蒙了，不知应该如何回答。

“加百列刚刚才跟我说过它。”

耶稣话音未落，加百列已对下世为人这件事，感到追悔莫及。

“它的毛皮是不是闪闪发亮？”耶稣仍然问得十分礼貌。

“呃，”西尔维亚尝试勉强作答，“确实，丁字裤也有带毛皮的可能，在某些地方，但是……”

她没法再说下去了，被逼无奈的加百列对耶稣使出了最后一招：“再说下去，约会就该迟到了。”

加百列想尽快终止谎言随时露馅的状态，不顾刚才仍在顾虑的后果，他想，赶紧把弥赛亚弄走才是正经。就算弥赛亚去找玛丽亚了，对加百列而言，也只能听之任之。

耶稣点了点头：“嗯，说得对，我忠诚的朋友。”

他向两人道别，关门离去。加百列长长地舒了口气。

西尔维亚却在窗口悄悄注视了弥赛亚好一会儿，回过头来问：“他是同性恋吗？”

加百列无语，只得闭起双眼。这一切实在是糟糕透了。他不只对上帝之子说了“蕾丝内衣”和“丁字裤”这样的词，还对他撒了谎。

不仅如此，他还亲自送耶稣去参加他跟玛丽亚的又一次约会了！

24

“跟耶稣约会应该穿些什么？”洗完澡刷完牙之后，我就一直在想这个问题。

我站在衣橱前面，挑选那些对自己而言最显纯洁优雅、不至于露太多的衣服：一件衬衣、一件易脱的外套、一条黑色正装长裤。这样的搭配确实显得纯洁。几乎在上次神学课之后，我就再没这样穿过了。

好了，现在，第一个问题算是解决了。不过第二个问题随之而来。约会时，我应该跟像耶稣这样的人一起做些什么呢？

如果可能，我倒很想和姐姐一起讨论这个问题。但卡塔却给我留了一张字条，说自己去马伦特湖边画画去了。除此之外，她还告诉我：一点都不需要担心她，检查结果很好。

如果卡塔在这儿，谁又能想到她会给我些什么建议呢？可能会是“嘿，给耶稣看几个脑袋里长肿瘤的病例，看看病患的痛苦，再问问‘上帝对子民的仁爱’是怎么一回事”。

想到这里，我不禁觉得在约会的时候，或许我真会问出这样的问题。可能还会额外加上一个。可是问上帝这种问题难道不是自找没趣吗？如果把上帝惹怒了，说不定马上就会得脑瘤……还是可以再加一个：如果耶稣存在的话，是不是地狱也存在呢？再加一个：如果我晚上还想睡个好觉的话，是不是不应该想这类问题呢？

就在这时，老爸进了房间，对我说："我们能谈谈吗？"

"你也不看看，我马上就要出门了。"我拒绝了老爸的提议，希望能从一场主题大致为"斯维特拉娜跟你想的完全不同"的谈话中逃脱。

"斯维特拉娜跟你想的完全不同。"老爸已经开口了。

我叹了口气，随口反问道："原来如此。也就是说，她比我想的还要糟糕得多吗？"

谁知道，老爸看我的眼神突然那么哀伤。一个老男人居然能够如此哀伤，这是我第一次见到，印象深刻，难以磨灭。

"她很爱她的女儿。"

"噢，她人可真不错啊。"我刻薄地回应。似乎只要这样说话，就能改变现实。

"我爱上了一个人，这件事难道就这么难以想象吗？"

"不，一点都不难想象。但这样一个年轻的白俄罗斯单亲妈妈会爱上你，就有些令人匪夷所思了。"我义正词严地说，仿佛自己象征着绝对正义。

老爸沉默了。尽管我说的话有些不中听，但老爸显然也知道，那些话都是对的。

突然，老爸又反驳道："可是如果她能够给予我幸福的感觉，那么她究竟是不是真心爱我，又算得上什么呢？"

这话表明老爸的内心有些动摇了，我还有些专为感情稍有动摇的情侣准备的质问，虽然不多，但也够用了。

好吧，我本想在这儿跟老爸唠叨足够长的时间，抛出大量尖锐问题，直到把关于斯维特拉娜的一切从他脑袋里挤出来，让他彻底忘记她。但我只是摸了摸他那布满皱纹的衰老面颊。他把我的手推到一边，语气坚决地说："如果你实在不能跟斯维特拉娜友好相处，那就必须从这个屋子里搬出去。"

他说完就走了。真是失败透了，我唯一的老爸居然威胁我，要把我赶出家门。

出去时，我碰巧路过厨房，看到斯维特拉娜和她那个怪物女儿正在玩德国十字戏[①]。斯维特拉娜看起来十分幸福，跟我一直以来看到的板着脸的样子大不相同。那感觉就好像她放下了心头的大石。啧，无非就是因为她现在能够在德国跟女儿团聚，还能随便刷老爸的银行卡购物。噢，也可能是因为小家伙的癫痫被意外地治好了。当然，最可能的是两者叠加的复合作用。

说到治好癫痫，我突然意识到昨天我们都是神迹的见证人。想到这点，我不禁对上帝的伟力肃然起敬。或许我现在就应该告诉斯维特拉娜，她女儿的癫痫其实已经完全好了，再也不会犯了。如果我现在这样跟她说，我们之间的关系一定会变好，会完全抛开之前一切的争吵、一切的不愉快。耶稣施行的神迹，没准儿会让我和斯维特拉娜成为永远的好朋友……

正这样想着，我看到那小东西冲我吐了吐舌头。

我向她竖起中指，然后快速离开了家。

我和耶稣约在栈桥相见。对于不少人来说，与上帝之子会面应该是一次非凡奇妙的经历——好吧，对奥萨马·本·拉登而言可能算不上。如果本·拉登知道耶稣真有其人，那他在没有任何卫浴设

① 德国人约瑟夫在"一战"前发明的飞行棋类游戏。

备的阿富汗地洞里度过的那些漫长时光又算什么呢？我不是本·拉登，我只是马伦特镇的玛丽亚，像我这样的人，跟耶稣能有什么好聊的？我觉得现实里发生的一切，对我来说，实在是太过苛求了。

就这么想着，我来到栈桥旁，耶稣已经到了。他站在湖光掩映的夕阳中，这画面看起来实在是太美了。如果米开朗基罗看到这幅画面，肯定会重新考虑他在西斯廷教堂里那幅传世名作的构图。耶稣，总是穿着那套从来不会弄脏的木工工作服——作为弥赛亚，这显然是他平易近人且务实的一面。今天早上我看到他的时候，还有球队队员全体后空翻的冲击感，但现在，我只感到深深的敬畏和恐惧。

“你好，玛丽亚。”耶稣向我问好。

“你好……”

要称呼他为“耶稣”，很困难，于是我干脆停留在“你好”上。我这样琢磨着，鼓捣起自己衬衣最上面的那颗扣子。就约会的角度而言，我对耶稣的感觉就好比拳场上被一击倒地的拳手——低得不能再低了。

“我们今天干什么？”他问我。

“我……我先带你游览马伦特镇吧。”我忐忑不安地向他建议。

“好啊。”耶稣对我微笑。

呼，总算勉强应付过去了。我在心里偷偷想着。

我带耶稣去了当地另外一所教堂。我的爷爷奶奶当年就在那里举行了婚礼。我觉得领耶稣去那些能跟上帝对话的地方，总是不会错的：显然比带他去莎莎舞俱乐部强。

“你常来这儿吗？”在我们走进这座其貌不扬的小教堂时，耶稣问我。

这样的问题应该怎么回答呢？是说那个会令人尴尬的真相，还是直接说谎？显然向耶稣说谎不是个好的选择，尤其是在地狱也真实存在的情况下。

“一有机会就过来。”我回答说。模棱两可的回答可是用来摆脱这种尴尬的利器。

“你在这座教堂里最喜欢说哪段祷词？”耶稣好奇地问。

哎，上帝，我可是连一句祷词都不知道的那类人哪！

我的大脑飞速运转，现编了一句：“来吧，耶稣先生，到这里来做我们的客人，告诉我们，你带了什么美食来与我们分享？”

“啊，你们会在教堂里吃东西吗？”耶稣好奇地问。

上帝！不过是编个祷词，居然会陷入这样的窘境，真是尴尬呀！想来想去，我决定管好自己的嘴巴，以免说多错多。于是，我不再回应耶稣的疑惑。两个人默默向前，不知不觉走到了圣坛前面。

圣坛边有很多十字架，耶稣看到它们估计不会太愉快吧。毕竟，这会唤醒他过去那些痛苦的回忆。出人意料的是，他显得相当开心，大概是因为这里的信众都对上帝十分虔诚吧。

可惜……我偏偏不是一个虔信的人。对于宗教信仰这类东西，我素来反感、恶心、难以接受。好吧，也是我自作自受，选了这样一个约会地点。究竟该怎样熬过今晚呢！

就在我不知如何是好的时候，耶稣突然笑了起来。

“怎么了？”我有些好奇地问。目光也从圣坛前的地板上移开，看着他。

“他们把我妈妈画得面目全非。”耶稣指了指圣坛附近悬挂的一幅圣母玛利亚画像对我说道。在那幅画中，圣母玛利亚的脑袋后面有一个光圈，表情像从乌檀木里硬刻出来的那样死板。画的应该是耶稣降生：圣母玛利亚在马厩里抱着刚出生不久的基督。

“跟这幅画上不一样，她额头上的抬头纹，可要比画上描绘的多得多了。”耶稣笑道。

好吧，从这句话来推测，耶稣与他家人之间关系如何，算是已经清楚了。我在心里偷偷想。

“还有她的皮肤没有那么好，其实很黑的。”

这话说得倒没错。德国教堂里挂的玛利亚像显然不会突出地中海风情。

“当初，她实在很不容易。”耶稣继续说了下去，“特别艰难。一开始，大家都认为她疯了。”

听到耶稣这样说，我不觉看了一眼圣母玛利亚旁边站着的约瑟夫。一开始，他显然位于“认为玛利亚已经疯了”名单的头一位。想想看，当一个处女告诉她的未婚夫“哎，约瑟夫，那个……你肯定不敢相信我身上发生了些什么——我怀孕了！”时，那位未婚夫有怎样的心情。

耶稣留意到我正盯着约瑟夫看，便向我解释道：“一开始，在得知玛利亚受孕之后，约瑟夫打算悄悄取消婚约，不将事情公开，也不至于损害玛利亚的名声。但之后，有一位天使出现在他梦中，告诉他在玛利亚的肚子里慢慢长大的那个孩子究竟是谁。约瑟夫相信了天使的话，决定侍奉玛利亚肚中的弥赛亚，毅然娶玛利亚为妻。”

一个敢于娶身怀六甲的女人为妻的男人——实话实说，即使现在也不多见。

“孩子出生之后，约瑟夫很高兴地接纳了我，并把我当作他的亲生儿子抚养，并亲自教育我。”耶稣继续回忆。

“你是耶稣啊，约瑟夫怎样教育你的呢？”我有些吃惊地问道。

“很严格，他是个十分严厉的家长。在很长一段时间里，约瑟夫都禁止我出门玩耍。”

“不让你出门？那你平时都做些什么？”

“五岁大时，我利用安息日的休息时间，拿黏土捏了十二只泥麻雀。”

“呃，你捏泥麻雀是要做什么？”

“因为在那个时候，安息日是不允许做事情的。我不只造了麻雀，还让那些麻雀活了过来，这违反了安息日的规矩。”

哈，玛利亚和约瑟夫肯定得向邻居解释，耶稣捏的泥麻雀为什么变成了真麻雀。想必费了不少心。

“除此之外，我还让哈拿的儿子像一根柳条一样枯萎了。”

“什么？！”我惊呼，怀疑自己是不是听错了。每个词都是德语，我却似乎完全无法理解这句话。

“我们在河边玩耍。我用自己的念力把流淌的河水变成了一个个静止的小池塘。那个孩子却拿了一根柳条四处搅动，将所有的小池塘都破坏了。出于愤怒，我诅咒了他，于是他就突然干瘪下去，变成了一根干枯的柳条。”

这么说来，约瑟夫把耶稣关禁闭倒是正确的决定。毕竟在自家屋子里，他不会给邻居带来麻烦。原来，耶稣在小时候就已经是个反权威主义分子了……不过，带来的后果自然也不轻松。全拿撒勒[①]的母亲肯定常常这样教导她们的孩子：“我们家不欢迎那个叫耶稣的，不许和他做朋友。”

“之前我惹了许多麻烦……不过，我在六岁时，也救了一个孩

① 巴勒斯坦北部城市，耶稣的故乡。

子的性命。”耶稣继续回忆，“我的朋友泽农从屋顶上摔下来，死了。我正好在场，就马上让他复活过来。”说到这里，他顿了一下，然后笑着补充道，“其实，我当时挺担心人们把泽农摔死这件事怪罪于我，说成是我用念力故意让他摔死的。”

看起来，耶稣的自我牺牲精神并非与生俱来，而是长大之后逐渐形成的。

“我曾经跟老师吵过架。”耶稣的倾诉欲被完全调动起来，“那个男人的课教得一点儿都不好。我把这个事实告诉了他，他却冲我破口大骂……”

“你是不是也用念力,让他变成了柳条？”我有些担心地插了一句。

“没有，我当然不会再像小时候那样做了。”

耶稣终究还是会成长的啊。我松了口气。

“我让他当场昏迷了。”

呃，为什么这些故事在神学课上都没人讲呢？如果向十来岁的孩子讲这些恶作剧故事，不仅不会树立不好的形象，反而能够拉近耶稣跟孩子们之间的距离。

耶稣又看了一眼他父母的画像，喃喃自语道：“约瑟夫也不像。因为每天都在烈日之下辛苦劳作，他的脸上布满了皱纹……”

听耶稣这样说了以后，我感觉圣母玛利亚和老约瑟夫都更亲切了。看着教堂里的宗教画，第一次没有了陌生感。养大像耶稣这样的孩子，那对父母肯定操尽了心。但是反过来想想，画里的小耶稣难道就能过得无忧无虑吗？肩负那样的重担，他一定也不轻松。在大约五岁的时候，耶稣一定就已察觉到自己跟周围其他孩子完全不一样。不仅如此，在这之后的某一天，他肯定还会发现，那个脸上布满皱纹的爸爸并不是自己的亲生父亲……

唉，小小的耶稣，那种难受，我也能体会得到。

没想到，眼前这位长大了的耶稣似乎能够感觉到我的低落情绪。见我不声不响，他突然问："玛丽亚，你怎么了？是不是我讲的这些往事让你不太舒服？"

"不是不是……唔，我只是觉得，对于还是孩子的你来说一切都太不容易：那么孤独，没有朋友。"

听到我充满同情和怜爱的话语，耶稣显然吃了一惊。因为通常都是耶稣在向世人展现他的慈悲，甚至对那个抢劫电信手机店的乞丐来说也是如此。我那近似他日常所为的话语，一时之间让他有点混乱。过了好一会儿，他才回过神来，对我说："那个……我并不孤独，我还有弟弟和妹妹。"

"唔，弟妹……我还以为圣母玛利亚一直都是处女呢！"

该死，这句话简直可以用"脱口而出"来形容。

"即使在你们的现代社会里，谈论朋友长辈的性生活应该也是不礼貌的吧。"耶稣批评了我的无礼。

不过，我倒觉得现代社会里的长辈们，尤其是我妈妈，确实不怎么在意别人的性生活，可一旦谈论起自己的，都是眉飞色舞，说个不停。如果可能，我倒宁愿自己是他们，也可以兴高采烈地聊聊自己的性生活……

"对不起，我太无礼了。"尽管脑袋里那样想，我却选择小声向耶稣道歉。

"我的弟弟妹妹们在我出生之后，也一个个出生了。"

"这么说，圣母玛利亚原来……"

幸好我还能管住自己那张多话的嘴，不让"也会做爱啊"这五个字从舌尖蹦出来。

耶稣显然猜到了我没说出口的话，他这样评价：“嗯，你的想法很符合逻辑。”这虽然算是句赞扬的话，但我怎么听都觉得他其实是在挖苦我。还好，我们并未在这点上多做停留。耶稣告诉我，他既有妹妹也有弟弟，还救过其中一个叫雅各布的弟弟的命。那孩子被一条蝮蛇咬了，小耶稣听到消息马上赶过去，吹了吹伤口，伤口马上痊愈了，雅各布当场站起来，仿佛什么事都没发生过。而那条蝮蛇受了他的诅咒惩罚，像气球一样爆炸了。

让蝮蛇爆炸了！我的天，当年的耶稣肯定是弟弟妹妹心目中最帅气的哥哥，没有之一。

“为什么《圣经》里完全没有提到你的兄弟姐妹？”我问道。

“《圣经》简短地提过他们，但是……”耶稣突然语塞了。

“但是什么？”

“但是他们并没有跟随我的道路。”他有些失望地回答。

唉，为了完成与生俱来的使命，耶稣甚至连弟弟妹妹都失去了。即使是几千年后的今天，这件事显然也让他难过。按照常理，我现在应该握住他的手，好好安抚他一番。但如果我真这样做了，又实在好笑。因为他可是上帝之子，根本不需要任何抚慰，即使需要，也轮不到我。

25

“玛丽亚，你总在教堂里消磨晚上的时光吗？”耶稣收敛了难过的神情，有些好奇地问。

“那个……也不是每晚啦。”我如此答道。严格来讲，这并不算是欺骗。“也不是每晚”当然包括“每晚都不去”的可能性,没有问题。

“那么，除了教堂，我也想体验一下别的。”耶稣向我提出要求。

很好，很好。不过，回想一下，我通常怎么消磨晚上的时光呢？耶稣显然不会愿意跟我一起坐在沙发上，拿着电视遥控器不停地换台。他大概也不会对通话费用高昂的电视有奖问答节目感兴趣，那些问题实在是蠢极了，举个例子：德意志联邦共和国的首都叫什么名字？ a. 柏林；b. 汉莎航空。

带他一起去我最喜欢的公共娱乐场所应该也不是什么好主意。如果去了米基的租碟店，我该怎样向他阐述“未满十八岁禁止观看”柜存在的社会意义呢？

综上考虑，还是得找些不会导致尴尬情况发生的地方。比如，去那家世界第一的甜品店里吃冰淇淋。就这么定了！

我说的这家店位于马伦特镇中心步行街的中央位置。店主为了营造足够的地中海风情，甚至在店里铺了细沙。此举带来的不良后果是，他不得不禁止遛狗者进入店内。

“这就是我们这个时代最好的发明。”我指了指侍者刚端上来的香蕉船。

“不止是你们时代最好的发明。”在经过一连串“现代修辞方法补习班”的实践之后，耶稣显然也领会了说俏皮话的乐趣。

不过这句俏皮话之后，我却找不到话说了，我和耶稣之间只剩下沉默。尽管香蕉船一如既往的美味，但沉默着可实在太难受，我只好没话找话地来了一句：“你现在跟加百列住在一起，对吧？”

“是的。”耶稣的回答十分简单，但听他的声音显然很开心。

“加百列给你准备的房间一定很舒服吧？”

“是的。”

看起来我不能再问他这类简单问题了。这家伙只顾埋头吃冰淇淋，除了“是”或“不是”，什么都不会多说！

“你觉得马伦特镇怎么样？”我灵机一动，问了个不得不多说两句的问题。

“很美。”

啊啊啊啊啊啊！我简直要崩溃了。所有的话题都被他随手截断，没了下文。在我急躁的时候，沉默似乎会让时间变慢，每一分钟都仿佛无穷无尽。唉，最好现在就终止约会，因为我实在想不到应该跟一位弥赛亚聊些什么。对了，如果我现在就起身离开，那一定会是史上第一个在约会时抛下耶稣不管的女人。噢，也不一定吧，没准儿我排不上第一个。如果之前有人这样做过，了解一下当时的情况应该会很有趣吧。比如抹大拉的玛利亚，她是否这样做过呢。但这显然也不适合此刻聊……

“这样吧——”想了半天，我还是找不到话说，只好将主动权交给耶稣本人，“你不是很想知道我们现代人是怎么生活的吗？那么，你来问我好了，随便问什么。只要是你想要知道的，我有问必答。”

“懂了。”耶稣点点头，“你还是处女吗？”

听到这个问题，我几乎要被嘴里的香蕉噎死。

“咳咳……你怎么会想问这样的问题？”我反问。

“因为你没有孩子。”

“说得没错。”

“还有，你年龄也不小了。”

啊，谢谢您提醒哪。

“不应该这样说，其实应该算大龄了。”

看来，光是“现代修辞方法补习班”还不够，这家伙还应该去上“现代社交礼仪补习班”。

“在朱迪亚[1]，像你这个年龄的女人都已经当上奶奶了，除非她们患有麻风病，不能结婚生育。”

听他说到了“麻风病”，我实在忍无可忍，一把推开了我正吃着的那盘香蕉船。我应该怎样向耶稣解释自己没有孩子的原因呢？该跟他讲讲因为偷情被我开车碾过去的马克，或者被我在教堂婚礼上抛弃的思文？又或者，跟耶稣介绍一下排卵检测仪的避孕原理？介绍完再跟他说说尽管我使用的这款避孕仪成功率高达百分之九十四，我却仍嫌太低，希望厂商能够提高最少百分之六？

当然不行！这令人太尴尬太不舒服了！如果我告诉耶稣详情，他肯定会马上对我执行末日审判……或许就直接告诉我“下地狱滚油锅去吧”。不过，说这些的唯一好处就是这次约会极有可能因此立即终止，不必再持续哪怕一秒钟。

但就在这个时候却发生了令人意想不到的状况：思文的几个足球

① 古巴勒斯坦的南部地区。

球友正朝这边走来。在经历了教堂婚礼之后，他们显然不会对我好言相待。唉，我自己无所谓，关键在于耶稣会从他们大大咧咧的闲话内容中获知我对可怜的思文都做了些什么，我必须全力避免这种情况出现。

“我们走吧。”我向耶稣提议。

“为什么这么突然？”

“走就是了，没错的。”

“但我还没吃完香蕉船呢。”

听耶稣说出“香蕉船”这个词，还真是够滑稽的。

“不需要全部吃光。”我有些不耐烦地回应。

“但剩得实在有点多。”

“去他妈的香蕉船吧！”我忍不了了。

听到这话，耶稣十分吃惊地看着我，不知该说什么好。可惜，事态已无济于事，太晚了。思文的足球队友们已经围了上来，站在我们的周围。

一看他们就是足球队员，不过年龄已有些大了，三十好几，算是超龄。他们腿部肌肉发达，而且每个人嘴里都有重重的酒味，似乎呼一口气就能直接为皮下注射消毒。

队伍的前锋——那个舌头尖尖的小个子，张嘴就开始数落我：“你把思文的心都伤……”

“很抱歉。”我打断了他的话。

“噢，我们是不是碰巧打扰到了你的约会？”中场核心发话了。这家伙显然没什么人缘，否则，为什么他留的沃酷希拉头[①]完全不

① 德国二十世纪八十年代流行的男士发型，前短后长。

如一九八四年版《迈阿密风云》里的唐·约翰逊帅气呢?

“你就是个彻头彻尾的懦夫！”后卫跑出来补充道。这男人粗鄙笨拙，白白挂了个“后卫”的名头却根本不懂什么是防守，仗着那身腱子肉和好体能，只会紧贴跟进，满场乱跑，弄得大家都很紧张。队伍里的人们都用那句谚语来调侃他——“不是人，不是怪物，而是传说中的四号卫[①]”。

“就是就是！”守门员马上点头赞成。这位守门员在职业生涯中曾用脑袋直接顶出过许多次射门。因为他的脑袋很大。

我看了一眼耶稣，心里暗暗担心，害怕他已经掌握了足够的信息，马上就要对我进行末日审判。在我心中，所有对思文的负疚感就像之前沉入湖中时那样再一次莫名袭来，压得我快喘不上气了。

但耶稣却站起身来，像《圣经》里描述的那样对众人说道：“谁认为自己是完全无罪的，请他先扔出第一块石头。”

“呃，我们应该丢石头吗？”后卫被耶稣的话给弄糊涂了。

“哈，是个不错的主意呢！”前锋居心不良地应道。

“就是就是！”守门员继续点头赞成。

真的，我亲爱的耶稣，时代变了。这些业余足球队里的臭男人们酒喝得实在太多，听了耶稣的话后，已经开始在甜品店的细沙里挑石头，准备对我执行石刑了！老实说，这些站也站不稳的醉鬼就算这么近距离地投石头，也很可能打偏。不过就算打中我也不会说什么，只会坐在那里默默忍受，期盼能够快些逃离。

“我们现在真的该走了。”我在耶稣的耳边小声说。

---

① 语出媒体对德国著名后卫贝尔蒂·福格茨的评价。在现代足球运动中，后卫司职相当明确具体。但在福格茨时代，足球比赛中后卫的行为却与文中描述的那个业余后卫类似。

“不，我们得留在这里，把香蕉船吃完才行。”

耶稣的态度很坚决。那个守门员已经把一块石头攥在手中，准备朝我们扔出来了。

“很遗憾，但我觉得你那个‘别人打你左脸，你再把右脸凑过去给他打’的策略，在这儿实在行不通。”我这样劝耶稣。

“我才不会让他们打呢。”直直站着的耶稣答道。

上帝啊，不让他们打，难道他要动用念力让这群人像柳条一样枯萎？

不过耶稣没有那样做。他蹲下去，默默地在细沙地上写着什么。

我完全无法解读那些文字的内容。对我而言，耶稣写的就是一堆意义不明的象形文字而已。但那些足球队员们死盯着沙上的文字，目瞪口呆。就这样过了好久，他们突然大惊失色，抱头鼠窜，转眼之间就无影无踪。耶稣用手拂去文字，一切归零，仿佛什么都没发生过。

“你……你刚才都写了些什么？”我问。

“每个人都能从那些文字里读到他们曾经犯下的最严重的罪孽。”耶稣对我微笑道。

这么说来，耶稣显然会读心术，他直接从他们的记忆里找到了……

天哪！这么说来，耶稣没准儿也已经从我的脑袋里得知我对思文做的那些事了！

耶稣看了看我那因为负罪感而变形扭曲的脸，宽慰道：“别担心，玛丽亚，我并没有在你的记忆中窥视你过去犯下的罪。你刚才也看到了，我只对那些男人做了这件事。因此你完全看不明白我写了些什么。”

哦……

“有个人的罪孽里提到‘……性虐’，这个词是什么意思？”耶稣问我。

哎，这到底是从哪个队员的脑袋里读出来的啊？我在心里偷偷咆哮。

我该怎样回答这个问题才能避免尴尬？

“还有,‘骗税’又是什么？‘把妈妈送到环境差得要命的养老院’是什么意思？”

问题太多，我已经不知道应该先回答哪个了。不，说得准确点，我根本不知道应该如何回答。相比这些乱七八糟的鬼问题，我倒情愿跟耶稣解释解释思文事件了。对于思文，我确实感到十分内疚，但也实在没有其他办法，我只能把他抛在婚礼圣坛前独自离去。别无选择。因为我爱他爱得不够深……但这项事实本身已经伤透了他的心。问题的严重性总是在事后才能够被慢慢了解。因此也只有在现在，我才感觉到自己罪孽深重，即使耗去一生的时间，我也不见得能原谅自己。

突然之间，我意识到自己所想的这些都已经被耶稣听到了。

“你现在就会审判我，处罚我，让我去下地狱吗？”我担心地问。

“不会。”耶稣答道,“玛丽亚,你知道我说‘不会’意味着什么？”

“意味着我今后可以随心所欲，想做什么就做什么，不需要顾虑太多，对吗？”我满怀希望地问他。如果耶稣说“是”，那就意味着我可以把之前那些罪恶感统统抛掉了。

“这个……”耶稣清了清嗓子，像是还没考虑好该怎么说。

“唉，你的用意其实不是这个吧？”看他犹豫，我不太确定地追问道。

“我只是想告诉你‘这样的事情，今后还是不要再做了’。仅此而已。”

“哦。”

看来熟人也不能免责，我稍微有些失望。正视耶稣的建议，审视自己的真实想法后，我补充道：“将某人抛在婚礼圣坛前这种事再也不会发生第二次了。我已经下决心了。”

“那样就最好了。”耶稣肯定地说。

但耶稣沉默了一会儿，似乎考虑了一番，接着说：“不过，你所说的‘随心所欲’，也就是自我原谅的方法，其实也不错。”

“真的？”耶稣的话让我感到十分吃惊。

“真的，就连我自己也觉得这方法不错。”耶稣说，“玛丽亚，你给我上了一课。”

他向我致谢，对我微笑。那感觉可真棒。他的微笑温暖了我的心。除了温暖的感觉之外我还明白了一件事：关于思文，我终于能够原谅自己，终于可以放下了。

26

“你曾经亲自阻止过一次真正的石刑，对吗？”在耶稣重新享用他那盘香蕉船时，我这样问他。

哈……约会之夜进行至今，这还是我第一次放松心情，轻轻松松地跟耶稣说话。

“是的，当时他们打算对一个妓女施石刑。”耶稣答道。

“是抹大拉的玛利亚？”我继续问道。

“抹大拉的玛利亚不是妓女！”耶稣生气地反驳。

哎呀呀，看起来他对旧爱余情未了——如果抹大拉的玛利亚算得上旧爱的话。

“抹大拉的玛利亚是个十分普通的女人。”耶稣向我补充道。他已经调整好情绪，又恢复了之前的平和。

“你怎么认识抹大拉的玛利亚的？”我问他。

“在她们家的屋子里，我跟她，还有她妹妹玛莎第一次相遇了，那时候，她帮我在脚上涂了油。”

这么说来，抹大拉的玛利亚其实是个足疗师？哎，肯定不是。在那个时代绝对没有这种职业。

“涂了油之后，她又用自己的头发给我擦干了。”

呃……男人肯定喜欢被女人这样伺候。

“从那天起，抹大拉的玛利亚就成了我的追随者之一。”耶稣微笑道。

看他这样笑着，我心中不觉生出了嫉妒：这嫉妒竟是因耶稣而生，难免让人奇怪。不仅如此，我的脑海中还浮现出电影《耶稣基督万世巨星》里抹大拉的玛利亚载歌载舞的场景。

《耶稣基督万世巨星》的影像很快褪去，对抹大拉的玛利亚的嫉妒心却没有轻易消散。显然，在经历了思文事件之后，我对人类情感的欲望还没有被轻易击倒（老实说，我倒希望自己能够无欲无求）。这嫉妒心令我很想知道，抹大拉的玛利亚——这个耶稣的追随者，是否也追随他上了床？不过，这个问题应该怎样去提才不会显得突兀？

“哦，你跟你的门徒，抹大拉的玛利亚……你们……应该会被迫在山洞里过夜……你们……要互相取暖……对吗？”

似乎还是问得突兀了点儿。

耶稣摇了摇头：“我跟抹大拉的玛利亚从来不睡在一起。”

哈，我姐姐怎么说的来着，柏拉图就是个大白痴！

“抹大拉的玛利亚，她曾经对我说……”耶稣欲言又止。

“她对你说什么？”我追问道。

不过，看样子耶稣不太想回答。

我看着他——他的眼神再度变得悲伤。为了完成作为上帝之子的使命，他不止放弃了家庭，还放弃了属于他一生的挚爱。如果有人问我对此有何看法，我会毫不犹豫地回答：“该死，放弃的也有点太多了吧！”

耶稣终于吃完了他那份香蕉船，他看起来似乎有些低落，把勺子放下后，他的手直接放在了桌上。

我又想把手放在他的手上好言安慰一番了。这一次我没有退缩，决定直接握住他的手——管他是不是上帝之子，对我而言根本无所谓。此时此刻，他不过是一个正在难过的男人，而我，则是个很喜欢他、不愿他受伤害的女人。

或许我有些自作多情了。

伸出的手没碰到耶稣。他看到我的手正在靠近，便默默地收回了手。看起来他并不想被人安慰，至少不想被我安慰。

但是，实话实说，现在的我大概也没能力安慰他。看他现在的样子，看他的眼神，那样令人心痛，我甚至都不忍心看。我该怎样做才能让他停止回忆？

对了，他不是说希望看到现代人是怎么生活的吗？我或许应该去马伦特镇上最有人气的地方，带他好好见识一下。

“说到了解现代人生活，我倒知道一个地方，可以让你开开眼。”我冲着耶稣微笑。

“噢，是哪儿？”耶稣好奇地问道。

“那就是——萨尔莎！”

27

大约十一点，我和耶稣一起走进了马伦特镇此时仍开门营业的圣地——夜店萨尔莎！在马伦特，萨尔莎是具有“热带”风格的娱乐场所之一。它是用一处地下室改造而成的，“禁止吸烟”这个词在萨尔莎的词典里并不存在，最重要的一点是，萨尔莎的气氛相当棒。数不清的红男绿女，跟着拉丁美洲音乐翩翩起舞。耶稣和我显然超出在场顾客的平均年龄太多。当然，这不只是因为耶稣已经两千多岁了，就算以生理年龄来看，我们也比那些年轻人大得多。

耶稣对人们正在跳的舞自然一点都不了解，不仅如此，他还有些不自在——女人的衣服太紧太窄，男人的衬衣敞开，露出太多胸毛。

“在你生活的时代，跳舞这件事是不是被禁止的？”为了安全起见，我这样问耶稣。我突然有些担心——带耶稣来夜店或许是一个错误。

“不，为了赞颂上帝，在大卫王时代人们就已经会让褪去衣裳的舞者跳华美的舞蹈了。”

不穿衣服的华美舞蹈？哇……

人太多，我们不得不从人堆里挤过去。有些女孩穿着相当暴露，在耶稣看来，大概相当于不穿衣服了吧。每次遇到，他都会皱皱眉头，我当然看在眼里。

“你想走了吗？”我问他。

“不，我习惯在罪孽深重的地方穿行。”耶稣这样说。

“……你这次不打算在地上写他们各自犯下的罪孽？”

“没那个打算。”

“很好。”

“这一次，我要用其他方法让他们皈依。”

说完，耶稣走向一个穿着十分暴露的年轻女孩——显然，她通过衣着向周围的男士们传递了这样的信息：“我穿的不过是点缀而已，剥掉它！”

可不能让耶稣乱来！

我赶紧跟上去，插到他前面拦住了他：“在这里，没有人会皈依你的。”我连忙警告他。

在我看来，夜店里的大多数人都谈不上有真正的罪孽。至少从我的角度来看，他们都是正直的好市民。

“但是……”耶稣似乎还打算向我提出抗议。

“如果你非要那样，今晚的约会就没有任何意义了！”

耶稣并不理解我说这话的意图，他困惑地皱起一侧的眉头。

“是你向我要求，希望我能够让你看看现代人的生活。但是你必须清楚，如果你是以上帝之子的身份来要求我，并随时以上帝之子的名义行事，我根本没办法如你所愿。”

“可我本来就是上帝之子。”耶稣应道。如果没记错，这是我第一次真正把他搞糊涂。

他站在那里，看起来那么温柔和无助。

“是的，但你同时也是个凡人。”我解释道。

我的话肯定没有错。他谈到自己的父母还有抹大拉的玛利亚时，我就留意到了。

现在，耶稣的眉毛都皱了起来。

“你今晚就当约书亚好了，可以吗？”

耶稣想了一会儿，然后心甘情愿地允诺道：“明白了。”

得到肯定的答复后，我马上草拟了一份《关于如何做个普通人的规则》，希望我们的萨尔莎之夜能够圆满度过。

1）不许唱《诗篇》里的内容。

2）不许掰面包或者其他食物分给别人吃。

3）不许把别人的罪孽公之于众。

4）不许和不穿衣服的美女跳舞。

看到最后一条，耶稣笑出了声。对于我开的各种玩笑，他显然已经习惯，也很爱听。不仅如此，他还同样用俏皮话向我保证：“关于这一点，你完全不必担心。”

仅仅是个小玩笑嘛。当然，不止最后一条，耶稣相当愉快地接受了我列出的全部规则。现在，不仅是约书亚要把自己作为上帝之子的身份抛到一边，我同样也必须这样做。不过，毕竟是给男士订的规则，女士在遵守的时候可以酌情处理。仔细想想，马克现在是否常常跟其他美女调情，或者思文是否还保持他那个令人恶心的坏习惯——在起居室里修剪指甲……这些我都看不到。那么，当我们女人做出大胆决定，要跟某个男人在一起时，也理应有所保留。哎，不管怎么说，女人天生就善于自我欺骗。今晚，或许我也要利用这个长处，偷偷做点儿自己想做的事。

“想喝点什么？”我问他。

“跟上回一样，和我一起喝点红酒吗？”

“不，这一次，我想到的是莫吉托。”

我们在吧台前坐下，要了两杯鸡尾酒。我不确定自己这样做算不算有意引诱弥赛亚。他那神一样的血液循环系统和代谢系统令他酒量超凡，一杯莫吉托自然放不倒他。在留心观察别人怎样拿小伞吸管啜饮之后，他试着尝了一口，然后相当愉悦地对我说："作为红酒的替代品，这种酒的味道可真好！"

约书亚（没错，我成功了，我又能改口叫他约书亚了）说完之后给了我一个大大的微笑。看起来，他的心情在一分钟一分钟地变好。我喝着莫吉托观察舞池里的红男绿女：他们合着火辣的旋律尽情热舞，快乐极了。

我是不是也应该邀请约书亚一起跳舞呢？噢，真是的，我到底在顾虑什么，约书亚现在不过是个普通人，不是吗？

我鼓起全部勇气，心怦怦跳着问他："跳个舞吧。"

他犹豫了一下，没有回答。

"来吧。"

"我……我活到现在还从没跳过舞。"

"哈，这样看来，大卫王在某些方面还是要比你前卫些。"我带着些许挑衅的态度冲他微笑。

"但是这里播放着的不是赞颂上帝的曲子。"他显然有所顾虑。

"是的……不过，也不是恶魔之歌啊。"

约书亚不再争辩，但他还在犹豫。我才不管那么多，一把拉住他，牵他去了舞池。

看样子，他相当不情愿，即便我拉着他，他也呆呆站着，一步都不挪，任由我牵着向前走。说到对付腼腆男孩，我可是很有一套的——我二话不说，胳膊直接伸过去搂住了他的腰。

这个大胆的行为让约书亚吃了一惊，同时也得到了他的默许。约书亚，他终于同意了我的邀约，迈开了步子。我则两步向前，将他拉入舞池。

刚开始时，约书亚还有些拘谨，放不开动作。男人嘛，都是这样的。我们跳得很糟，踉踉跄跄、跌跌撞撞，一不小心撞到了另外一对跳舞的男女身上，令他们叫苦不迭。

"你们就不能小心点吗？"被撞到的男士冲我们发着牢骚。他穿得像安东尼奥·班德拉斯[①]，长得却神似汤姆·布娄[②]。

"管好你的舌头，否则，当心他把你变成枯树枝！"我微笑着顶了一句，继续搂着约书亚踏猫步。

"我不会那样做的，因为……"约书亚抗议道。但我兴致正浓，直接打断了他的话："嘘！总有一天，我会好好教会你说俏皮话。"

我们继续尽兴狂舞。约书亚跳得实在不好，一不小心便踩到了我的脚。

"哎哟！"我痛得叫出了声。

"对不起。"约书亚不好意思地向我道歉。

"没事。"我回答道。这当然不只是礼貌，我心里确实是这样想的。我甚至觉得被约书亚踩一脚也挺好。因为这让我知道，耶稣也会犯错——我完全可以忘记自己此时并不是在跟一个普通人跳舞这件事：约书亚，他就是一个普通人。

虽然很慢，但我们确实找到了仅属于我们两个人的节奏。约书亚还是会踩我的脚，但次数越来越少，到了最后，我们的舞步终于不再出错。准确点说，就像一对跳得不太好，可总算能够享受乐趣

---

① 西班牙影视巨星，代表作《夜访吸血鬼》等。

② 德国著名记者，主持人。因秃顶常被媒体开玩笑。

的舞伴。

没错，关键在于，我们是真正的舞伴！

我还从没跟哪位男士如此尽兴地在舞池里跳过舞！对我来说，耶稣不再是耶稣，他是那个约书亚，说话声音很好听的木匠，眼睛可以迷死人，还有他的……好吧，沉迷到这一步，我也不再回避了，还有他那完美的屁股，真让人忍不住想要捏上一把。

我们跳了莎莎、美瑞格[①]，甚至还跳了一曲探戈。跳得尽兴，即使舞步并不纯熟，即使因此引来一个或者多个陌生人不屑地注视。有句老话说得好：“别对跳不好新舞步的老家伙们苛求太多！”

我觉得很开心，开心得难以想象！约书亚跟我一样，欣喜之情溢于言表。

在两支舞之间稍事休息的时候，约书亚神采奕奕地对我说：“我从来都不知道，日常劳动之外的身体锻炼竟能给人带来这么多的乐趣。”说到这里，他停下来想了想，又补充道：“仅仅当个普通人约书亚，让我觉得非常快乐。”

---

① 两种风情拉丁舞。

28

萨尔莎关门之后，我们走向马伦特湖去看日出。这个约会之夜实在太美妙了，我们干脆把它整个排满！准确点儿说，这是多年来过得最美好的一夜！

我们坐在栈桥上。没错，栈桥。仔细想来，对我和约书亚而言，这有点像故地重游了。夜虫低鸣，波光粼粼，相当浪漫，作为故地实至名归。不仅如此，在这里看日出同样是马伦特镇最佳……作为完成第一次拥吻的地点，应该也是最佳……噢，那个吻该是多么甜蜜、多么美妙……我的天！现在可不是想这些事的时候！全无可能！我狠狠敲了敲自己的脑袋，作为对一直以来的妄想症的惩罚。

“怎么了？”约书亚问。他对我无缘无故自残感到不解。

“没事，没事……脑袋上好像有只蚊子……”我随便编了个理由。

天气还是有点热，约书亚脱下鞋子想把脚放在湖水里泡泡。

我看到了他脚跟上的伤疤，不觉咽了口唾沫。应该是他当初被钉在十字架上时留下的疤痕。

“肯定很痛。”我不觉说漏了嘴。

约书亚转过头来很严肃地看着我。我知道自己说错了，飞快地把头转向一侧，以掩饰尴尬。我是不是又捅破了一层窗户纸呢？

“呃……我不是应该只当约书亚的吗？”他提醒我遵守之前制定的规则。

“是的……但是这么好的一个夜晚也即将过去了。”我说。因为看到了约书亚的伤疤，我在脑海中已经把他和《圣经》中耶稣被钉上十字架的画面联系了起来，我努力想将梅尔·吉布森导演的电影《耶稣受难记》中的相关场景从回忆中抹去，通通抹去。然而尽管我已十分努力地抹掉了画面，《耶稣基督万世巨星》的配乐还在脑中低鸣萦绕。

我已经没办法再假装了，没办法假装身边这男人不是耶稣。我很沮丧。老实说，我还想继续假装下去，最好像梦一样，永远都不要醒来。

约书亚望向晨曦逐渐升起的方向，点了点头："没错，夜晚已经要过去了。"

甚至连他的声音都满怀伤感，如果我没听错的话。

约书亚，在日出之前最后的时间里，用脚轻轻打着水。

"你……这样的痛楚，是怎样忍耐下来的？"我问道。

其实我应该保持沉默，但是好奇心促使我问了下去。

约书亚仍在远眺晨曦，显然，他一点儿都不想回答这个问题。我真傻，问了绝不该问的问题，想当然地越过了规则的界线。我又想狠狠地捶打自己的脑袋了。不过就在这时，约书亚说话了："对上帝的信仰帮助了我，让我能够忍受一切折磨。"

如果这是唯一的真相，那它也太教条主义、太冠冕堂皇了。简直就跟背书一样。

"你一直都坚信上帝，即使在受到各种折磨的时候？"我追问道。

约书亚沉默了片刻。很明显，他此刻正在进行思想斗争。最后，他用忧郁的声音答道："埃洛伊，埃洛伊，拉玛——萨巴希塔尼。"

"什么意思？"我目瞪口呆地问。

"是大卫王的一则诗篇。"他说。

"呃……哦……"又是《诗篇》。自然，我一个词都听不懂。

唯一能够确认的是，这则诗篇的内容跟大卫王那种不穿衣服的舞蹈无关。

“它的意思是：我的上帝，我的上帝啊，你为什么离弃我？”约书亚轻声解释道。

“这……这个……听起来相当感伤。”我说道。

“被钉在十字架上时，我高唱这一篇，直到死去。”说这句话时，他的眼中写满了悲恸。

他又让我内疚了，简直可以说充满了无尽的内疚感。我很想安慰他，我的手又一次伸向他。这一次，约书亚并没有马上把手缩回去。

我十分温柔小心地抚摸着他的手，而他一点也没有把手收回去的意思。于是，我直接握住了这双手，握得很紧，很紧。

我和耶稣，我们就坐在那里——两手紧握，沉默着，在栈桥上。

马伦特湖上的太阳，正慢慢升起。

29

（几个小时之前）

经过了那么多年，撒旦又感到自己心中有火焰在燃烧：圣战终于开始了。突然之间，生命有了意义。

他决定招募人类来做自己军团的牺牲品。他会分给他们自己的超自然能力，让他们自愿成为他的末日骑士。在撒旦的备选名单上，第一位末日骑士叫“战争”，是第四十三届美国总统。此时他正坐在肯纳邦克波特的夏季别墅里，极度无聊。第二位末日骑士叫“疾病”，他是人间红衣主教，正在建议非洲人不再使用避孕套——他称这个建议是“一个妙极了的点子”。第三位末日骑士叫“饥荒”，在撒旦的名单上，计划充当这位骑士角色的是位名模。作为某个选秀节目的重要主持，她总在向瘦弱的年轻女孩灌输有害的思想：让她们相信自己其实很胖，像个肌肉松垮、由脂肪堆砌而成的大怪兽。第四位末日骑士叫“死亡”，就不必招人类来充当了。因为早从太古洪荒时代起，它就在人间为撒旦效力了。撒旦决定，不到迫不得已的紧要关头，还是别急着找到“死亡”。“死亡”是除了上帝之外，撒旦唯一不愿在黑暗中独自面对的家伙。

不过，撒旦对备选名单上的另外三名末日骑士也谈不上多么满意。他必须找到最好最危险的人物，只有这样，才能在对抗上帝的战争中获胜。这一次他必须成功，因为这次是决定人类命运的最后一战了。在与上帝的斗争中，撒旦从未赢过。那位全能者用心异常险恶，他总是不慌不忙，直到最后时刻才选择超过撒旦区区一马头的距离（这里用了比喻，撒旦当然清楚），取得胜利。为什么之前总失败？撒旦懒洋洋地坐在马伦特湖边的长椅上，思考这个没有答案的问题。在他旁边，坐着一个正在画画的女人。

“抱歉，你挡到光了。”那女人对他抱怨道。

撒旦露出乔治·克鲁尼的标志性微笑，说道：“噢，你没看到吗，我可是乔治·克鲁尼！”

“你跟他长得很像，挺好的，不过也不要自鸣得意。”那女人回答道，“还有，我是女同，对男人不感兴趣。”

显然，她说这话的意思是：“向我道歉。”

撒旦一直都对强势女性很感兴趣。摧毁她们的强势态度向来是他的乐趣所在。噢，他当然清楚，自己这样做无非出于内心的嫉妒。没错，撒旦嫉妒拥有自由意志的人类。哈，这样的好东西，他又怎么可能不去绞尽脑汁给自己弄来一份呢？如果他能获得自由意志，就会选择把地狱的钥匙交给手下随便哪个恶魔管理，然后，自己到南太平洋上的小岛上，试着去过舒心惬意的生活，不必再为那群该死的人类的狂想、欲望和罪孽操心。他再也不必去听召唤他的某人所持的奇异性幻想，再也不必为完成这些幻想操心，并在完成之后强取这些人的灵魂以完成契约……如果能过上这样的生活，就连他自己都已身处天堂了吧。

停，必须立即停止妄想回到现实中来，毕竟他没有自由意志，他的使命还需要他自己完成，为最终的圣战招兵买马。这样想时，他看了一眼那女人手里的漫画绘图本上的四格漫画。

这个女人笔下的上帝，简直跟撒旦差不了多少。

他开始仔细观察她，在她脑中找到了肿瘤的位置。肿瘤，这是种连撒旦自己都从未预料到的疾病，是在自然界自发生成的，与天国和地狱都没什么关系。直到现在,撒旦也没弄清癌症究竟为何而生。没准儿是那个叫“死亡”的末日骑士玩的游戏?嘿,那个家伙,可真让撒旦不自在。

无论如何,有一件事是清楚明白的:这个强势的女人时日无多了,最多只能再活一两个月而已。

况且,她还对上帝满怀愤怒——她将是末日骑士“疾病”的绝佳人选。

30

我们手牵着手坐在栈桥上，朝阳的第一缕光打在脸上。我感觉自己跟约书亚离得那样近。没错，是约书亚，不是耶稣。

我跟约书亚如此亲近，就好像之前从没有男人走进我的心中。约书亚握着我的手，握得那么紧，我却一点不觉得粗暴，只感觉温柔。约书亚，他此刻如此贴近我的内心，这正是我最想要的，不能是任何人，只能是他，约书亚。

马伦特湖上，日升之时，我们仅仅是玛丽亚和约书亚，简简单单的两个人。不是怪物和弥赛亚，只是我们。

唉，可惜我就是有那么一种难以想象的天赋，但凡美好时刻，都会被我轻易破坏。太过美好的时刻，我总舍不得，想让它永远持续。尽管这件事全无可能（不雅地证明一下：人总归是要去上厕所的），但我还是会这样做。至少，也希望短暂的美好时光结束之后，在未来，在想要的时候，还能再次体会到那种美好。

"这样美好的夜晚，我们还有机会再体验一次吗？"借着此时此景，我很轻松地问他。

谁知道约书亚听到我的问题，不仅没有回答，还十分痛苦地看了我一眼。为什么会这样？难道上帝之子就不能跟一个非永生者在一起吗？莫非我们之间存在着什么禁忌？哈，我是不是应该闭上嘴，一句话都别说？唉，看来我需要在嘴巴上装条拉链，一旦打算说蠢话，就立刻把嘴封起来。

“这真是个美好的夜晚，简直像是神迹……”

看看，他也觉得这个夜晚很美好！噢，不仅如此，甚至都可以称得上是神迹了！

“但是很遗憾，这样的夜晚仅此一次，再也不会有了。”

这句话简直让我痛入骨髓。我几乎不能自持，沉默半晌才悲伤地问出一句：“为……为什么再也不会有了？”

“因为我需要完成一项很重要的任务。”

他说话的声音一点都不开心。而且，这番话让我有些迷惑不解。一项很重要的任务，那是什么？他来人间，难道不是在游玩和考察一番之后返回天堂吗？

“具体……是什么任务？”我也想知道。

“你难道没读过《圣经》吗？”约书亚对我的问题感到吃惊。

“读过，当然读过。”我结结巴巴地说道。

没错，我只是不敢向约书亚承认自己其实并不了解《圣经》的具体内容。不仅如此，在之前阅读《圣经》章节那少得可怜的时间里，我还觉得这本书当中的内容应该写得更现代一点才好。

“你读过《圣经》，就应该知道我来人间的目的。”

说完这句，他松开了一直握着的手。一瞬间，我的心头一沉，像被扎进了一根刺。约书亚却不管那么多，他拿起自己的鞋，站起身来对我说：“永别了，玛丽亚。”

“永别？我们……再也不会相见了吗？”我问他。那种难受的感觉越来越强烈了。

约书亚并没有明确地回答我的问题，他只是讲了句漂亮话：

“玛丽亚，你给了我很多。”

我给了他很多？我真这样做过吗？我还没有想清楚，约书亚却已伸手过来，温柔地抚摸了一下我的面颊。这抚摸实在太过温柔，我开心得无法承受，几乎要当场晕倒。可他却又迅速地把手移开了。我从里到外，从身体到心灵，都在迅速冷却。

约书亚离开了栈桥，朝码头的方向走去。

我很想对着他的背影大喊“留下来”，却完全发不出声。刚才的一切已经把我的心牢牢拴住，挣脱不得。约书亚走向马伦特湖的码头，同时远离了我的生命。可我竟还想跟他一起，再过一次这样的夜晚。如果可能，再过一千次都好。虽然这样的愿望难免荒唐。然而理智无论如何也掩不住悲伤。

没错，悲伤几乎要将我整个人征服，就在这时，我脑海中浮现了一个问题：任务？究竟是一个怎样的任务？

没过多久，我去了米基的租碟店，狂摁他的门铃。米基过来开了门。就跟昨天一样，他依旧一副完全没有睡醒的样子，身上穿的文化衫上印着：“看什么看，有什么好看的！”

“耶稣需要完成的任务是什么？”我直截了当地问。

“啥？”

“耶稣的任务是什么？！”

“别对我咆哮啊。”

“我——没——有——咆——哮！！！”

“如果你非要咆哮，我就只好保持沉默了。谁那么无聊，想去了解耶稣的任务是什么！”

“是——这——样——吗？！！！”

“你去当人形电吹风，一定大有可为。”他答道。

我不再咆哮，只是直勾勾地盯着他看。那眼神大概可以杀人。

“来吧，进来吧，我会向你解释清楚什么是耶稣的任务。”他终于让我进去了。

米基坐在柜台里喝着一杯深黑色的咖啡，向我讲起《圣经》里预言的末日场景——《但以理书》中具体提过世界末日。甚至连耶稣自己也曾在《福音书》中预言过世界末日。在一切相关描述里写得最为详尽的，还是在《圣经》的最后几页——《启示录》中。我聚精会神地听米基讲。他讲到末日骑士，讲到撒旦，讲到耶稣是怎样在一次大战之中将他们通通击溃，然后将我们居住的人间界带往天堂的。在天堂里，所有信仰上帝的子民都能得到永生，并在那里幸福快乐地生活下去。再不会有劳苦，再不会有悲伤，最重要的是不会再有“死亡”的存在。

米基讲完，我也终于知道约书亚来这个世界的目的了。

“你的脸看起来比迈克尔·杰克逊的还要苍白。”米基说，“发生什么事了吗？”

我应该把迄今为止我和约书亚之间发生的一切告诉米基吗？他会相信我吗？显然不会。无所谓了，我必须找个人倾诉一下，只要说出来就好了。

就这样，我把所有的事都告诉了米基。我讲了约书亚从马伦特湖里救我的事，讲了他救小女孩的事，提到了他脚跟上的伤疤，也说到了他要完成的任务。除了我对约书亚抱持的感情外，我都说给米基听了。

在我终于说完之后，米基忍不住感叹了一声：“海德维茨卡[①]！”

① 语出德国名曲《海德维茨卡，船长先生》，后多用于抒发感慨。

“你……你相信我吗？”我满怀希望地问他。

“我当然相信你。”

作为朋友，话该这样说没错。但米基的声音怪怪的，就像我们对正在画画的小孩子说“你画的人像实在太棒太出色了！”一样，只是爱心鼓励，其实孩子画的人个个都长着长颈鹿的脑袋……

“别骗我了，你根本就不相信我。”我伤心地说。

“唔，你显然正处在一个很艰难的时期，婚礼搞砸了，还有各种乱七八糟的事，所以……你现在希望通过移情作用把感情转移到木匠身上。然后，为了不再受伤害，你就把他……把那个木匠幻想成了耶稣……”

“我可没疯！”我打断了米基正对我进行的心理分析。

“不能说你疯了……这可很难让人接受……”

“别废话了，我这就赏你一脚！”

我很生气，也很失望。我真的很需要一个人听我倾诉、让我发泄这段日子以来的各种混乱与不快。米基沉默了一会儿，然后用温柔真诚的声音对我说：“就算你说的是真的，我也不会相信——事情并没有《圣经》上说的那么简单。”

“为什么？”

“把这整个世界都搬到天国去，对于部分人而言会是一场灾难。”

“为什么呢？如果耶稣的任务完成了，人间就不会再有死亡、贫穷……甚至连什么失恋的烦恼、青春痘都不会再有了。”

“应该是吧……不过，你要注意，并非所有人都能领到通往天国的门票。”

听到这话，我心中一惊。

“根据《圣经》里的说法，全部的人类——”米基向我解释道，

“都会出现在上帝面前，甚至包括已经死去的人。他们会复活，被重新赋予生命。上帝将打开‘生命之书’，书里记载着的正是每个人在一生中做过的全部事情。事无巨细，全盘尽数。”

“哦，那一定是本非常非常非常厚的书。”我嘀咕道。

关于我的一切都被记载在这本书中，光是想想，就令我不太舒服。难道我的一举一动都会被上帝属下的天使时刻不停地监视吗？洗澡的时候也一样？还有，莫非连做爱的时候都……甚至，还包括那些我自己动手的情况……如果是真的，我希望那帮偷窥成瘾的天使，也能把我现在的抗议认真写下来！

“所有的人类，都会依据他们以往的所作所为被裁决。只有善人才可以进天堂。”

“剩下的那些呢？如果我们的世界已经不存在了，那些人又该往哪儿去？”

“遵照《启示录》，他们将在地狱的永火中备受煎熬，永不得救，永不超生。”

“听起来真让人不舒服。”想到那残酷的场景，我不禁颤抖了一下。

“剩下来的只能去那儿了。”

“这些真的是《圣经》里写的吗？”

米基点了点头。

“上帝都这样做了，还能算是个好人吗？”我有些犹疑。

“正是上帝，让整个地球在诺亚方舟时代陷入洪水。也正是上帝，在很短的时间内毁灭了索多玛和蛾摩拉城。不仅如此，他还诅咒埃及人，让他们的农业减产，经济遭受重创，从此一蹶不振。”

“这样的上帝，我真不敢说自己会试着去喜欢和信仰他。”听到米基的话，我觉得有些难过。

“如果生命之书确实存在，将会记录下你现在说的这句话。”

“噢——不要！”我大声喊道。

“我也觉得帮大卫王打败巨人时的上帝更好一些。”米基说。

“难道不是同一个上帝吗？”

“数千年来，这个问题已经让数以千计的神学家患上偏头痛了。”

“不谈神学家之类了，你个人觉得呢？到底哪个上帝才是真的？惩罚人类的那个，还是帮助人类的那个？”

“我希望是那个善良而乐于助人的上帝，不过看看周围的世界，我又觉得……”

米基没有再说下去。因为他对自己以往的信仰产生了怀疑。上帝究竟是怎样的形象？这个问题的答案在米基的心中，再也无法一致了。

对我而言，事实早已一清二楚（尽管让人感到不怎么舒服）：耶稣重回人间，并且认为每个人都已在《圣经》中读到他正努力为之奋斗的任务。没错，最终的审判就是耶稣的任务：离开人间这么多年，他并不知道沧海桑田，世事变幻。眼前这个我熟悉的世界将会毁灭，而那本该死的生命之书一定记载了一大堆我犯下的错事……

我将会被丢进地狱的永火，永受炙烤，是吗？

31

（与此同时）

加百列整个晚上都在担心耶稣。他并不担心耶稣会出什么意外，而是担心那个不吉利的玛丽亚会把他搅昏了头，影响到上帝的计划。加百列很是自责，他本该好好劝弥赛亚拒绝玛丽亚的邀约，不要外出的。即使没法阻止，也应该悄悄跟在他身后，杜绝一切不良情况发生。然而，跟西尔维亚在一起的夜晚实在太过销魂，他受不了诱惑，竟任凭弥赛亚跟玛丽亚约会去了。看来他不只肉身老了，连意志也变得不够坚定了。

早晨七点左右，耶稣终于回来了，加百列努力控制着不向主人发火，不把耶稣当神学课上的违规学生处理。他一言不发，突然十分严厉地喝问道："你去哪儿了？"

他还是没忍住。

"跳莎莎舞去了。"

加百列惊得合不拢嘴，过了好一会儿才勉强用手把下巴摁回去。

"这一夜真是美好极了。"耶稣微笑着补充道。

上帝啊，加百列心生感慨。莫非他之前荒唐无理的猜测居然成真了？难道弥赛亚真的对玛丽亚有感觉？玛丽亚，就是那个曾经在神学课上大声与他争辩，说什么"上帝解决不了情感问题"、自己要改信其他宗教的玛丽亚……看起来，从当时到现在，他也只是摆脱了她在神学课上造成的麻烦。她居然以一贯的渎神行为将弥赛亚搅昏了头。

必须弄清楚到底发生了什么，加百列暗下决心。无论如何，耶稣降临人间是要完成重大任务的，如果他动了感情可就麻烦了！

“你……你对那女人有什么感觉吗？”加百列收敛了些，小心翼翼地问道。

耶稣似乎被这个问题激怒了。他显然不愿意跟别人谈论自己的感情，但是他向来不会说谎，这一次自然也不例外。

“玛丽亚给了我心灵的触动，长久以来，没有任何人能够做到这一点。”他回答说。

加百列几乎要惊声尖叫了！他感到天旋地转！在那一瞬间，他甚至想动用天使的力量回到过去，让玛丽亚永远不要出生！不过此时他已不是天使，作为一介年老体衰的凡人他只能喃喃问出一句：“这……这怎么可能？”

“在我还是个年轻人的时候，所有人就都以上帝之子的身份来对待我了。”耶稣解释道，“但玛丽亚……她……她看我的方式和其他人都不一样。”

“她把你看成什么？一个男莎莎舞者？”加百列有些刻薄地问。

“她把我看成一个普通人。”

“但你……你并不是普通人啊！”加百列反驳道。

“嗯，我也对她这样说了。”耶稣微微一笑。

“那……她怎么回应的？”加百列问。

“她对此无动于衷。”

“唉，我早该想到，她一向这样。”加百列不由得长吁短叹。

“我头一次觉得无拘无束、百无禁忌——尽管时间很短。”耶稣向加百列微笑着解释道。加百列根本就不愿相信，但他毫无办法，只得再次重重地叹了口气。

“我甚至从她那里学到了新东西。”耶稣补充道。

“噢，跳舞的时候怎么漂亮地摆屁股吗？”

“啊，这个当然也学会了。不过，我学到的最重要的一点是——”耶稣说，“人在得到教训之后，要懂得自我原谅。”

加百列不再叹气了。怎么可能，玛丽亚教会耶稣的竟是如此富有智慧的真知灼见！她……她居然……真的给弥赛亚上了一课，这也太令人难以置信了！

“除此之外，在我难受的时候，她还安慰了我一番。”耶稣看起来有些心痛。

加百列很了解耶稣此时的神情。很久以前，当抹大拉的玛利亚还在时，他看起来就跟现在一模一样。正是那种“在我生命中，也想有个人常伴身边”的不幸表情。

耶稣真的爱上玛丽亚了！或许他自己还不清楚，因为他对这种事全无经验，但是——听到他怎么说的了吗，“玛丽亚给了我心灵的触动”。他爱她，毫无疑问！

爱情，真是上帝创造的世间万物中最滑稽古怪的东西了。就连上帝之子，都被这种虚无缥缈的荒唐之物撞了两次。大概全能者自己也未曾料到吧。

不，也许他早已知道这一切必将发生。毕竟，他是全知者。

这样一想，加百列整个人都处于混乱之中了。

“但是……”加百列犹豫地问了一句，“是不是因为玛丽亚的存在，你才选择搁置要完成的任务？”

“什么？”听到加百列的质疑，耶稣显然吃了一惊。

就连刚刚说出那句话的加百列也对自己的言行愤怒起来。怎么能说那样的话？难道不是在向耶稣传递危险思想吗？真该死，那么愚蠢的话语，就这样单纯地泄露给弥赛亚了，如果一不小心妨碍了大计，又该如何是好？

“你这样问我，是因为你对西尔维亚的爱吗？”弥赛亚问加百列。因为这个问题，加百列又产生了一个在他看来同样十分愚蠢的新想法：如果最终的审判如期来临，他和西尔维亚还能幸福地生活在一起吗？还能继续享受拉锯子活动的美妙吗？还有，那些她曾经跟他提过的经历，以及这大千世界的种种奇妙，他们都还没有亲自尝试体验呢。比如，西尔维亚不久前跟他讲过的那本《印度爱经》里的招式，听起来似乎很不错，值得一试……

“你觉得再观望一段时间会是个正确的选择吗？”耶稣有些不确定地问。

显然，和加百列一样，弥赛亚也希望能跟玛丽亚再多相处一段时间。

加百列的内心正在天人交战。事实再清楚不过，他和耶稣此时都受了情欲的蛊惑。他必须从这种情感欲望中走出来。他必须保持坚定，绝不动摇，为了上帝的旨意！

“今天就去耶路撒冷吧。”加百列恳切进言，“你必须完成人间伊甸园计划，把天国引领到这里来。”

耶稣认真考虑了一会儿，觉得自己确实对上帝派下的任务有不可推卸的责任。他下定决心，回应加百列道：“你说的没错，这个任务我必须完成。”

说完，他去衣帽间里取了装木工工具的袋子，向加百列道别：“再见了，我的老朋友。”

“再见了。”

就这样，弥赛亚离开了加百列的家。加百列站在门口，目送他远行。他不住暗念，可真够讽刺的，爱情这幼稚愚蠢的玩意儿，差一点就把上帝的整个计划给搞砸了！

32

当我艰难地从关于地狱永火的恐惧中爬出，能够再度组织语言时，我说的第一句话是问米基："关于最终……审判这件事，耶稣在《圣经》里也预言过了吗？"

耶稣……约书亚竟然会参与到这件事中来——直到现在，我还难以想象。

"末日即将来临，为了拯救世间众人，耶稣发出号召，希望大家多反思自己的言行，皈依上帝，并由此走上救赎之路。"米基给出了肯定的答复。

"那，那样的事……我不相信。"

米基并不直接劝说我什么，拿来《圣经》翻到相应的章节，指给我看："《圣经》中有多处证据，你自己看吧。《马太福音》第二十四章[1]曾说，'然后，耶稣会来到众人面前，告诉他们：你们这被诅咒的人，离开我，进入那为魔鬼和他的使者预备的永火里去'。"

"你对《圣经》还挺熟的……"我结结巴巴地说。想了一会儿，又忐忑不安地追问了一个问题，"对了，你知道天堂接纳新人的标准吗？"

"你真以为那男人是耶稣啊？"米基说。他显然对我的轻信感到震惊。看起来，我心中对"最后审判竟然是真的"的恐惧也缓慢地扩散到了他身上。不过，他或许只是关心我而已，至于我说的耶稣、

① 原文有误，引文实为《马太福音》第二十五章第四十一节。

神迹之类，并不会轻易相信。

“想要进入天堂的人们，具体应该怎样做——”米基向我解释道，“在《启示录》中并没有很详细地阐述。不过我想，如果一个人一生都恪守《圣经》上的各种教诲，进入天国是没有任何问题的。”

“各种教诲……我还以为只有十个呢，不是‘摩西十诫’吗？”

“比‘十诫’要多得多，林林总总，难以尽述。据我所知，需要严守的诫规超过七百条……”

说到这里米基突然停住，冲我咧嘴笑了笑。真古怪！看他那表情，实在太不自然，显然是觉得尴尬、紧张，又怕我太担心，才想到用微笑来掩饰。噢，这都是因为我。看看，因为恐惧，我的额头上已经渗出了豆大的汗珠，米基瞧见，一时不知如何是好。

但我也没办法。我本来就知道自己进入天堂的希望十分渺茫，听了米基的话，我才发现自己想得太简单了。根本难如登天嘛。唉，我甚至连“十诫”都认不全，只知道“不可杀人”“不可偷盗”“孝敬父母”……

噢，“孝敬父母”……光是这点就已经很成问题了！在那七百多条诫规里，还有哪些是我不知道、没有做到，甚至根本不可能做到的呢？

我请求米基，把所有相关的诫规一条一条地告诉我。

“这不可能。实在是太多了……不过，其中有很多和你根本没关系。”

“噢，快说给我听听？”

“‘摩西五书’中提到：男人不应该穿女装。”

“大卫·贝克汉姆肯定不知道这条。[①]”我不禁吐槽道。

---

① 贝克汉姆曾公开承认自己有易装癖。

米基翻了翻手头的《圣经》，把另一条诫规指给我看：“不可叫你的牲畜与异类配合。”这是《利未记》第十九章第十九节的内容。

“哈，我会把这条转告给豚鼠和狗听的。”我随口说道。看起来，这些诫规对于现代人而言，大部分形同虚设。

米基继续往后翻，很快又找到了一条：“若有二人争斗，这人的妻近前来，要救她丈夫脱离那打她丈夫之人的手，抓住那人的下体，就要砍断妇人的手，不可顾惜她。”——这是《申命记》第二十五章第十一节至第十二节的内容。

“这种小概率事件，想要遇上可比中彩票还难！”我有些不耐烦了。情势危机，我却仍在听这些无聊透顶、没有任何意义的《圣经》诫规。

米基本来还想念念《利未记》里的沐浴须知，因为里面涉及几句同男人射精相关的趣话。可我实在忍不住了，一把将《圣经》从他手里抢过来，说道：“我现在真的不想听这些。”

他点点头，宽慰我道：“我觉得只要谨守‘十诫’，大概就差不多了。”

但是就算这样，我也不清楚这“十诫”具体指哪十条诫规。于是，我让米基帮我在《圣经》里找到写有“十诫”的位置，这应该算是我在漫长的人生当中第一次全神贯注地研读《圣经》了。这或许是所谓的“兴趣爱好是最大的驱动力”吧，不过，此时我却是因为迫不得已……

前三条诫规应该没什么问题：上帝是唯一的神，除了上帝，不可以崇拜别的神，也不能为其他什么神雕刻偶像——这些都很简单。尽管此时在我脑海中突然闪过一幅上帝正坐在心理医生诊所的大椅子里接受心理治疗的画面。没办法，据我了解的情况来看，上帝的一切行为都在暗示他其实是个典型的控制狂……

第四条诫规应该也是可以轻松完成的：在安息日里应该休息。哈，我这一生可都在遵守这条诫规呢！我可不是会在周末加班的工作狂。从某些角度来说，我甚至窃喜，那些忙着完成业绩指标的家伙恰恰违反了这一条。等于自断了前往天国享福的道路，最终审判时只能被投入地狱里去了。仔细看其余的诫规：我不是谋杀犯，我在婚后也从未出轨（这点毫无疑问，因为我从来没结过婚。那些已婚男人对我没什么兴趣），偷东西什么的压根儿都没有做过（最多借了东西不还而已）。至于我邻居的妻子、房子什么的，我一点儿觊觎之心都没有（“邻居的丈夫”什么的，没有写在这条诫规里）。

根据米基的分析，我对地狱永火的恐慌主要源自我自身的经历，算是一种单方面的畏惧，和《圣经》并没有什么关系。米基应该没说错，我好像确实有这样一种天赋：凡是跟我在一起的男人最终都会喜欢上其他女人（或者说，这些男人本就属于其他女人）。这实在太常见了，而且，跟我在一起的那些男人通通都不是我真正喜欢的类型：只是有好感，并不符合我真正的口味。

“十诫”的第十条，我同样没能好好遵守——我经常贪恋别人的东西。比如，马克的敞篷车、我同事收藏的高跟鞋、詹妮弗·安妮斯顿的身材……

但是最令我头疼的还是“十诫”的第五条，那些关于孝敬父母的蠢话！唉，在世界毁灭之前，我是不是还有机会挽回，做到这一条呢？

从米基的租碟店出来，我直接去了老爸开的泌尿科诊所。在那里，我问那位跟老爸一起、在诊所常驻多年的玛格达女士，老爸现在是否有时间见我。玛格达女士主动带我去了诊疗室，还说要帮我准备一杯热可可。尽管我已经三十五岁了，她还跟以前一样把我当孩子看待。

老爸穿着他那件白大褂，正在整理药柜里的各色样品药剂，准备把合适的药剂捐赠给非洲难民组织。对于我的到来，他感到很吃惊："你来这儿做什么？"

"我想告诉你，我尊重你跟斯维特拉娜在一起的决定。"

毕竟，《圣经》上"孝敬父母"这一条里面不包括"不准欺骗父母"。

"噢……"老爸对我刚说的话目瞪口呆，半天都没缓过神来，"听到这话，我……我很高兴。"

说完那句话，我不知道接下来应该怎么办，只好沉默不语，玩着老爸办公桌上的镇纸。

"也就是说，你不反对她搬过来和我住了？"老爸问我。

"如果你愿意，我也就没意见了。"我继续说着谎话，手上用力，几乎要将那方镇纸捏碎。

"说实话，我正有娶她的打算呢。"老爸向我坦白。

他之前显然是在担心说出实话后我会表示反对。现在我的态度明显缓和，他也就相信了我，随口说出了心中所想。

"如果那是你真正想要的生活……"

唔，这"孝敬"的成本可真够高的。

老爸对我之前的回答感到满意，便想利用这个机会把心里的想法通通倒出来："除此之外，我们还想再生个孩子。"

"想都别想[①]！"我再也忍不住了，大声咆哮道。

---

① 原文为英语"No fucking way"。

老爸一脸震惊。我用力把镇纸砸到桌子上，一句话也没多说就冲出了诊所。玛格达女士端上的热可可，我连看都没看一眼。

我气急败坏，在诊所大门前停下脚步，伏在墙上大声咒骂："该死，我为什么就办不到呢？！"

一个打算进诊所看病的老人刚好看到了我，出于好奇，他问了我一句："哎，你也排尿不畅？"

我抬起头恶狠狠地瞪了他一眼，那老头发觉情况不妙，像兔子一样飞奔进诊所，正撞见玛格达女士从里面出来，她向我递上那杯热可可。

"我不想喝这见鬼的热可可！"我感到又好气又好笑，便对着玛格达女士摇了摇头，浑身脱力，无奈地争辩道。

"你会想喝的。"玛格达女士体贴地说。

"我一点都不想！"

"你父亲让我告诉你，他再也不想见到你了。你必须赶紧整理好自己的东西，从他的屋子里搬出去。"她小声地告诉我，把装满热可可的杯子递到我的手上。

我总算明白了玛格达女士前一句话的意思，呆站在那里，伤心地一口口喝完那杯热可可。

喝完热可可之后我突然意识到，父亲这边行不通了，我还可以去孝敬母亲！即使这件事对我而言同样困难……啧啧，不试试怎么知道！

我和母亲约在马伦特镇步行街上的一家咖啡馆里见面，我们都点了卡布奇诺，然后，我就开始着手"孝敬"母亲了。大体来说跟之前应付老爸的那套方针一致："妈妈，之前我对你总是不好，总带有攻击性，我……我很抱歉。"

"你说的这些，我一句都不相信。"妈妈随口打发了我。

"为……为什么不相信我？"

她向我解释说我的眼神游移，明显是说谎的征兆。还有，我握咖啡勺的那只手十分用力，表示我正在抑制内心的愤怒。

"你跟平时不一样，发生什么事了？"她干脆直接来审问我了。

"唉，忘了吧，没事。"我一边回答，一边想站起来走掉——什么"十诫"、末日审判……真令人厌烦。摩西当年在西奈山上写下"十诫"时，世上肯定还没有哪个母亲能够拿下心理学专业的文凭吧。

"你心里肯定有事。"她扶住我的胳膊，使用她的职业手段轻缓温柔地把我摁回到座位上。这么多年来，我头一次勇敢地向她迈进了一步，她肯定很高兴吧，至少我没有像以往一样从她眼前消失。

"是因为我和加百列之间的关系？"她的首次猜想，当然完全错了。

尽管如此，我却不能向她吐露真情。总不能对她说，世界马上就要毁灭了，我要拯救自己逃离被投入地狱永火的悲惨宿命。所以，不妨顺着她提出的和加百列相关的思路走。仔细想想，关于加百列，我不能不认为他其实很清楚寄住在他家里的约书亚就是耶稣。我开始回忆耶稣曾对我说过的话，他说加百列曾特地前去告诉圣母玛利亚，她肚子里怀的孩子是上帝之子——可是这件事明显不可能发生啊！完全找不到合理解释。加百列牧师，显然不会是有能力发明时间机器的那种人。

"我觉得很孤独，所以才选择跟他在一起。"妈妈说，"没办法，我真的很孤独。"

听到这话，我吃惊地看着她。这并不是心理学上的陈词滥调，而是妈妈的真心话。妈妈这样说，让我有些担心。

“你后悔吗？”我小心翼翼地问她。

“你是指——当年离开你爸爸？”

“是的。”

她沉默了。好一会儿都没有再说话。我有些不耐烦，又问了一句：“要我在这儿等一个月，你才会回答吗？”

“我唯一后悔的，是从此失去了女儿的心。”她的声音听起来很难过。

这是妈妈第一次让我觉得，她并没有遗弃我们，只是抛下了老爸而已。一切有因必有果，事事相联，抛下老爸，离开这个家，不可能对我们姐妹没有任何影响，世事总是如此。想通这一点之后，我仿佛放下了心中大石，再想起这件事就不再难过了。二十多年来，一直困扰着我灵魂的重负，只需短短一句话就解开了。

“如果我们现在拥抱一下，会不会很幼稚？”我的声音沙哑。

“不只幼稚，还很俗气。”她笑着应道。

“太俗气了！”

“但也完全合理。”妈妈突然变了语气。不出所料，那个我熟悉的心理治疗师妈妈又回来了。不过，这句心理医生型的话再也不会像以前那样惹我生气了。

我慢慢站起身来，妈妈也站了起来。我们张开双臂，紧紧拥抱。

这样看来，“十诫”里的“孝敬父母”，其实也还不算那么招人讨厌。

走在回家的路上，我一身轻松，这不仅仅是因为我离进入天国更近了一步……正这么想着，我十分意外地看到思文正走在马路对面。

如果只是思文，倒还算不上“十分意外”，问题在于他怎么会和乔治·克鲁尼在一起呢？而且他们俩似乎相谈甚欢。

我没来得及细看，这两个人就已经拐过弯，消失在视野外了。我揉揉眼睛，怀疑自己是不是看错了。应该不会，那张脸，还有那标志性的微笑，我敢发誓，就是乔治·克鲁尼，绝对不会错。

马伦特镇就是这样，在不知不觉间就让人大吃一惊。

33

到家了，跟往常一样，我直接忽视斯维特拉娜和她女儿——“十诫”里可没说，必须尊重骗婚的女人和她的孩子！我去房间里找卡塔，想告诉她老爸已经赶我出门了。卡塔不在。

如果我不住在老爸这里了，她还会不会留在马伦特镇安慰我呢？

我看了看她的新漫画。我得承认，在这部新作品里，她对上帝的责难比之前作品中的稍微直白了些。

呃，得更正一下，这一次卡塔对上帝的愤怒粗暴又直接，已经完全不受控制了。

这张图使我感到害怕。我把卡塔的绘图本往前翻，又看到一幅新四格漫画：在这幅画里，卡塔对全能者咆哮，说自己脑袋里有肿瘤。

肿瘤还在那里吗？检查结果已经出来了？

不！

看起来，上帝并没有听到我的祈祷。

这甚至令我比画画的姐姐更愤怒，因为我知道上帝是真实存在的。

上帝这家伙到底是怎么回事？为什么他不帮帮卡塔？我知道，我当然清楚，上帝需要同时听很多人祈祷。而且他肯定也不是什么电话服务中心，不可能有求必应……啧啧，如果真是服务中心，大概会是这样：

“这里是上帝服务中心。欢迎您的祈祷。如果您祈祷的内容是关于亲人的，请按 1；如果您打算忏悔自己犯下的过错，请按 2；如果您受到社会不公正的对待，请按3…… 抱歉，目前所有的祈祷线路都在通话中，请您稍后再祈祷一遍，谢谢…… 嘟嘟嘟嘟嘟嘟嘟……”

“你在那儿‘嘟嘟嘟嘟嘟’什么啊，发神经了？”我还没反应过来，卡塔就带着新鲜出炉的牛角面包进了房间。看来，她刚才是去面包店了。

我想得太过出神，不知不觉就把脑袋里上帝服务中心的客服话语现场演绎了一遍…… 看来，还真如卡塔所说，我的妄想症已经不浅，已处于发神经的边缘了。

“肿瘤又长出来了？”我决定直接问她。

“不，检查结果很稳定，肿瘤并没有长出来。”她回答得斩钉截铁。

“但是，你刚画的那张四格……”

听到这话，卡塔似乎有些恼怒，她大声说：“那只是根据过去的经历画的，别乱猜！”

说罢，她就回到自己的座位上，发出令人难受的呻吟，不再理我了。看起来，她的头痛又加剧了。

我赶紧过去，想帮她做点什么。谁知道她冲着我大声喊叫：“从我的房间里滚出去！”

她咆哮的样子实在太可怕了。我从来没见过她那么生气。

不，我见过一次。我记得那是在医院里，卡塔告诉我她很痛，痛得无法忍受，我没有办法，只能痛哭。我的眼泪激怒了她，她对我咆哮，让我不得不停止哭泣，呆呆站立。

今天，卡塔眼睛里冒出的怒火和当时她躺在医院病床上的一模一样。

不只是怒气，还掺杂了肉体的疼痛，那眼神里有难以形容的、常人不可能拥有的恐怖。没错，她没有承认，但事情很清楚，肿瘤又长出来了。

我感觉很糟，全身都在颤抖。部分是因为对上帝的愤恨，但最主要的还是出于对姐姐的担心。我不希望再看到她这么难受了，永远都不希望！

我暗暗发誓：如果上帝不愿从癌症中拯救卡塔，他的儿子就必须承担起这个责任。

没有商量的余地！

34

我用最快的速度跑到加百列家，摁响了门铃。加百列开了门，看见是我，马上把门重重地关上了。刚刚开启的门又迅速合上，门板几乎要打到我的鼻子。

我继续摁门铃，加百列又开了门，我赶紧把脚伸进去抵住门，不让他再关上。谁知他根本不在乎我的脚是否受伤，居然用力砸门，想强行把门合上。我痛得忍不住叫出了声，条件反射般缩回了腿，门又关上了。

我又摁了一遍门铃，十分被动地等在门口，指望门再开一次，却一点动静都没有。出于无奈，我只好弯下身去对着门上的递信口大喊：“他跟我说过了，他就是耶稣本人！”这次，加百列只犹豫了零点几秒便打开了房门。

“耶稣在哪里？”我问道。

那个应该治好我姐姐的木匠不是约书亚，而是耶稣，上帝之子。

“耶稣在哪儿跟你没有任何关系。”加百列很凶地答道。

“如果我说有关呢？”

“和你无关。”

“和我有关。”

“和你无关。”

“和我有关。”

“我们的对话进入了一个死循环，不是吗？”加百列不屑地说。

“信不信我马上狠狠揍你一拳，揍得你直转圈，进入一个差不多的死循环？”我毫不示弱地应道。口头纠缠这种事我既没有兴趣，也没有时间。

“耶稣降临人间后需要经历的一切，不会因为你的存在发生丝毫改变。”加百列显然很瞧不起我，说完这句话，他又要关门。我没有办法，只好威胁道：“如果你不帮我，我就跟我妈妈说，说你……你这个人……”

“说我怎么？”加百列问。

我也说不清楚，只是觉得他有点不对劲。尽管“时间机器制造者”这个选项可以事先排除，但他肯定有点不对劲。鉴于目前的情况，我决定“以退为进，虚张声势”，沉思片刻后，我威胁道：“我就跟妈妈说，你这个人身上，有个很大的秘密瞒着她。”

加百列咽了口唾沫，这句模棱两可的话显然触到了他的敏感神经。现在，他肯定以为，耶稣跟我说了他的什么秘密。可实际上，对我而言那始终还是个秘密。

“他正在去往汉堡港的途中。”加百列投降了。

“他想去哪儿？”我对这回答感到愕然。

“上一艘开往以色列的货轮。”

以色列！毫无疑问，根据米基的说法，最终圣战将在耶路撒冷展开。这么说来，最终圣战已经迫在眉睫了？如果不是，难道耶稣会在以色列为最终圣战准备几个月，甚至几年？其实，到底是哪种情况已经无所谓了，卡塔又开始头痛了，而且痛得很厉害。这该死的癌症和疼痛必须从她身上消失。必须马上消失！！

当我找米基借他那辆大众甲壳虫老爷车打算前往汉堡拦截耶稣时，他显然吃惊不小。在我提出这个要求之前，米基觉得我不过一时犯浑而已，而现在，他认为我可能：a. 完全疯了；b. 被那个木匠催眠了；c. 嗑药了；d. 以上所有同时发生。

我那愤怒而坚决的状态，在米基眼里不过是发了疯，也正因此，他绝不让我独自前往汉堡，也不肯让我开他那辆心爱的甲壳虫。米基，我的好友，他二话不说给租碟店挂上了“暂停营业”的招牌，发动了那辆老甲壳虫，和我一同踏上了前往汉堡的道路。在高速公路上，我不停地骂米基，塞车的时候，他对路上各种愚蠢的行驶标志都表现得兴趣盎然，并向我一一讲解什么是限速，什么是禁行，什么是右侧超车，什么是……他根本无视我的抗议！遇到车流阻塞，直接在路肩上跑不就完了吗！说那么多废话，再不快点就赶不及了！

出于无奈，我强迫米基在安全岛上停车，然后把他从驾驶座上拉下来，自己坐了上去。此时的我已经急得像热锅上的蚂蚁，无论如何，都要火速赶往汉堡。

因为太旧，外加疾速行驶，甲壳虫噪音很大，就好像正穿越大气层返回地球的太空船。宇航员突然宣称：喂喂喂，照目前情况看，返回舱隔热板安装得并没有飞行器组装部门的小伙子们在完工典礼上宣称的那么好，十分遗憾……

坐在副驾驶位上的米基不时紧闭双眼，尤其当我不知道向哪儿狂摁喇叭、也不管其他司机是否留意到就企图超越巨型卡车时。在我没有死踩油门、胡乱超车的空当里，米基都会抓住机会向上帝祈祷。我简直要被上帝气死了，但我的气愤却丝毫不会影响我朋友的虔诚……

算了，我也没心思管他。此刻，我只有一个念头，就是向着码头狂飙。我必须在起锚远航之前截住那艘名为伯利恒四号的货轮：不只是哈里波的熊熊软糖、特趣巧克力和得宝的办公用品，耶稣也要被它运往以色列了。

甲壳虫以快得令人咋舌的速度在码头上飞奔，然后陡然刹车，在几乎掉进海里之前挨着码头边缘停住了。我抛下从刹车时就一直不停尖叫的米基，解开安全带下车。

到底还是赶上了。

船的舷栏边站着一个水手，他左臂上有一个龙文身。这土包子显然不知道，现今龙文身已不是威猛的象征，而是青少年魔幻小说里的幼稚图腾了。我问他是不是有个木匠上了船，他告诉我，因为装卸货出了点问题，船要比原定计划晚半小时出航。那个约书亚本来上了船，听到这个消息，说想去散散步，就下船去了。我问他约书亚去哪里了，水手回忆了一下，回答说："他去了红磨坊。"

"红磨坊？"听起来不太妙啊。这里是码头区，一个会取这种名字的地方显然不会是家歌剧院。

水手告诉我们去红磨坊应该怎么走，并且警告我说："通常，在红磨坊上班的女士对企图进入她们办公场所的陌生女人，是不会好言相待的。"

"耶稣显然是想利用这点时间说服那些堕落的女人皈依！"关于约书亚的古怪行为，我对米基这样解释道。

"好吧，你说得没错。那家伙就算在看《花花公子》，也肯定只对采访部分感兴趣，对吧？"

哼，他还是不相信我说的那个人就是弥赛亚。

红磨坊是一排平房中的一间，它的红色霓虹灯招牌破破烂烂，有几个字母已经不亮了。一个胖乎乎的女人为我们开了门。看起来，她生命中最好的时光已远去很久，一同远去的还有她的着装品位。

“女士不得入内。”她粗声粗气地责难我。

很难想象，这家伙长得这么抱歉，又对客人如此不友好，怎么可能为雇主赚到钱?

“我不能进去，那他呢？他总可以进去吧。”我把米基推上前去。哈，我这位老友的脸马上就红得像柿子饼了。

“当然可以！”那位女士冲我们微笑，露出满口烂牙。米基完全不知道该怎么办，还没来得及抗议就被她生拉硬拽了进去。

“把耶稣带来见我。”我盯着心不甘情不愿又无可奈何的好友的背影，大声喊道。

我百无聊赖地等在那里。过了一会儿，店门打开，耶稣出来了。他身后跟了个一身红衣的小妞。那小妞看起来有些恼火，耶稣正试着让她平静下来:“放心,我不会生你的气。你现在就走吧,离开这里。从此刻开始，不要再自甘堕落了。”

听到这话，那女孩看起来似乎轻松多了。就在这时，耶稣突然看到了我。

在那一瞬间,我从他脸上读出明显的欣喜之情,当然,还有惊讶。其实,就连我也觉得能够再和他离得这么近,感觉实在是好极了。哈,如果可能，我也想在那艘货轮上弄个小包间，跟耶稣毗邻而眠……

此刻，我终于想通了一件事:多年以前，抹大拉的玛利亚究竟为什么愿意离开家跟耶稣浪迹天涯。因为他有那种魅力。话又说回来，在相伴身边的漫长岁月里，抹大拉的玛利亚居然能控制住自己，不去牵他的手?

唉,对我而言,这一连串的难题简直比那些千古之谜更令人费解。

“玛丽亚，你怎么到这儿来了？”耶稣问我。

我深吸一口气，重新把注意力集中到此行的目的上。这次我可是为了卡塔而来的！我以最快的语速、像背书一般说明了卡塔得的病，还有她的疼痛她的难受她的委屈她的不满她对上帝的愤怒，等等等等。

“你姐姐承受了很大的痛苦，我很遗憾。”他宽慰我道。

“是的，但你可以治好她啊！”我满怀希望地对他微笑，“就像治好斯维特拉娜的女儿那样。”

耶稣沉默不语。

“喂……你听到我说什么了吗？”我问他。

“是的，我听到了。”

“那么……为什么我现在却觉得，你会马上说一个该死的‘但是’呢？”

“因为我根本没法为你的姐姐做些什么。”

“什么？”

“我没有办法。”

“哦……抱歉。”我有点糊涂了，“但是……你的意思是说你可以办到，但是你不能那样做，对吗？”

“是的，有那种意思。”耶稣很温柔地答道。

“这……总该有个原因吧？”我完全被他的话搅昏了。

为什么他不能治好卡塔？他可是耶稣啊！他能呼风唤雨，能治病，还能在水面上行走，如履平地。如果他愿意，什么都可以办到！

“你不想这样做？”我问道。

“我正在完成上帝赋予的任务。”

“上帝——”我几乎不敢相信他说的话，“也就是说，因为有上帝的任务在身，你就没法去救我姐姐了？”

“也不能这样说……”耶稣犹豫地反驳道。

“之前，我已经向上帝祈祷过多次，希望我的姐姐能赶紧好起来。”我直接打断了他的话，“但上帝根本就不在意我的祈祷！”

“你确实常常祈祷？”

我几乎都要失控了，这算什么问题？“确实常常祈祷？”啧啧，“常常祈祷”的标准是什么？在担心卡塔的时候，我都会祈祷，这难道不算“常常祈祷”吗？！

耶稣却继续说：“如果你半夜去一个朋友家找他要三个面包……”

“啥？”我又打断了他，“你怎么突然说起面包来了？关面包什么事？”

“如果那个朋友当时病入膏肓，已经没法起床了。”耶稣不理会我的质疑，自顾自地说了下去，“只因为他是你的朋友，他就得满足你的要求，把面包给你吗？”

耶稣说完之后静静地看着我，仿佛认为我一定能理解他的意思。不过，老实说，我此时能理解的，除了面包还是面包。

“这和我们现在的状况一样。”他加了一句。

唉，不要啊！我在心里默默叫苦：是否巴勒斯坦人都跟他一样，说话弯弯绕，不肯让人一下子明白？

“信仰上帝必须持之以恒。只有这样，他才能听到你的祈祷，实现你的合理愿望。”耶稣继续解释道。

也就是说，我必须继续祈祷？

“上帝到底是什么，一个高傲的戏子吗？”我生气地问，“非得把你折腾够了，才愿意陪你出街？”

耶稣对我的话感到吃惊，显然我不接受他那“状况一样”的假设。在他还没想好该怎样回话之前，伯利恒四号的汽笛声响起。船马上要开了。

“抱歉，我必须得上船了。”耶稣说。

我差不多要绝望了。耶稣上船离开后，卡塔就再也没有机会痊愈了，她会死的。我满脸疑虑地看着他，绞尽脑汁，想找个合适的理由来说服他。就在这时，米基突然从那间妓院里冲了出来。他双目大睁，惊慌失措地像看到了什么不得了的东西。见到我和耶稣，米基忙不迭地说：“不得了了，不得了了！我在里面看到了些从来没人见过的东西！长这么大，我可是第一次亲眼见到……哎呀！”

一口气说完之后，米基就像被怪物追赶着一样向他那辆甲壳虫的方向跑远了，我都还没来得及问他究竟在妓院里看到了什么。

货轮的汽笛声再次响起，耶稣平静地向我告别：“再见了，玛丽亚。”

他说完这句话，就快步离去了。

我的疑虑逐渐变为愤怒。如果真有人那么急地敲他的门找他要面包，那肯定是别无他法被逼无奈，就像我这样！

“耶稣，等等！”

他连头也没回，向着货轮的方向越走越远。

“耶稣！”

他仍然没有回头。

“埃洛伊，埃洛伊，拉玛，萨巴提。”绝望之中，我喊出了他之前告诉我的《诗篇》里那句极度悲哀的话。

我的上帝，我的上帝啊，你为什么离弃我？

耶稣终于停下来，转头对我说：“你说的这句在希伯来语里的意思是：我的上帝，我的上帝啊，我的羊驼无所畏惧……”

莫非我记错了？

“埃洛伊，埃洛伊，拉达拉，萨巴提。”我又试了一次。

“这句的意思是：我的上帝，我的上帝啊，我的帽子无所畏惧……”

“你知道我想说什么！”我再也忍不了了，开始对他大喊大叫。

他居然还有闲心戏弄我，我真想死命打他，让他记住我不是好惹的！

“是的，我知道你想说什么。”耶稣答道。

说完这句，他停顿片刻，又用轻得多、听起来让人伤感的声音说：“埃洛伊，埃洛伊，拉玛——萨巴希塔尼。”

“我的上帝，我的上帝啊，你为什么离弃我？”耶稣说的是正确的，我终于想起来了。我用德语重复了一遍，声音里面夹杂着责难、愤怒、悲戚……复杂难言。

耶稣站在那里，一言不发地想了很久。最后，他对我说：“我搭另一艘船过去好了。”

此刻的幸福感简直难以形容。我快乐地跑向他，抱住他，用双手环住他的脖子。

耶稣显然很喜欢我这样，不，可以说是“享受”。我双手用力，紧紧把他抱在怀里。这也让他欣喜莫名。因为在这一刻，他又是约书亚了。

哈，大家还记得吗？我曾经提过，我就是有一种难以想象的天赋：但凡美好的时刻，都会被我轻易破坏。

35

我满怀热情地在约书亚的脸颊上吻了一下。在那一瞬间，我敢发誓，他是很享受的！但这享受的神情稍纵即逝，他似乎对自己的反应大惊失色，赶紧挣脱我的怀抱，对我说：“我们必须马上赶去你姐姐那儿。”

因为耶稣的反应，我不觉自问这样做是不是有点不知羞耻？但是仔细想想，正因为是对约书亚这样做，我才十分自然。刚才那个吻，是出于对他的感谢和爱。它是由衷之举。我爱耶稣发自真心，这肯定不会是一件错事。

我爱耶稣？

噢，我已经把他当耶稣看了，可我还是爱他？！跟爱约书亚一样爱他？！

真是羞死人了。

在返回马伦特镇的途中，我一句话都没有说。耶稣坐在甲壳虫的后座上，用希伯来语虔心祈祷。

他是否正在祈求上帝原谅呢？是不是因为我的吻让他心乱神迷了一小会儿？总是这样，他什么也不告诉我，这在无形中拉远了我和他之间的距离。我觉得尴尬，只好呆呆地望向窗外，聊作排遣。而米基正因为耶稣坐在后座这件事而紧张，没法把注意力集中在方向盘上。到现在为止，米基还没有完全相信坐在他吭哧吭哧乱响的老甲壳虫后座上的男人真的是上帝之子，但至少，正用希伯来语虔心祈祷的耶稣身上所散发出来的独一无二的气场，正逐渐驱散米基残存的怀疑。

“我怎样才能相信你真的是弥赛亚，而不是不知道从哪儿冒出来的疯子？”米基终于忍不住了，张口问耶稣。

“只要你相信就可以了。”耶稣平静地答道。

“哪有那么简单！”

“很多在朱迪亚的人们也是一样，尤其那些在神殿里的人们，会觉得难以接受。”耶稣说，“其实，只要相信就好了，很简单。”

这句话显然说到了米基的心里。作为信徒，到现在为止，他还从未被神殿里那高傲的犹太教祭司们认真接受——他们总是不理他。但耶稣却能接受他的想法，循循善诱，与他心平气和地交谈。

当米基正为他的信仰问题天人交战时，我却突然意识到自己上一次上厕所还是在夜店萨尔莎的卫生间里呢！赶紧找了个地方停车后，我飞奔进一间高速公路上的简易卫生间。这种卫生间男女共用，每一间都长得一模一样：德国人对于清洁方面一贯的高要求，因为使用者的急不可待，在这里被合情合理地彻底忽略。

我一身轻松地从卫生间里走出来，发现米基满面愁容。他走到我面前问：“你确定那个男人真是耶稣吗？”

“是的，我确定。”

“你敢发誓吗？”

“以我姐姐的生命发誓。”

米基思考了半天，对我说：“那么，我现在要向他忏悔，希望他能原谅我的罪孽……”

米基的反应让我吃惊不小，我跟着这位老朋友一起回到甲壳虫里。米基开始向耶稣诉说自己的罪孽。我的天，他说的简直是一部编年体奇幻史诗，至少一样冗长。

在第一个故事里，一个本生灯[①]、一瓶除臭剂和某位地理老师被烧着的胡子占据了很大的分量。接下来话锋一转，米基说起此时正犯的罪孽——自己深爱的这辆甲壳虫车，说德国人民开汽车时制造的废气比大部分非洲小国的二氧化碳总排量还要多。他向耶稣坦白，即使自己十分清楚那些可怜的牲畜是怎样在屠宰场里被人残忍地屠杀，也还继续吃肉，不仅如此，他甚至还有一件印有“素食主义者吃掉了我所吃食物的食物”的T恤。他继续向耶稣坦白，说他很喜欢喝咖啡，尽管他知道自己使用的咖啡豆是发展中国家的人们拼尽全力生产出来的——“没有需求，就没有压迫”，但他依然选择放纵自己的欲念。他还向耶稣坦白，有些女孩在他的租碟店里借了色情片后，就照着片子里的行为做各种不堪的事：他还记得其中一部片子的名字，叫作“看着高潮来”……

好不容易讲完这几件事后，米基突然请求我下车，不要听他接下来的话。

“为什么？”我不解地问道。

“我现在要倾诉的罪孽，跟“十诫”里那条‘不要觊觎你邻人的妻子’相关……”米基不好意思地低头，看向自己的膝盖。

我有些不情愿，担心他说的“邻人的妻子”其实指的就是我本人。思来想去，我只好选择下车，最好一句话都听不见。

我远远看着自己的那位老友。此刻，他正顶着张比柿子饼还红的老脸，向耶稣坦白自己的全部罪孽。与此同时，我也在问自己，如果我也向耶稣坦白各种错误，会不会是个好主意？之前，对他讲

---

① 德国化学家本生发明的煤气灯，在化学实验当中，主要用来加热。

述和思文的种种过往就已经使我释怀了不少。刚才看到的那个妓女，在向耶稣倾诉心声之后，负罪感也明显减轻了很多。还有米基，即使弥赛亚在听他唠叨时不止一次地皱起了眉头。

噢，耶稣皱起眉头时认真的样子，实在让人心动！

唉，没办法，看起来，我是真的爱上耶稣了。

不过，耶稣的皱眉也表示：一个小题大做的家伙讲述他自以为的全部罪孽肯定不是什么好主意。

米基终于讲完了，耶稣把手放在他的肩膀上说了句什么。我那位老友马上就变得比刚才开心、幸福多了。怎么说呢，他此时的表情，就跟之前 iPhone 在德国首发时、他成功抽中前一百名订购名额一样。当然，我也很开心，因为他现在总算相信我了。只剩下最后一个难题：说服卡塔，让耶稣医治她。如此一来，一切问题都可迎刃而解！只是，圣战和随之而来的一切混乱除外。

当我们一同出现在卡塔的房间里时，她显然吃惊不小。我用最快的速度向卡塔解释，我为什么带这个木匠来，他将如何治好她的肿瘤等等。当我终于说完，卡塔说："哇噢，跟你相比，汤姆·克鲁斯都可以称得上精神正常了[①]。"

接下来，耶稣向卡塔确认了我刚刚所说的话，并承认自己是上帝之子。

卡塔则这样回应他："嗯，跟你相比，甚至连艾米·怀恩豪斯都可以称得上神志清醒了。"

---

① 在德国，媒体常报道汤姆·克鲁斯精神状态堪忧的负面新闻。

“谁是艾米·怀恩豪斯？”耶稣问道。

于是，米基开始向耶稣解说：她漫长的吸毒史、“毒后”称号的由来，包括那著名的蜂窝发型，就好像有只疯猫从她脑袋上扑腾过一样……米基解说了好久，几乎到了忘乎所以的地步（不愧是艾米的超级粉丝）。我不得不向他做了个“停止”的手势，提醒他“这些不重要”。

“试试吧，就算失败了，你也不会损失什么。”我对卡塔说。

“第一次发现肿瘤的时候我就已经决定，绝不听江湖医生的蛊惑——什么神迹、巫术，根本不可能！现在更是绝不可能！”姐姐拒绝了我。

“哈，你说漏嘴了。”米基笑道，“你刚刚说‘第一次发现肿瘤’，也就是说现在肿瘤又长出来了？”

听到这话，卡塔显得很懊恼。米基这才发觉在说与肿瘤相关的事时不应该笑。这种不合时宜的行为，当真让人生气。

考虑了一会儿之后，卡塔又问我：“那么你倒说说，我现在凭什么相信这个变戏法的疯子能够治好我？”

“求你了，这是我的请求。”我低声乞求。

卡塔犹豫了一会儿，然后转头对耶稣说：“今天，你已经是第二个说可以治好我的疯子了。”

“第二个？！”我对卡塔的说法感到意外。

卡塔摆了摆手：“哎，当我没说……”

说完这句，姐姐考虑了一会儿，终于对耶稣说：“明白了。我刚说你是个‘变戏法的疯子’，玛丽亚也没有否认，也就是说她至少承认你确实是个疯子。不过，我跟你之间至少有件事情是可以做到的：如果你真是耶稣本人，那么我们就该好好聊聊，为什么上帝的表现竟如此糟糕？他究竟为什么要把这世界造得这样千疮百孔、漏洞百出？”

在卡塔一贯坚强不屈的表象下，我似乎看到了一丝裂纹：姐姐确实怀有一线希望，希望眼前这个男人并非精神病院里逃出来的病人，而是能够真正治愈她所患癌症的人。顽固如卡塔，都在期盼奇迹般的痊愈了……突然之间，我竟能理解为什么许多绝症病人不惜倾家荡产，请神棍巫师们来“创造奇迹”了。

耶稣一言不发地走向卡塔。他很快就会把手放在她的身上，姐姐很快就会被治愈，我将被这完美结局打动，止不住幸福的泪水。我终于能够躺在耶稣的臂弯里不停吻他，吻到他再也没办法控制自己，只能用吻来还击！

耶稣把手放在了卡塔身上，但他只是轻触了她一下，就马上把手挪开了。

姐姐已经痊愈了？这也太快了吧……

我希望是这样，可是……如果我想的没错，耶稣为什么会那样看着我呢？

“这女人根本就没病。”他这样说。

我们都万分惊愕地看着耶稣，不知该说什么。

说完这句话，耶稣转过脸来，指责我道：“你竟然为了根本不存在的事，让我搁置了自己必须抓紧时间完成的任务。”

他的双眼闪动着怒火，一时之间竟令我感到无比害怕。我怕他会以我为对象，亲自向在场众人演示一番“如何把人变成枯萎的柳条”。

因为愤怒，耶稣浑身发抖。但他什么都没说，只是默默地离开了房间。

这就是关于“不停吻他”的幻想的最终结局。

36

（几个小时之前）

撒旦再次忆起他在马伦特镇度过的这一天，在这个小镇上，人们是多么怨恨上帝啊！有这样一个镇民，他怨恨上帝，只因为他的未婚妻在婚礼上说了“不，我不愿意”。有个女人，因为自己还是处女而抱怨上帝不公。可是，她也不想想自己才十四岁！对了，还有个银行女职员，因为脸上汗毛浓密而被同事们背地里称为“长毛甜心”，她听说之后非但不去谴责始作俑者，反而开始咒骂起上帝，因为是上帝把她造成了那个样子！

马伦特镇上的居民，每天至少咒骂三次上帝。这甚至比撒旦本人骂得还要多。可是这成绩也并非出类拔萃。老实说，以全世界的人类居住地为参考，马伦特镇居民每日咒骂上帝的次数，最多也只能排在中下游。

好吧，随便了。当今世上，几乎每个人都有资格成为末日骑士——撒旦总算明白了这个事实。依此类推，那些下级战士也能从这些人里选拔，毫无问题。对了，因为对湖边遇到的那个女漫画家印象深刻，撒旦已经决定，要任命她为末日骑士“疾病”。

当卡塔手里拿着漫画绘图板努力与脑内的疼痛搏斗，希望能够画点什么来分散注意力时，撒旦摁响了门铃。他特意挑选了只有她一个人在家的时间来拜访。人类在无人相伴时，通常最弱小。或者从另一个角度来讲，就算在表面上联合起来，彼此之间依旧形如一盘散沙、貌合神离，没准儿比单独一人时还要弱小。这种情况在人类渺小短暂的历史当中可算是屡见不鲜了。

听到铃声，卡塔下了楼。她在心里暗暗祈愿，希望门外站着的不是被她刚刚吼出门去的妹妹。她会告诉玛丽亚自己的脑癌复发了，但不应该是现在。目前情况还不太明朗，虽然卡塔很清楚这一次她将彻底失去尊严，一败涂地。经历过前一次战斗，她已经精疲力竭，现在要再和肿瘤斗争一番，她有心无力。不要再做化疗，也不要再看医生们那一张张无所作为的臭脸。这些讨厌的医生大多是势利之徒，如果她是银行家的话，他们就会趋之若鹜，给她用上最好的医疗手段、最好的药以求有利可图。现实情况是，他们巴不得她早点死，不要给他们多添麻烦。

卡塔开了门，门外站着的人令她大感意外。是那个长得很像乔治·克鲁尼的男人。

“你想干什么？”卡塔有些紧张地问道。

“和你做笔交易。”

“搞传销的雅芳销售员模式，不是老早就被取缔了吗？”卡塔嘴上毫不留情。

“我能治好你的肿瘤。”撒旦克鲁尼露出一个魅惑人心的微笑。

听到这话，卡塔一时不知该说什么。这家伙从哪儿知道我得了脑癌的？

“而你只需要帮我做点小事就好。”撒旦接着说道。

他实在太喜欢“做笔交易”这一标准对话模式了。为了得到自己想要的，人类会轻易出卖灵魂。他们企盼成功，希望自己喜欢的球队排名飙升，甚至有时在城里逛街太累时，只需提供一杯快餐咖啡，就足以强取他们的灵魂。对了，可不能忘记这一切灵魂交易里力拔头筹的长期项目：情欲。为了和梦中情人云雨一番，许多人都甘愿献上灵魂。

“我……我没有什么肿瘤！”卡塔否认，“你弄错了。”

“你当然没得。”撒旦冲她微笑，“不过，假设你的病是我治好的，你是否愿意帮我做点小事呢？”

撒旦的话语实在蛊惑人心。一瞬间，卡塔的心里又燃起了希望，尽管这希望在常理面前显得如此荒谬。

卡塔意识到了荒谬。人世间，再没有什么比濒死者心中不切实际的期盼更使人恼怒的了。卡塔只希望眼前这个讨厌的骗子能快些消失，不要再来滋扰和迷惑。她十分不耐烦地说道：“愿意，愿意，当然愿意……只要你赶紧消失，想怎样都行。”

“你难道不想知道，我要你帮我做什么吗？”撒旦问。

“一点都不想。”卡塔大喊一声，用力把门合上了。

哈哈哈，撒旦笑了。确实，人类拥有自由意志。然而他们太过愚蠢，一不小心就会失掉自由，以及——灵魂。

37

我可真是不明白了，到底发生了什么事？莫非是我的记忆错乱了？卡塔完全没病？就连卡塔自己也对耶稣的突然离去感到莫名其妙，她有点紧张地喃喃自语：“看起来，疯人院必须赶紧换锁……”

相比记忆混乱，更让我难受的是，我又一次做了让耶稣伤心的事。脸颊上的那个吻尚可原谅。但是耶稣认为我欺骗了他，认为我费尽心机做这么多事，不过是要个小诡计，想把他留在身边。

我心灰意冷地翻看起卡塔的漫画绘图本，上面的那幅新作一下子就把我从肿瘤难题和耶稣的吓人模样里解救了出来。

卡塔简明扼要地解说道：“令你担惊受怕的糟糕日子将一去不返。”

此前，每当卡塔对我念叨“善待每一天”时，我都嫌她烦。但这次，她可完成得很棒。利用她臆想出来的病症，成功地让我领会了“人生苦短”的哲理。她没事，那么现在剩下的唯一一个问题就是：我还剩多少天可以用来“善待”？嗯，说得更准确一点：最终审判到底会在什么时候到来？

卡塔把我们请出房间之后，我在米基的租碟店里，第一次正式提出这个问题，并大发感慨：“‘只能再活几个月’和‘还能再活几年’之间是有显著差别的。”

“没错！所以，如果还是处男，那差别就会更大……”米基喃喃自语，表示认同。

处男？我一言不发地看着他。

“哎，我是说……那个……我朋友……我朋友还是处男呢！”米基结结巴巴地辩解道。

“到底是哪个朋友啊？”我故意问。

米基紧张得快晕眩了。情急之中，他瞟了一眼桌上放着的《谍影重重》DVD，随口说：“是……是弗兰科·波坦特[①]。”

“弗兰科·波坦特？”我茫然地重复了一遍。

这谎言一戳即破，完全无法让人相信。

米基的脸一下子红了。

我却觉得难以想象。没错，米基在性生活上不活跃，这点我清楚，但我之前一直以为他活这么大至少有过一次性爱经历。实际上，他有过女朋友。准确说只有一个，名字叫作丽娜。不过，那女孩跟他一样，也是个教徒。

天哪，宗教还真令人讨厌，怎么会这么反人性呢？

“听名字，这个弗兰科是个没出柜的同性恋？”我故意装作不知情。

“不是，不是的，你……你怎么会那么想？”米基结结巴巴地说，“弗兰科，他……他爱的是女人！”

“但是？”

“但是……唯一的问题是这几十年来，他都爱错了人。”米基显得很忧伤。他看了我一眼，还想说些什么，欲言又止。

我心里更不舒服了。听完米基的话，我大致已经知道他欲言又止的原因了。

一直以来，我都认为自己和米基之间的友谊是柏拉图式的。但是照现在的情形发展下去，这美好的友谊难以为继。米基正在含蓄地向

---

① 德国女演员弗兰卡·波坦特姓名的简单变形。

我表白，但我一点都不想听。他嘴边那句还没说出的话，如果是“弗兰科·波坦特真正爱的人其实是你”，我们就再也不能做好朋友了。

我一言不发，眼睛不再看他，而是望向另一张 DVD 盒的封套……突然之间，我有了主意。

“米基，快告诉我，他爱的那个女人是蒂尔·施威格①。”我恳求他。

米基呆呆地看着我，不清楚我为什么要这样说。

“只要你那样说了，我就不会失去一个最好的朋友，求你了。”我解释道。

我的老友，他明白我是怎么想的了。沉思片刻之后，他脸上带着痛苦又倔强的微笑，对我说了我想听的那句话：“她的名字是蒂尔·施威格。”

“谢谢。”

我们沉默了好一会儿，米基忍不住开口了。他问了那个最近一直煎熬着他的问题：“你爱耶稣吗？我是指——并非像我们这种普通教徒对耶稣的爱，而是那种根本就不应该有的……禁忌之爱？”

“嗯，应该是的。”我承认了。尽管这一事实令我懊恼不已。

虽然心里已经猜得八九不离十，但听我坦白之后，米基还是有些无法接受。他一生虔敬耶稣，这一点跟其他基督徒没什么分别。可是，他现在却突然变成了这世上唯一一个有机会对上帝之子吃醋的男人。

米基努力试着把这种怪异的情感从头脑里驱逐出去。或许也是为了分散注意力，他说了句让我感到震惊的话：“这世界确实应该毁

① 德国著名男演员，导演。

灭了……”

我有点不知所措地看着米基，他开始向我解释此刻的想法：“在这个地球上有太多可怕的东西：内战、环保危机、人口交易……”

听到米基的举例，我脑袋里一下子蹦出一堆“地球毁灭之罪魁祸首”：

春季民族音乐节
紧挨屁股的低腰文身
奥利弗·波彻[①]
一堆小孩子蹦来蹦去的广告
麦香鱼汉堡
带着蠢骷髅面具的黑帮说唱歌手[②]
给孩子取名香提儿的父母

米基说的是事实吗？天堂降临人间，或许比现在这样更好点？我是不是不该对耶稣所要努力完成的任务存疑？这么说来……去地狱火海里选个自由泳课，对我而言，是最好的选择？我是不是无论如何都会下地狱？又或者我还有些时间来改变命运？

如果命运无法改变，又该怎么办？

如果真是那样，我就该绝了我之前的所有期望。比如，找个合适的人结婚，组建小家庭，克服障碍生下属于我的小宝宝……必须是小小的、可爱的、听话的女孩，生下来就不用人操心，晚上按时睡觉，半夜从来不哭……会说话之后总是围在我身边，对我说：“妈妈，

---

① 德国笑星，演员。

② 指德国说唱歌手 Sido。

妈妈，你是世上最好的妈妈。而且，你一点点点点点点都不胖……”

我现在就必须断绝的期望则是：能够改变庸俗、无聊的人生，找到合适的机会做出些不同凡响的事来……这似乎不可能完成了。我最终还是会以“怪物”的身份从这地球上被彻底除名。

无论如何，我必须问问耶稣，让他告诉我世界毁灭的具体时间。即使他看起来那样生我的气，我也不怕。我就是要知道。

38

（与此同时）

加百列牧师坐在泡泡浴浴缸里给西尔维亚搓背。看表情，她显然相当享受。她今天心情十分放松，刚才进行拉锯子活动时对加百列也更加温柔。她甚至对他说："我能感受到你的爱意，它让你的心脏狂跳不已。除了上帝，也只有我能够让你如此沉溺了。"作为心理学家的西尔维亚向加百列具体解释了，她今天为什么比以往更放得开些。"整整二十年，我终于能够跟女儿和解。这件事瓦解了我心中的感情屏障。那道屏障多年来一直阻拦我，不让任何男人真正进入我心里。因为我一直都对玛丽亚心存歉疚。"

听西尔维亚诉说她这些年来对女儿的忧虑时，加百列心里不住念叨，"家庭"还真是自上帝之手创造的又一项古怪滑稽的玩意儿。再没有其他比家庭更能让人感到亲切、安心的了，但它同时又最伤人。身处家庭，你会体验到很多的精彩时刻，也会经历不少口舌纠纷。

如果没有"家庭"，人类的存在方式无疑会简单很多。上帝可以把蚯蚓的繁殖和成长模式照搬到人类身上，这样能减少不少麻烦，加百列心想。

幸运的是，加百列至少不必再听教区信众有关家庭问题的忏悔了。因为末日审判就要来临，世界秩序即将改变，为了利用好所剩无几的时间，加百列向主教申请了长期病假，不再担任教堂工作。他的继任者名叫丹尼斯，从今天早上开始正式接替加百列的位置。丹尼斯是个训练有素的新晋牧师，热衷于教徒聚会和唱诗班活动。

但其实早在还是个神学院的学生时，他就已经不再虔诚了。丹尼斯最常问自己的问题是："我为什么没找个更有油水的工作，比如投行经理什么的。"

加百列并不喜欢跟信众一起聚会聊天喝咖啡，这就跟他这个由天使转变成的人类男性不怎么喜欢前列腺一样。在加百列看来，从来没有哪个信众能够一边喝咖啡、吃蛋糕，一边跟上帝交流。

就在这时，门铃响了。加百列想大概是那个新晋牧师吧。他决定不给那个实际上是无神论者的家伙开门，而选择继续待在浴缸里。正这样想着，他听到开门的响动，还有个声音在喊"加百列！"——是耶稣，他回来了！

"住在你这儿的那个木匠又来了。"西尔维亚说。显然，她并不能理解耶稣返回意味着什么。不过加百列也不太能理解：耶稣现在不是应该坐在货轮上只身赶往以色列的吗？

没时间多想了，他听到上帝之子的脚步声离他越来越近。如果再不做点什么，耶稣很快就会把他逮个正着——把他和西尔维亚一起在浴缸里逮个正着。

加百列惊恐的神情，西尔维亚都看在眼里，她笑着调侃加百列："你现在看上去就像个刚被妻子撞见外遇的已婚男人。"

"那个木匠，他是耶稣。"情急之下，加百列说出了真相。西尔维亚先是有些愕然地看了他几秒钟，然后爆发出完全无法控制的大笑。

就在这时，耶稣进了浴室。他看到了坐在浴缸里的加百列，还有西尔维亚。她正笑得前仰后合，满脸通红。

困窘的加百列想自己是否应该向下、向下……沉到浴缸里面去，一直到末日审判结束为止都不要再出来了。

不过，耶稣没多说什么，只是简单地向加百列道了歉："对不起，我的朋友。”

确实，加百列既没有破坏别人的家庭，也没有违反“摩西三书”里关于洗浴的诫规（况且，上帝之子本人对此也不感兴趣，他认为信仰重过诫规），耶稣没有理由指责他什么。

没错，弥赛亚只是希望能够赶紧跟他聊聊。提出这个请求之后，耶稣离开了浴室，在厨房里等加百列。加百列从浴缸里跳出来，飞快擦干身体。从刚才到现在都惊讶得合不拢嘴的西尔维亚插话了：“看你急的，好像那男人真是耶稣，而我却是撒旦。”

“撒旦？”加百列把浴巾停在腰间，看着西尔维亚。

莫非现在这一切的混乱真是出自撒旦暗地里的操纵？这有可能吗？

撒旦控制了玛丽亚？

或者控制了西尔维亚？

只能这样想了，如果不是撒旦更不合理。耶稣，他在没有撒旦捣乱的情况下，居然能够爱上玛丽亚这样的人。

加百列穿好衣服，来不及擦干湿漉漉的头发，就赶紧跑去厨房跟耶稣谈话。耶稣和他讲了在汉堡码头发生的事情，还告诉他玛丽亚姐姐的脑袋里根本就没有肿瘤，玛丽亚却坚持说有。

“你觉得玛丽亚会故意骗我吗？”耶稣问他的老朋友。

加百列犹豫了一下，终于对耶稣说出了自己的猜测：“我们必须考虑到撒旦捣鬼的可能性。”

“这么说，撒旦试图利用玛丽亚来引诱我？”耶稣有些吃惊地应道。

“你觉得自己是受了玛丽亚的诱惑？”加百列本不愿这样说，但他一直以来做的最坏打算看来是真的了。

听加百列这样说，耶稣不禁自问，玛丽亚真的是在诱惑自己吗？

没错，他确实感觉到了她的吸引力，但这是否真意味着有什么阴谋呢？

“怎么说呢…… 其实，我大概也算是受到了引诱。”加百列解释道，“撒旦故意给了我们心里最渴求的东西。对于我，是那位魂牵梦绕的女人。对于你，则是那个会把你当成人类对待的玛丽亚。”

加百列的话点到即止，没有明言撒旦太过阴险，因为他偏偏选了玛丽亚来执行阴谋——谁也无法料到，像玛丽亚那种活得晕头晕脑、有严重童年阴影的女人居然会主动勾引男人，更何况上帝之子了。

耶稣却不赞同加百列的假设，他觉得玛丽亚不是撒旦的人，如果这想法是真的，那也实在太过捕风捉影，令人难以置信。“很久以前，当我在沙漠里时，撒旦曾经引诱过我，他向我许诺水、食物，甚至愿意给我整个王国…… 唯独没有向我许诺过爱情。”

“都过去几千年了，撒旦的手腕总得与时俱进，不是吗？”加百列反驳道，“并不是每个人都想当国王，但是爱情这种东西…… 却是人人都梦寐以求的。就算现在不想，未来不知什么时候也可能突然坠入爱河，这实在难以捉摸。就连天使也会因为爱情沦陷，坠入凡间……”

加百列显然代入了自己的经历。

耶稣却摇了摇头，不客气地打断了加百列的回忆：“我…… 我确实没法相信玛丽亚会跟撒旦有牵连。”

“很可惜，不过没有其他可能性了。”加百列甚至都已经用这套理论说服了自己。待会儿，他就要把西尔维亚扫地出门。当然，首先要把她请出浴缸。

耶稣看上去很心烦，他试图通过祈祷找回最初的自己。为了好好祈祷，他需要找一个能够让心灵真正安静下来的地方。不过他既不想去教堂，也不愿在加百列家的后院将就。他选择了马伦特湖边的栈桥，他和玛丽亚曾在那里愉快地吃饭、约会。

耶稣坐在栈桥上，看夕阳的余晖在湖水里映出一缕缕流动的波光。他心生怀疑，并不是因为玛丽亚，而是因为自己。除了加百列的说法，关于他为什么没坐着货轮去远方，还有另外一种可能。不过截至目前，即使身为耶稣，也无法勇敢承认那种解释：或许……或许自己其实并不希望圣战来临。他心中的一小部分其实在怀疑身负任务的正当性——惩罚人类，这对耶稣来说显然一点儿都不友善、正直。在朱迪亚，他曾经讲述上帝之怒造成的恐怖景象，以此警醒众人，引领他们走上一条更好的路。实际上，描述不服从上帝意志将导致的恐怖场景确实很有效果，但也不过说说而已，他个人并不喜欢那样做。

没错，或许正是因为这种怀疑，因为这种不情愿，令他在潜意识中能够接受玛丽亚对他的感情。与此同时，他也很愿意为了玛丽亚将自己的任务无限期搁置下去。

39

耶稣竟然坐在属于我们的那段栈桥上，这实在太令我开心了。至少这地方对他而言还是有些纪念意义的。眼下，他的愤怒似乎已经消退，即使看到我也没有多惊奇。那表情……应该算是沮丧，且明显有所保留。

我挨着他坐下，伸直双脚和他的挨在一起，在湖面上晃来晃去。

我们默默地坐在那里，像是有过一两次甜蜜得不行的约会、一两个醉人心魄的吻以及一段难以言说的故事的男女，尽管彼此中意，却又十分清楚因为某种原因永远无法长相厮守。比如，天差地别的家庭背景。

约书亚用审视的目光看着我。他从来没这样做过，似乎想要确认自己是否还能信任我。莫非他真以为卡塔的病是我捏造的？难道他认为我这样做是为了把他留下来？

“你来找我干什么？”他终于开口了。

“我……我有个问题。”

“尽管问吧。”

“末日审判什么时候开始？”

耶稣沉默了好一会儿，然后说道：“下周二。”

现在的世界还能存在五天，这件事令我震惊。我了解的全部，我曾经亲身体验过的全部，我所爱着的一切……即将烟消云散。我所有的梦想都将彻底埋葬。这时，我的反应跟任何一个听到这一消息时的地球人一样……无法控制：因为刺激过大，一阵反胃之后，我吐了，吐在马伦特湖里。

湖里的鸭子吓得赶紧游开，耶稣温柔地递上一块手帕。我擦干净嘴，小心地加问了一句："生命之书真的存在？上帝真的会对每个凡人做出宣判？真有人会被投入炼狱的火海里？"即便耶稣已经告诉了我具体时间，我也仍希望这其中存在着某种表意上的误差，到头来每个人都能上天堂，一切不过虚惊一场。然而，耶稣给了一个足以令我痛心的回答："没错。生命之书是存在的，上帝会对每个人进行宣判，而且有不少人将会去炼狱的火海里煎熬。一切必将发生。"

听到这话，我的脸马上变得惨白："那……在炼狱的永火里一直烧啊烧，可真有点难熬哪。"

有那么一会儿，我还自以为是地认为，尽管结果不会改变，但耶稣仍会尽其所能地安慰我。但他猛然站起，仿佛想要从逐渐累积的怀疑中奋力挣脱似的。他的脸上写满了失望，似乎不愿再在栈桥上多逗留一秒地径直走到码头旁的一棵苹果树边。虽然是棵苹果树，上面却一个果实都没有。这时他已是一脸愤怒，大声对苹果树说："人们再也不可能吃到你结的果实了。"

我眼睁睁地看着那棵树迅速在眼前枯萎，却无能为力。

做完这件令人恐怖的事情，耶稣转过脸来看着我。表情十分严肃，就像一位素来专横且患有神经性胃绞痛的中学老师在给学生进行毕业口试一样。

此时的耶稣会说些什么，我心里完全没底。

"所有不按照上帝所定规则生活的人们都将迎来这样的结果。"

他警告我。

“你还真得学学现代修辞法。”我皱了皱眉头，“有些用法其实很难，使用不当容易造成误解。”

耶稣完全不理会我，自顾自地说道：“敬畏上帝的生命所应遵守的信条已经全部写在《圣经》里了，谁都能读到。没有人可以假装不知道，也没有任何人可以蒙混过关。常行善事的人自然可以收获奖励，因为他们不怕麻烦，没有选择相对而言更简单的捷径——没有走那条属于恶魔的道路。走恶魔道路的人们必将受到惩罚。”

我明白了。按照这样的衡量标准，养老院的经理会比养老院的护士更容易上天堂，因为护士们全受他指挥，而且，他的贡献比单个护士的大得多。从某种程度上来说，这也确实公平。

但是这个让惩罚占据主导地位的制度我却一点儿也不喜欢，不仅如此，我还相当确定养老院的护士们肯定会同意我的观点。毕竟，她们实事做得更多，获得的却最少。至少，我希望我信仰的上帝是个好人，而不是胡乱惩罚人类的大怪兽。于是我有些气愤地顶撞耶稣：“照你这样说，那个全能者也是个恶魔。上帝，他是惩罚之神吗？”

“不要这样随便否定我父亲！”耶稣生气了。

就在这一瞬间，我的脑中掠过一个念头：天哪，你是爸爸呵护下的乖宝宝吗？幸好我忍住了，没有把这句话说出口。

约书亚一言不发地盯着我，眼里闪动着怒火。即便这样，我也不可能赞同他的想法。如果必须按照《圣经》里的诫规来执行末日审判，卡塔会怎样呢？我的姐姐，她明显违反了“十诫”的前三条，她根本就不信上帝。还有，我的妈妈呢？她能上天堂吗？如果老爸不原谅她的话，估计也不可能。对了，老爸……唔，对于老爸而言，世界毁灭或许并不是件坏事。因为那样一来，斯维特拉娜就再也找不到机会去伤他的心了。

想到斯维特拉娜，不免会联想到她的小女儿。唉，对那个孩子而言，世界同样要在下周二结束。尽管我受不了那孩子，但也觉得这一切对她太不公平。她应该会上天堂吧，因为她根本来不及犯下什么罪。不过即便上了天堂，也没有机会再体验身在人间的美妙了：莎莎舞、罗比·威廉姆斯演唱会、辛普森一家的动画、初吻的悸动，还有初夜的美妙——噢，这个还是跳过吧……

好吧，就算不考虑初夜，这一切根本就不公平！

每个人都有权利好好度过自己的一生！即使斯维特拉娜的傻女儿也罢，没有谁可以随意剥夺别人在人世间生活的权利！

弗兰科·波坦特也应该继续活下去。

我……也应该继续活下去。

此刻，我真是讨厌死上帝和他的儿子了，因此，我选择与耶稣怒目相对。我们就这样愤怒地站在枯萎了的苹果树下面，任那段好不容易沉淀下来的感情随风飘逝。此情此景，很难找到一个准确的词来形容。

还是我打破了沉默：“上帝不愿再给人们一次机会，我觉得这很不公平。”

哈，终于说出口了。

“你说这句话，莫非是要否定上帝的安排？”耶稣气愤地问。

“没错，我正是这样想的。”

“你根本没有资格评判我父亲行事的方式！”耶稣怒吼道。

“不愧是爸爸的乖宝宝啊！”我连这句话都说出口了。

这句话一举击溃了他。

干得好!

“加百列说得没错。”耶稣的脸被我气得通红。

“噢，他说什么了?”我有点莫名其妙地问他。

“你是撒旦派来的使者。”

我几乎要被他的这句话噎死。沉默半晌之后，我大笑出声，跟个疯子差不多了。我所有的愤怒都因这痉挛般的爆笑烟消云散。被我弄糊涂了的耶稣有些忐忑地问了一句:“你在嘲笑我吗?”

“没错，我就是在嘲笑你。”我老实答道。

我总算能够平复下来组织语言，乘胜追击了。“如果撒旦要派人来对付你，一定不会派我这种废物。”

耶稣不知道自己应该回答些什么。

“听着!”既然他不知该说什么，那就由我代劳好了，“好好看着我，问问你自己的内心。如果你真的相信我是撒旦派来的，就让我像这棵树一样即刻枯萎好了。”

看耶稣的表情，似乎认为这个建议值得一试。

“不过——”我接着说，“如果你不相信，那就给我个机会，让我证明人类确实还值得一救，没必要让世界毁灭。”

耶稣什么也没说，只是盯着我看。他看得越久，我的心里就越没底。我刚才也太大胆了，简直置生死于度外!像苹果树一样枯死，哦，应该还有其他更舒服些的求死方式吧。

也不知等了多久,耶稣终于要开口了。因为心里已经完全没了底，我几乎指望耶稣快点判我死刑,不要再让我继续受罪了。他却这样说:“明天晚上，另一艘去以色列的货轮就会起航。在那之前的时间我可以交给你，让你来证明看看。”

刚刚的豪言壮语不过是我一时冲动而已，却让耶稣错误地对我寄予了厚望，这令我异常紧张。看看我现在肩负着怎样的任务吧——全体人类的命运，都掌握在我的手中！不是别人，偏偏是我这个废物，要去拯救世界了！

很可惜，到底应该怎样拯救世界，我毫无头绪。

40

我默默地跟耶稣坐在栈桥边，眼前的难题使我进退两难。或许我应该向他展示一下，这世界上还是有许多好人的。但是，落实到细节，我又实在想不出哪个人是完全正直的。除了甘地、特蕾莎修女和马丁·路德·金，我再也找不出别的名字，可这三个人已经死了很久，耶稣肯定认识他们。没准儿在天堂里，这四个人每周还会相约聚在一处，凑一桌来玩四国军旗，或者其他什么人类在天堂里会玩的游戏吧。

哎，对了，人们在永生的天堂里会做些什么？下周二，当天堂被扩展到地面上之后，人们又该去做些什么？有一件事情是肯定的：向上帝祷告。可是，难道要祷告一整天吗？不会的，一天祷告一小时应该就差不多了。揣摩一下上帝的性格，他肯定会要我们每天祷告五个小时才肯罢休。好吧，就算五个小时，那剩下的时间又要做什么呢？换一个角度来想，如果人类足够幸运，到了下周二，天堂如期降临之后，地上的部分仍归人类自治。那又会怎样呢？人们可能只能观赏一下云朵，闻闻天国花草的香味，或者散一整天的步……即使这样无聊，却也勉强算开心吧，近似一种永不结束、悠闲自在的养老生活。我考虑着是否应该向耶稣建议一下，让他请上帝把人间改造成这样。如此一来，我也就不必再去拯救世界了。

或许我应该带耶稣去看看那些简单又善良的普通人。但是像圣雄甘地这样的，我却一个都不认识。换个角度来看，其实我身边的大多数人都很像样儿。马伦特镇上没有独裁者，没有谋杀犯，也没有唠唠叨叨的人工话务员。甚至上次发生火灾还是在中世纪，而且是在邻村。不过我却怀疑，在这样的镇子里找这样的人究竟能不能让耶稣满意。或许我应该直接跟耶稣说：你看，人们还是可以继续活下去的，因为他们大部分都既不是特别好也不是十分坏，只是简简单单的普通人而已。这句话似乎没什么说服力，要扳倒上帝将永久性地把人类分为善恶两类的原定计划，大概是不可能的。想到这里，我深深叹了口气。

“你为什么叹气？”耶稣问我。

“没什么。”我叹着气回答道。

“你根本就不知道该怎样说服我。”耶稣说。

“不，我当然知道！”尽管我自己也十分清楚，这句话完全没有说服力。

“不，你不知道。”耶稣和蔼地看着我，微笑道。

我却对这微笑感到生气，觉得自己被看扁了。我受不了被自己喜欢的男人看扁，管他是耶稣还是其他什么人，这样做肯定不对。

“你生我的气了？”耶稣有点吃惊地看着我。

“你简直是掌握‘激怒之术’的大师呀！”我刻薄地答道。

“好吧，你生气的理由是什么？”耶稣问。

“没什么特别理由，只不过认为这世界上的大多数人既不是太坏，也不是太好，不过是些普通人罢了。”我向耶稣解释道，“但是，光凭这点肯定没法说服你。”

耶稣沉默了一会儿，似乎在思考，他当然不愿意我生他的气。最后，他问我：“我能给你提个建议吗？”

我对他的话感到吃惊，不过，这样也好。因为吃惊的缘故，我倒确实忘了要继续生气。

“既然你那样说，不如就向我展示，那些普通人其实也有向善之心，不仅如此，他们还会很努力地扬善避恶。只要这样就行。”

这个建议确实挺不错。不过我应该如何向耶稣展示普通人对扬善避恶的努力呢？没准儿我该在马伦特镇的市政厅搞一场小型集会，站在演讲台上对他们说：“亲爱的马伦特镇市民，在这紧要关头，大家请同心协力，暂时不要做夫妻吵架、偷税漏税这类不好的事。而我，作为马伦特镇的一员，也向大家保证，以后不会再说‘见你个大头鬼’这类话。至少……不会总挂在嘴边。”

想到这里，我又叹了口气。

“我还能再提个建议吗？”耶稣问。

我点了点头。

“只需要给我看一个人就好——我只需知道这个人有扬善避恶之心，就可以依此类推了。”

真不可思议，耶稣竟然会如此彻底地让步。前后两个建议几乎要让人觉得他本人非常希望被我说服。依此类推？哈，我只知道，按照这两个建议“依此类推”，上帝定下的末日审判究竟是不是个好点子，他本人也有所怀疑。

只要一个人的证据，这点自然很好，算是让我看到了一丝曙光。我应该带耶稣去看哪个人呢？卡塔？最好还是算了，她肯定会花很多时间跟耶稣纠缠，要他首先拉上帝出来证明上帝本是向善的。或者可以带耶稣去看我老爸？不过，他现在愿意跟我说话的可能性还不及神父跟避孕套厂家的老板说话的可能性。仔细想想，妈妈也不是个好选择，因为她之前就跟我说过，自己跟耶稣的好朋友加百列在一起只是为了寻求慰藉。唉，那就斯维特拉娜吧……她肯定很感激耶稣，因为他把她女儿的癫痫彻底治好了。对了，没准儿她还会痛心疾首、洗心革面、不再利用我老爸！这样一来，我不就正可以让耶稣看到人类还是有努力扬善避恶之心的吗？我应该在斯维特拉娜身上赌一把吗？莫非整个人类社会的命运，就这样寄托在那个被我称为“婊子伏特加”的女人身上了吗？

思前想后、犹豫不决间，我无意在湖水倒影中看到了自己犹豫的脸。这张脸后面的脑袋里有两个疑问：第一，为什么我的发型看起来总那么糟？第二，如果我把自己作为“有努力扬善避恶之心”的例子展示给耶稣看，不知会怎么样？

这确实是个不错的主意，因为在方圆百里之内，大概再没有比我更普通的平凡人了。

于是，我转过头对耶稣说，要将自己作为例子展示给他看。然后，我又花了很长时间向他讲述，自己之前是如何搜集整理有关圣经诫规的资料，并努力达到“十诫”的要求的。讲完这些之后，我向耶稣保证，最迟明天晚上之前我会遵守“十诫”里尚未完成的几条：孝顺父母、不再觊觎别人的东西，等等等等。耶稣很有耐心地听完我的唠叨，最后，几乎是面无表情地回了我一句：“只完成‘十诫’不足以上天堂。”

哎呀呀，跟上帝达成一致居然这么困难！

“好吧，那么能告诉我还需要完成什么吗？”我问耶稣，“你最好还是不要告诉我那条——某个女人如果在帮她男人的时候猛击了对方的私处，就必须被砍掉双手……”

听到这番调侃，耶稣笑了：“你读过《申命记》。”

这下好了，他肯定觉得我对《圣经》很熟。但其实我不过只记得其中几个有趣的段子罢了。

“别担心。”耶稣向我解释道，“《圣经》中的很多诫规其实并不需要刻意遵守，只要你心中常有上帝就足够了。”

“心中常有上帝……唔，能给我翻译翻译吗？具体怎样做才叫‘心中常有上帝’？”

“需要完成的一切，我在山顶布道时已经说得很清楚了。”

山顶布道，哎哟喂！《马太福音》里的这段我当然也早有耳闻——上神学课时加百列曾讲过。不过，我那时正忙于应付爱与忧愁。准确点说，在上这部分课时，我正在笔记本上涂鸦。那时我刚刚失恋，要把之前神学课上《出埃及记》里的十灾[①]艺术化地表明在前任男友身上。十种天灾中，我最希望出现第八灾“蝗灾”：最好能让蝗虫们把他给吃了！

因此，如果有人现在问我耶稣在山顶布道时都讲了些什么，我肯定是没法回答的。当时的我怎么可能知道，自己在神学课上是否好好学习山顶布道这部分内容居然会关系到全人类的生死存亡。

“你知道山顶布道的具体内容吗？”耶稣温柔地问我。

我给了他一个尴尬的微笑。

“你竟然不知道？”

我笑得更尴尬了。

“我还以为你通晓《圣经》呢。”耶稣的声音听起来有些生气。

“啊……这……不……也……算……”我又开始语无伦次了。

明明跟耶稣面对面坐着，却说自己几乎没读过《圣经》，就好像十六岁的女儿对爸爸说自己已经吃了两年避孕药一般，令人无比尴尬。但此刻，我必须勇敢无畏地扛过去：“你……你说得没错。我完全不知道你在山顶布道时都说了些什么。”

---

① 耶和华降临在古埃及的十个灾祸，以此催促并警告埃及法老让以色列人去旷野上待三天。

赶在失望的耶稣低下头叹气前，我马上补充了一句话，希望能让他心情好点，多少能对我有些信心："尽管我没读过，不过也请你放心，在明晚之前，我会完全按照你们所定的诫规生活。只要我这样做了，你就能发现，我们人类还是有能力和决心创造一个更美好的世界的！"

听到这话，耶稣有些失神地冲我微微一笑。他是否被我这番满怀热情的演讲打动了？或者仅仅是被我打动了——因为是我在做这件事，而他喜欢我？

"这样如何？"我小心翼翼地问。

耶稣很夸张地挺直了身体，以表现自己对我这番演讲的认真和在意。然后，他用甚至可以说是有些刻意的坚定语气回答说："好吧，就按你说的来。"

"会很好的。"

回答很肯定，但我却不肯定这样做是不是真的"很好"。我当然也很希望不要把话说得这么满，不过事已至此，只能勉力去完成了。尽管在此之前遇到困难的时候，我都很努力地向上帝祈祷，希望他能听见我的声音。但此刻，我却宁愿他不要看着我，不要窥探我的内心。

我们默默相对，不再多说什么。我很想跟他一起过完这一晚，像昨天一样，但这已经不可能了——中间发生了太多的事，沧海桑田。唉，想再看到那个跳莎莎舞的约书亚已经不可能了。

我心情沉重地跟耶稣道别。在互道"再见"时能够很清楚地察觉他不想与我就此分别。只是事已至此，一切都无可奈何了。

走到家门口，我先是长舒了一口气，因为老爸并没有在门上贴张我的照片，下附“此人禁入”。

我开门走了进去，小女孩已经在起居室的沙发上睡着了。从老爸的卧室里传来他和斯维特拉娜做爱的声音。尽管声音已经刻意压低，仍是避无可避。至少这一刻，我格外期盼末日审判马上来临。

正巧卡塔从厕所里出来，碰到了我。在我跟她打招呼之前，老爸发出了即将迎来高潮时的呻吟声，就好像一匹老得没牙的野马。

“来我房间吧。”卡塔建议道。

“走吧。只要不听见这声音，哪儿都是天堂。”话声未落，我就跟她一路小跑着去了那安静的避难所。关上房门之后，我看了一眼姐姐。她似乎有些心神不宁。

“怎么了？”我问。

“我……有点害怕。”

我姐姐这样的人居然也会害怕？这世界看来真的快毁灭了。

“怕什么呢？”我继续问。

“我……我的头再也不痛了。”

“呃，我……我想那是因为你的脑袋里面已经没有肿瘤了。”

“不可能，复查结果里写得清清楚楚——有。”

听到这话，我就像当头挨了一记闷棍。这一切果然不是我的臆想！等等，既然这样，耶稣为什么又说她根本没病呢？

“只是我现在完全不痛了，就像肿瘤真的消失了一样。你不知道，我可真是怕极了。”

“因为你希望肿瘤确实消失，但又害怕希望落空，再去复查的时候发现它其实还在，不过偶然不痛罢了。”

“不是的，因为我觉得自己很快就要死了。疼痛消失，不过是回光返照而已。”

从知道自己长了肿瘤到现在，在五年的时间里，卡塔眼中一直都有跟病魔搏斗的不屈意志，但现在，这种意志已经完全消失了。甚至我也感到害怕了。

“我……我不想……”卡塔轻声说着，那个“死”字，却怎么都说不出口。

不想让她再多说些什么，我扑上前去环抱住她。这拥抱让她很受用，她扑在我的怀中，不再多说什么了。

我脑海中却浮现出了许多问题。医生在复查时找到的肿瘤，为什么耶稣却说没看见？又或者肿瘤一直都是卡塔的想象，而她刚刚所说的“复查结果”不过是子虚乌有？但如果真是想象，她又为什么要这样做呢？还有，卡塔为什么会画这张我刚刚在地板上发现的四格漫画呢？

卡塔的四格漫画里为什么会出现撒旦？还有，为什么她会认为撒旦比耶稣更强大？她是害怕自己会进地狱吗？她不是一直都不相信会有死后生活吗？我是否应该告诉她，其实天堂和地狱都是实际存在的，还应该跟她聊聊耶稣，也顺带聊聊即将发生的大事件？我是否应该告诉姐姐，对于那永不能超脱的炼狱，她也是炙手可热的人选之一？

我还没来得及开口，一滴泪却落在了我的脸颊上。卡塔哭了。这还是我第一次看到长大后的卡塔哭泣。这滴眼泪几乎要撕裂我的心。我把姐姐抱得更紧了，并暗下决心：自己绝不能告诉她那个大事件，不该再给她增加负担了。猛然间，我觉得自己才是姐姐，卡塔变成了我的妹妹。

我必须保护她。

41

卡塔上床睡觉之后，我回到了自己的房间。肿瘤又出现了，这让我很沮丧，但我肯定不会咆哮和绝望，因为我还有维他命 B 和希望：只要耶稣能够治好她就万事大吉。不过，如果想要耶稣再为卡塔治疗一次，我必须先说服他，让他知道有必要再给人类（当然也包括卡塔）一次机会。想到这儿，我觉得自己算得上任重道远。

我从口袋里取出《圣经》，躺在床上翻找关于山顶布道的内容（《圣经》真需要一个详尽的目录，方便人们查找）。一页页翻过去，我却被另外一处内容吸引了。我第一次知道，“示巴”不仅是一种知名猫粮的名字，还是一个因为对所罗门王存有欲念而被载入史册的女王。多说一句，《圣经》里性与暴力的内容可比 RTL2[①]上播的还要多。

终于在《马太福音》里找到山顶布道部分的开头时，我激动得不知该如何是好。因为紧张（我很怕这部分会给我列出些根本不可能完成的诫规来），我没继续往下翻，而是选择拿起电视遥控器，换频道来压惊。在 ARD[②]，我碰巧看到了弗洛里安·斯尔波埃仁[③]，这家伙使我更紧张了。我干脆关了电视，专心去读耶稣当年说的话。

此次布道几乎是他以往传授的零散教义的“最佳”总结，其中自然包括了那美妙的“众生皆平等”的思想。还记得我们第一次约

① 一个德国公共电视台。

② 本义是德国公共广播联盟，但常被德国民众用来指代其下属的德国电视一台。

③ 德国谐星，综艺节目主持人。

会时，他已经这样演示过一次了（其间发生的种种已恍若隔世）。读完之后，我按难易程度将他的教义总结为以下五类：a. 执行起来全无问题；b. 没那么容易执行；c. 挺困难的；d. 真他妈难；e. 妈妈咪呀！

从数量上来讲，属于第一类和第二类的寥寥无几。执行全无困难的仅有一项，“不应随意发誓”和“提防伪先知”这两条似乎也是可行的。“不在母猪面前扔珍珠”[①]……唔，我当然不会这样做！不过这好像另有含义吧，我可不敢打包票了。谁知道这句蠢话后面对应了怎样的深意！

“不要担心吃不上饭，不要担心没钱过活”。这对我来说比较难。我这人生来就爱乱操心：如果奥运会有“爱操心”这一比赛项目的话，我保准能拿个银牌——仅次于伍迪·艾伦。“不滞于物，不为物役”……勉强可以做到，不过高跟鞋、iPod 和诺拉·琼斯的 CD 要除外——高跟鞋遇到好的一定要买下，iPod 每次升级换代也不能不收，至于诺拉·琼斯的 CD，已经成了一种习惯，改变习惯总归是不好的……好吧，这条显然比不上耶稣在众人中高声宣布的那条（也属于他的诫规里最有名的一条）：如果有坏人拿你的东西，不仅不能拦阻，还要给那人更多。耶稣在《圣经》中的原话是：“如果有人拿走你的汗衫，不妨再让他取走你的外套。”税务局的工作人员肯定特别同意——让他们把你所有的收入都取走好了。

我很怀疑自己是否真能做到如此无私。“被人打一侧脸的时候，将另一侧脸也凑过去给别人打”的逻辑显然也不适合我。我可没有这种受虐倾向。同样存在问题的还有那条“不要评断人，就不会受评断”。只要一碰到斯维特拉娜，我就会不知不觉地把这条诫规抛在

① 意为“对牛弹琴”。

脑后。我可不只想要评断她，我还想审判她，最好给她判个死刑。

关于这条，在本章稍后处，耶稣还特地给我进行了一番心理辅导："你眼中有大梁，怎能对你的兄弟说：'让我去掉你眼中的木屑吧！'伪君子啊！先取出你眼中的大梁，然后再看怎样取出你兄弟眼里的木屑吧。"不过，这番劝导实际上起不到任何作用。即使我知道我眼中的大梁上明明白白刻着"思文"的名字，而思文——从我的角度客观来看，所做的事跟斯维特拉娜差不多坏，但我就是会怨恨斯维特拉娜，只会怨恨她而已。

在"妈妈咪呀！"这一类里是耶稣"爱敌如友"的要求。除了斯维特拉娜之外，我再没什么敌人了，只是我应该如何去"爱"她呢？对她真诚就可以了吗？换句话说，不要说谎话骗她？我的天……不对斯维特拉娜说谎，成了我拯救世界的前提？

就在这时，我的手机响了，是米基打来的。他的声音听起来很激动，有些结结巴巴，他想知道地球毁灭的具体时间。当我告诉他末日审判被定在下周二后，他激动得不能自已，而当我说出自己跟耶稣之间关于拯救地球的约定时（自然，我隐瞒了自己明天之前必须去爱斯维特拉娜的细节），米基呻吟道："全地球人的生死，居然，居然……"

同时，他意识到了另一件事："……弗兰科·波坦特竟然到死都是个处男。"

我安慰他道："真为弗兰科难过。"

"唉，我肯定是第一个为他难过的……"米基叹了口气。

作为朋友，我也陪着他一同叹气。这番配合显然起了些作用，米基似乎不再沮丧，转而问我：

"那个，你觉得……"米基欲言又止。

"觉得什么？"

“那个……”再度犹豫了一下后，他像做错了事的孩子一般小声问：“眨眼间都世界末日了，你能不能……跟弗兰科来一次呢？”

“不！”

“呃……我就是说说，说说。”听到坚决否定后，米基赶紧替自己辩解起来。他那慌乱的语气几乎要让方才还义正词严的我内疚了。不过这也没办法，毕竟我并不爱他——性伴侣在我看来是完全没有乐趣可言的。

“那么……我替我的老友弗兰科祝福你，希望你能成功说服耶稣。”米基口齿不清地应付完最后一句，便挂断了电话。

感叹片刻，我继续研究起山顶布道。耶稣不可能在不给出任何提示的情况下就向凡人提出那么多的要求吧。无论如何，那些都太难了！

果然，仅仅往后翻了一页，在《马太福音》第七章第十二节，就出现了一条“金科玉律”：“你们希望别人怎么对待你们，就得怎样对待别人。这就是法律和先知所教诲的。”

很好，这就像是ICE列车的卫生间公告牌上写的话：“请保持卫生间清洁：您进来时是什么样子，就在出去时保持原状。”每次看到公告牌上的这段话时，我就十分紧张地想着：“我是资深装修师傅吗？谁还能记得进来时每样东西都摆在哪儿啊！”

不过现在是我有生以来第一次认真思考耶稣说的话，最后我明白或许这正是解决之道！如果我对斯维特拉娜友善，没准儿她也会对我友善，而只要她变得友善，不就不那么招人讨厌了吗？如此一来，我或许会真心喜欢她也说不定。尽管我和斯维特拉娜之间和谐共处的场面当真难以想象——不过，人总是可以做做梦的，不是吗？

或许……或许未来哪天，我还可以做做约书亚和我之间拥有共同未来的美梦也说不定。

42

（与此同时）

加百列牧师坐在自家的花园里，默默“晒”月亮。弥赛亚则安静地待在客房里。远方传来新晋牧师不在调上的吉他声。他弹的显然是那首《正如你所知这是世界的尽头[①]》，加百列却没有听出来。此刻他心慌意乱、六神无主，这一天过得实在太糟糕了。他把自己深爱的西尔维亚赶出了家门，尽管西尔维亚已多次辩解，说自己并非撒旦派来的使者。最后，西尔维亚尖声怒叫，说自己知道附近一家设施精良、服务优秀的封闭式精神病院，正好适合加百列这种宗教狂热式的疯子，说他——竟然不相信她。

没错，即使西尔维亚放声哭泣，想用眼泪来挽回加百列的心也无济于事了：他不相信她了。在她用哭哑了的嗓子最后说出那句“现在，我是真的真的真的很爱你”时，一切都为时已晚。

加百列抬头看了眼月亮，又低下头来，呆呆看着暗夜中的花园。他比过去更孤独了，他终于失去了西尔维亚。

就在此时，他眼前的荆棘枝竟然自动燃烧起来。发呆的加百列在一开始甚至没注意到这一独特的造访方式。

“为什么我的儿子没有去耶路撒冷？”燃烧着的荆棘枝问加百列。它的声音庄严而肃穆，并不太大，却让人感觉可以响彻整个世界。

加百列其实很想逃跑。然而上帝是一种超越空间的存在，“逃跑”

① R.E.M 乐队于 1987 年 11 月推出的一张大红单曲。曲名应为 It’s the End of the World As We Know It，作者笔误，“It’s”写为“This Is”。

没有任何意义——只要上帝愿意，他可以在任何地方出现：作为燃烧着的棕榈叶出现在马尔代夫，作为燃烧着的冷杉出现在挪威，作为燃烧着的日式盆景出现在日本……总之，无处可逃。

加百列只好站起身来，仔细考虑应该如何回答上帝的问话，该怎样告诉他他的儿子被撒旦欺骗了。

“唉，我的主人，该怎么说才好呢？情况有点复杂……”

“复杂？”仅从声音判断，燃烧的荆棘枝此刻对笼统的“复杂情况”应该都不能宽容相待。至于加百列将向他描绘的“复杂情况”，更是不会宽容吧……”

“这个……解释起来可没那么简单。”加百列吞吞吐吐地说。

“那就慢慢解释给我听。”荆棘枝命令道。

实话实说，加百列本希望能三缄其口，把一切秘密烂在心里。不过，那根燃烧的荆棘枝心情不好的时候很容易反应过度，这点他很清楚——想想之前那个倒霉的埃及法老就知道了。除此之外，加百列很清楚：如果全能者当真想知道些什么，没有任何办法能够隐瞒。实际上，很多时候，他的询问不过是种考验罢了。加百列只好颤抖着向他讲述耶稣和玛丽亚之间发生的种种奇事，没有漏过自己知道的任何一个细节：

“……莎莎舞具体来说是这样的：人们把屁股挨在一起，然后扭来扭去……”

燃烧的荆棘枝默然不语，不过，很明显，加百列陈述事实的时间越长，那火焰燃烧得就越旺盛——这代表全能者的怒火已经快要无法遏制。加百列最后说完的时候，那根荆棘枝几乎都要烧尽了，可见此时的上帝已经愤怒到了何种地步。

面对燃烧的荆棘枝因为内心的怒意散发出的绝望寒意，加百列都要支撑不住了。但他心里同时满是疑惑：上帝既然是全知者，就意味着自己刚刚所讲的他早已知道了。如果事实如此，他为什么会越来越愤怒呢？照此推理，假使上帝是故意让这些信息从他那里溜走的，那他又为什么非要这样做呢？

加百列勇敢地问了这些问题，说罢，荆棘枝上的火焰突然一蹿几米高，声音更加庄严更加严厉地警示道："如果我的儿子明晚还没动身前往耶路撒冷，我将亲自跟那个玛丽亚谈谈。"

43

至少在睡觉的时候，我还能梦见约书亚：我们俩手牵着手，前往山地远足。登上洒满阳光的山顶时，彼此深情对望，嘴唇慢慢靠近。差不多要吻上去的时候，斯维特拉娜突然现身！她骑着一头精壮的老驴——这头老驴看了我一眼，对我大声嘶叫道："我是你老爸！"

我被硬生生地吓醒了。

从梦魇里慢慢冷静下来之后，我看了眼睡觉之前已被设为静音的手机，发现自己有十四个未接电话。电话全是妈妈打过来的，而妈妈在过去十年里给我打过的电话总数都没有今晚多。我很震惊，赶紧拨过去，长"嘟"两声之后，电话另一端传来明显带着哭腔的"谁啊"。

"怎么了？"尽管很可能派不上任何用场，我还是十分好奇且关心地问了一句。

电话那端沉默了半晌，然后，我听到了揪心的抽泣声，最后是声嘶力竭的咆哮："沙……咖……列……冠……捐……方……了……"

"……烧烤完全好了？"

"加百列！！！"她突然大喊一声。

"加百列完全好了？？？"

这话是什么意思？

"加百列完全疯了！！！"

好吧，这样就能说得过去了。我赶紧宽慰妈妈，希望她能冷静下来，可她却一点都不听我的，继续抽泣、咆哮。无奈之下，我只好以大家熟知的、尽量表现得感同身受的方式来对待我抓狂的妈妈：

“没错，你没错，发泄一下情绪总是好的。继续发泄吧，我听着呢。”

“别用那套心理疗法来应付我！！！”妈妈可不吃这套，对我劈头盖脸就是一通骂。

“那你就别哭哭啼啼了！！！”我针锋相对，还以颜色。看起来我还得好好练习“感同身受”这招。不过我的这次回击似乎起到了一点效果：妈妈不再哭了。她向我道了歉，跟我聊起关于加百列的事情。她说在跟我和好、解开心结之后，她发现自己已经深深爱上了加百列，这种感情，之前从来都没有过。然而现在，加百列却把她扫地出门了，因为他觉得她是撒旦派来的使者。

“那不过是他的幻想，因为他患有固定关系恐惧症！”妈妈继续怒吼，“撒旦……哎哟喂，救救我吧，撒旦跟上帝一样，在当今时代是完全没有存在感的啊！”

“没准儿实际上很有存在感呢……”我嘀咕道。

“什么？”妈妈对我的反驳迷惑不解。

“呃……随便乱说的，别在意。”

妈妈听了也没多想，又开始埋怨。天哪，加百列应该很高兴吧，如果妈妈是耶稣，肯定直接把他变成枯枝了……呃，我在潜意识里竟想使用超能力谋杀周围的人，这可真是吓人一跳。倒不是因为想这件事挺坏心眼的（我之前还常常想让炼狱恶魔折磨马克呢），只不过耶稣在山顶布道时明确说过，脑袋里想着某人死跟真的杀人同罪。啧啧，这么说来，“山顶布道实施”的计划真是越来越有趣了……

“决定了，我要和加百列好好谈谈。”我对妈妈说。

“是为了我才那样做的吗？”

“当然。”我认真应道。确实，我都要拯救世界了，又怎能不去拯救我妈妈的爱情？

做好了决定，就马上行动起来。我穿上衣服下楼，打算去见加百列，却在走道里遇到了斯维特拉娜。

啊，没想到挑战这么快就来了。我真的能顺利地向她示好吗？

我望向她的眼睛，发现她的眼影画得极其艳丽，甚至到了不用开灯都可以闪到眼睛的地步。这种过时的打扮，除了她，大概只有冰上芭蕾舞剧《冰上假日》里的那帮易装癖或者扮丑角的舞者会用了吧（或许我的描述不够准确，这两种人之间绝对存在交集）。对这种女人，到底应该怎样对待？我心里可是一点底都没有！

“斯维特拉娜，你知道吗，湖那边有家很不错的咖啡店，那里提供的早餐味道实在是棒极了！你愿意跟我一起去试试吗？”我终于鼓起勇气，提出了邀请。

“哦，你说什么？”斯维特拉娜显然不明白我这番好心的表示，究竟卖的是什么药。

“对于即将成为家人的我们，这肯定会是个不错的开始。”出于无奈，我只有信口瞎掰了。对于这个关于未来关系的荒谬提法，斯维特拉娜肯定比我更觉得好笑。她对我挤出一个微笑，爽快地答道：“好，我们走吧。”

只一会儿工夫，我和斯维特拉娜就已经坐在马伦特镇上最好的咖啡店里了。大厨正当着我们的面准备着用火腿、番茄和洋葱作馅料的超华丽蛋皮卷。尽管气氛好到不行，我仍对斯维特拉娜没什么好感，更谈不上要跟她相亲相爱、和睦共处了。我已按照《圣经》上的要求，用自己喜欢的别人对待我的方式来对待她。不过，似乎美味的食物和饮料还不够……我自己喜欢的还有什么呢？对了，我还喜欢别人对我感兴趣、围着我转！好吧，那我就试着从斯维特拉娜的角度想问题：

“在……在白俄罗斯抚养一个孩子长大肯定很不容易。”

“在哪儿都不容易。”她说。

我点点头表示赞同，想起那些顶着气泡鱼般的黑眼圈、行尸走肉样的德国妈妈。

“但是，对我而言确实挺不容易的，比大部分人都不容易。在照顾女儿的同时，我还得照顾长期卧病在床的父亲。”斯维特拉娜解释道，“所以，我除了管着莉莲安娜之外，还得谋一份兼职。”

“是在工厂里？”我咬着一只味道棒极了的巧克力牛角面包，问她。

“在妓院里。”她看似不经意地答道。

我那口牛角面包差点要噎在喉咙里。

当我终于能够咽下那块面包时，斯维特拉娜轻声补充道：“这件事你老爸已经知道了，所以，你也应该知道。”

通常情况下，我会马上终止这次谈话，但如果我这样做了，必定会对“山顶布道实施”计划产生不好的影响。那么我究竟该怎么接话，设身处地地安慰她吗？不过，以她那样的经历，我可真没法做到设身处地。或者仅仅是尝试着去理解就好？唉，我不是已经在这么做了吗？

“好吧，听起来确实不怎么容易……”我吞吞吐吐地说。要让我给出更多感同身受的理解，现阶段恐怕是不可能了。

“我没说谎。对我而言，你老爸确实是个理想的男人。活这么大，从来没有人对我这么好过。”她真诚而严肃，确实不像在说谎。至少她能够直面自己黑暗的过去。坏心眼的女人们根本没法做到这一点。我决定，给予她我在遇到这种情况时最渴望得到的对待方式：信任。

“如果你能让老爸幸福，可就太好了。”我回应道。

“嗯，我会努力的。”她这样回答。那声音听起来相当认真。

我们一起品尝起刚出锅的蛋皮卷。只一顿早饭，我和斯维特拉娜已相互理解，彼此尊重。然而，“去爱斯维特拉娜”这件事，我还是没能真正做到。因为我发现自己的一切努力，在可认知范围之内都是有所保留的。

我想去找约书亚，去问问他是否同意我关于“有所保留”的看法（其实是因为我太想他了，这个问题不过是见面的由头而已）。我才走到加百列家门口，暴怒的牧师先生就冲了出来。

“给我离他远点！”还隔着老远，他就冲着我大叫大嚷。那滑稽样子，看起来就像七十年代老电影里的职业驱魔人。

“啊，遇见你也很高兴！”我故意装作听错了，脚步不停，继续向前走。

“你给我离他远点！！”加百列又重复了一遍。说得更大声，简直就是在威胁我。

“我跟撒旦一点关系都没有。”我尽可能平和地向他解释。

“跟撒旦有关系的人都会这么说。”加百列却用流氓逻辑来反驳我，让我一时之间不知该如何回应。

“我应该怎样做，才会让你相信我其实跟撒旦毫无关系呢？”

“只要你离耶稣远点就好了。”

“我不想也不能照你说的做。”我回答。

他满怀恶意地看着我，有那么一小会儿我甚至感到恐惧，怕他会拿出十字架还有装满圣水的喷水枪，对我展开绝不留情的驱魔行动。

“你让我妈妈伤透了心。”我说话的语气仍然很平和。

这个事实让加百列无话可说，他总算安静了些。而我则开始琢磨该怎样用耶稣在山顶布道时定下的“黄金守则”应对他。我开始试着站在加百列的角度思考问题，毕竟刚才跟斯维特拉娜说话时，这样的方法带来了不小的帮助："我能够理解，你在这样一个非常时期里情绪确实会激动，但是我妈妈她……"

"你给我闭嘴！"加百列咆哮道。

"但是……"

"闭嘴！"

他为什么非要这样做？我也很难抑制自己的愤怒啊！我怎样才能对这个暴怒无常的老头子保持冷静呢？我到底应该怎么换位思考呢？

"呃……想吃个爆米花吗？"我忐忑地向他提出建议。

听到这话，他气得就差没一口把我当爆米花给吃了。

"你……你那么凶是要干吗？"

"如果可能，我真希望像《圣经》里写的那样：瞪着你，直到把你瞪成盐柱……"

"啊，连你都不按山顶布道里的要求行事！"听到这句诅咒，我不由得抱怨。

"怎样履行对上帝的信仰是我自己的事，根本用不着你来教！"

"如果你不按山顶布道的内容行事……"

"你给我滚！"

"我才不呢，我要见约书亚！"

"快滚，这对你绝对是最好的选择。"加百列坚持道。

"什么是最好的选择，我自己清楚！"我生气地反驳。

"你屁也不知道，不过是个傻小孩罢了！"

"那你就是个神经兮兮的臭老头！"我毫不示弱。

"你说我是什么？？？"

"听清楚了，我说你是个神经兮兮的臭老头！呸，你这固执无聊的蠢货！"

加百列站在我面前，已经近得不能再近。我俩气鼓鼓地大眼瞪小眼。大战一触即发，突然一个熟悉的声音在身后响起："玛丽亚，是你吗？"

我惊讶地转过身去，正是耶稣。他承受了所有的一切，却并不生我的气，只是有些失望。我咽了口唾沫，不知该从何说起。因为这稍许犹豫，反而被加百列抢了话头："主人……"

"加百列，让我跟玛丽亚单独聊聊吧。"耶稣请求道。

"但是……"

"拜托。"耶稣的声音很平静，又有种不容拒绝的笃定，加百列根本没法再开口。他只用愤怒而怨恨的眼神瞪了我一眼，就进了自己的屋子。

"我们一起散散步好吗？"耶稣问我。

我不知道该怎么回答，只是不住点头。

于是，我们默默离开加百列的家。没有谁提议，我俩一言不发地朝栈桥走去。那是我们再熟悉不过的纪念地。当我们跟以前一样并排坐在栈桥上时，耶稣终于打破了压抑而令人难受的长久沉默，对我说道："我觉得，就你在和我分别后所做的事情而言，你并没有弄明白我的话的真正含义。"

"没关系，到今天下午之前还有时间……"我轻声反驳。

"在那之前，你都能按照山顶布道中说的诫规生活吗？"耶稣问我。他眼中似乎闪过了一丝光芒，人们通常称之为"最后的希望"。

"当然，放心吧。"我答道。

"不开玩笑？"

"不开玩笑。"

听到我坚定的回答，耶稣显然有些吃惊。他真诚地看着我，我却在犹豫，自己究竟该不该告诉他，这么点时间根本没法完成山顶布道里的全部内容。我需要更多的时间逐个完成那些要求。据我保守的估计……大概最长需要四十年，最短也需要五年。

"我能完成，不过……时间可能不太够。我……应该没那么快……"才一会儿工夫,我便吞吞吐吐地背弃了自己刚刚的坚定保证。

"我的门徒们，即使是犹大，都能在我布道后立即付诸实践……"

"或许……或许该给我装个摄像头之类的，随时提醒我，哈……"我虚弱地狡辩。

"抹大拉的玛利亚，在彼得转述了山顶布道的内容之后，也一样按照那些诫规生活了，没有任何问题……"

啧啧，这敢情……说这话表示他对旧爱还念念不忘哪！

任何女人生活在男友的前女友的阴影下，都会不舒服，可我现在正站在人类历史上最大最了不得的前女友的阴影下哪！谁能告诉我，我该怎样做到感同身受，该怎样通过设身处地地为别人着想去拯救世界？谁能告诉我，我该怎样拯救我同耶稣之间的感情？？？

我是不是应该和他好好聊聊"爱情"这档事？好吧，对我而言，这点没什么问题——我爱他。但他是否爱我呢？或许有时他确实有那么一点爱我……不过，却不是作为耶稣……而是作为约书亚。很可惜，他大概再也不会是那个约书亚了。

对了！按山顶布道的逻辑，倒不如换个角度想问题——我应该做那些自己希望别人会对我做的事！

看着他那张令人着迷的脸，看着他的眼睛，我只想做一件事：在约书亚（没错，就是约书亚——这是我希望的）去耶路撒冷之前，跟他深情吻别！哈，我还有什么可以失去呢？我已经一无所有了。

这样想着，我慢慢把身体倾向约书亚。我用手捧着他那张摸起来略有些粗糙的完美脸庞，不知不觉间将嘴唇凑了上去。

我的主动使约书亚震惊，他不知道该怎么说话，只来得及结结巴巴地叫一声："玛丽亚……"

我忙小声打断他："嘘……这一切不违反山顶布道的原则，放心吧。"

遭遇奇袭的约书亚还没来得及多问一句"事情为什么会变成这样"就已经被我吻到了。

恍若飞翔。

像在云中。

双唇实际接触的时间，大概只有眼睫毛眨动一下那么短。

但就是这眨眼的一刻，让我感觉上了天堂。

44

（与此同时）

撒旦站在一家诊所前，卡塔正在这里做临时预约的肿瘤项目检查。她这么急着要求医生做临时检查的原因十分清楚——已经整整二十四个小时没有任何疼痛感了，太奇怪了！

这一次，黑暗领主没有使用乔治·克鲁尼的身份，而是把自己变成了苗条漂亮的黑人乐娇娃艾莉西亚·凯斯。他很清楚，艾莉西亚正是卡塔心中美女的典范。虽然根据之前的双方协议，他已通过治好这个女漫画家脑中肿瘤的方式拥有了她的灵魂，但他仍希望能在她面前表现得更具诱惑力一些。根据既往的经验，只有投其所好，出卖灵魂的人们才会更加死心塌地地效忠于他。没准儿在不久后的大战里，这个女漫画家会屡立奇功。在赢得圣战之后，她或许有资格坐在他的王座旁也说不定：自然，那个王座必须以弥赛亚的骸骨来打造。

“哟嗬，巧克力甜心！”这句莫名其妙的话打断了撒旦的遐想。两个尚未成年的光头仔凑过来，明显不带善意。通常，这类以骷髅造型到处游走的家伙都是地狱兵团里的主力军。在地狱里处理这帮家伙们惹出来的麻烦事是他工作的重心之一……想到这一点，撒旦就觉得自己太过失败，不觉心生沮丧、意志消沉。不过，这帮光头仔显然不了解他的心情，他们吵吵闹闹，惹得他更加恼火。

“从我们的地盘上滚出去，你这个黑婊子！”两个人之中比较强壮的那个突然大声吼道。

“噢，帮我个忙行吗？你，全力向着那堵墙跑，不要停。”

在撒旦用他那直达人心的魅惑之音下令之后，光头仔开始奔跑起来，谨遵撒旦的指示，拼命朝一堵石墙撞去。看到这幅光景，另一个吓得脸都白了。

“对了，还有你——”撒旦可没忘记那家伙，“去找家最近的中国武馆，对领头的武师说一句‘中国人都是猪’。”

“这就去这就去。”可怜的光头仔连舌头都不受自己控制了。说完这句话，他乖乖地飞奔而去。

卡塔终于从诊所里出来了。她看到撞墙撞到昏迷、横躺在地上的光头仔，觉得这肯定是幻觉。此刻她脑袋里一片混乱，同时也感到轻松，主要还是混乱。肿瘤真的不见了，简直就是奇迹！没法说清楚这是怎么回事，就是奇迹！是那个自称耶稣的怪人做的，还是长得像乔治·克鲁尼同胞兄弟的那家伙？正在胡思乱想时，她突然看到了艾莉西亚·凯斯，这幻觉也太厉害了，卡塔赶紧揉了揉眼睛。

“你好。”艾莉西亚·凯斯开口了。

“你……你好……”卡塔回应道。她又怎么可能对眼前的人不礼貌？

“请允许我自我介绍，我是撒旦。”艾莉西亚·凯斯说。

为了证明自己确实是撒旦，他施展了变身术：在一团硫黄烟气之中变成了一只满脸赤红的生物：有角，有蹄子，还有长长的尾巴，全身上下都围绕着熊熊燃烧的火焰。他只变身了一小会儿，为了展示给卡塔看而已，然后重新变回了艾莉西亚·凯斯，连火焰都消失了。在硫黄烟气消散之后，卡塔如梦方醒，勇气十足地评论了一句：“哇哦，你的特效[1]可真不错呀。”

---

① 原文为英语“Special Effects”。

“确实不错，不仅如此，你的灵魂还是我的呢。”艾莉西亚补充道。

卡塔咽了口唾沫。现在，撒旦的话令她感到害怕了。就在一秒钟之前，她还根本不相信这世上有“灵魂”。

“我知道你正想些什么。”撒旦微笑着说，“你觉得被我骗了。但这就是生活[1]，我是撒旦，欺骗和被骗自然也是世间常态。你肯定也想知道怎样才能赢回自己对灵魂的控制权——或许耍些小诡计骗过我就可以了。尽管许多人都这样想过，却从来没人真正成功过。”

被撒旦说中了心思，卡塔的脸明显抽搐了一下。

“现在你想的是什么，我一清二楚，你想成为第一个成功骗过我的人，对吧？不妨跟你说，所有人的第二个念头都是这个，你跟他们没有任何区别。你们这群可怜人，不过看了些和撒旦主题相关的小说或者电影，就妄想赢过我了。其实那些电影都是假的，怎么可能会去做那么蠢的事……”

自己的妹妹正和真正的耶稣在一起，或许可以找他们帮忙，现在必须赶紧到玛丽亚身边去……她正这样想着，艾莉西亚·凯斯微笑了。

撒旦可不想让卡塔回家去。

“现在，我想向你介绍一下你的骑士同事，可以吗？”撒旦说。

“骑士？”卡塔完全不明白撒旦在说些什么。这家伙到底想要什么？难不成想邀请自己一道去猎狐狸？

撒旦打了个响指。突然之间，卡塔发现他们已经不在诊所门前了，而是在马伦特镇那家最有名的冰淇淋店外的桌子前。而且，已经有人在那里等着了。

① 原文为法语。

"让我来为大家介绍一下。"撒旦说，"这位先生便是名为'战争'的末日骑士……"他指了指玛丽亚的前未婚夫思文。

"还有这位，是名为'饥荒'的末日骑士。"他又指了指另一个穿着见习牧师衣服的男人。

"还有你，名为'疾病'的末日女骑士。"

撒旦说的话，卡塔连一小半都没有听进去。到现在为止，她弄清楚的唯一一件事就是：必须从这堆家伙里脱身！

"对不起，我得走了！"她鼓足全部勇气向众人说。

"如果我是你，就不会这样做。"艾莉西亚·凯斯微笑道。

"如果我的理解正确，"卡塔却不同意撒旦的看法，"只有我死了，你才能得到我的灵魂。因此，我现在还是可以想干吗就干吗，比如直接走掉。"

"是的，你说的没错。不过，你也应该很清楚，我要杀死你，轻而易举。"撒旦仍在微笑，还举起那只完美的黑人女性的玉手，制造了一团熊熊燃烧的火球来威胁卡塔。

卡塔咽了口唾沫，低声吐槽："这功能不错，车上的点烟器如果坏了，可以直接取火，毫无压力……"

"你死后，我就能拥有你的灵魂了。并且因为你之前反抗了我，你还必须受到永恒的惩罚——肿瘤会重新长出，带来无穷无尽的痛苦。"

撒旦知道卡塔最怕的是什么，难以想象的巨大恐惧袭击了她：难道真要永久背负那种无法忍受的疼痛吗？尽管如此，她仍未放弃那小小的希望：她想要成为第一个从撒旦手上成功夺回自己灵魂的人。

45

那个吻之后，我的灵魂像是被抽空了。约书亚也是。我们静静地看着马伦特湖，好半天没能回过神来。现在，我们不再是玛丽亚和弥赛亚了，仅仅是两个困惑迷茫的三十多岁的年轻人而已。

“对不起，对不起，现在这样做……真不是什么好主意，我只是……控制不了自己。”我结结巴巴地开了口，想试着做点什么来缓解目前的尴尬状况。

“确实，是个蠢主意。”约书亚也用不确定的声音回应。

“嗯嗯，全世界最蠢的主意。”我继续没主见地应和。

“不，全世界最蠢的主意，应该是彼得提的那个——希望我让他也拥有在水上行走的能力[①]……”耶稣微笑着开了个关于圣彼得的小玩笑。

是的，他微笑了。虽然只是个小小的微笑，但毕竟笑了，他不生我的气了吗?

“你不生我的气了？”

听到我的问题，他犹豫了片刻，然后答道：“不，我不生你的气了。”

他真的不生我的气了！

这意味着什么？莫非是刚才那个吻的作用？或许他还想要我继续吻他？哈，不管他怎么想，我是很想！但是……我可不能那么冲动。

---

① 《马太福音》第十四章中，彼得希望耶稣能证明自己神的身份，赐予他在水上行走的能力。耶稣赐予彼得能力后，又故意在水面上刮风，彼得一害怕，就沉了下去。

真的要赌一把，扑上去再吻他一下吗？

不，不，现在的我已经没有那么大的勇气再来一次了。我决定，现在只静静地看着马伦特湖发呆，这样就好。

“有时，我会……”约书亚又开口说话了。不过他只开了个头就停了下来。

“会怎样？”

“我会问自己，在末日审判之后，上帝会不会再给出一个新的计划，罪人们也不至于永远受到惩罚。”

“一个新的计划？那是什么？”我追问道。

“具体我也不是很清楚……不过，上帝的计划总归是很好的。”

“啧啧，看看现在发生的这些，还很好呢……”我嘀咕道。

“你说什么？”

“呃……没什么。”

我们继续看湖水，不再说话。或许是因为那个吻将我的一切犹豫一扫而光了，我似乎找到了这一切难解悖论的唯一出路：“你为什么不先花几年的时间去周游世界呢？”

听到这个建议，耶稣有些吃惊地看了我一眼，说：“你的意思是，我应该推迟末日审判的时间，对吗？”

“没错。你在环游世界的同时可以向世人展示，人们应该怎样按照山顶布道的要求生活。”我激动地向耶稣解释着，“这样一来就可以拯救更多的灵魂了。”

约书亚似乎也被我这个突发奇想打动了，说道：“这真是个不错的想法！”

我被自己的想法能够获得耶稣的表扬打动了，那感觉简直妙不可言。

“你会跟我一起去吗？”他问我。

他想和我一起吗？也就是说，让我作为他的门徒？内心深处有个声音提醒我：注意了，我肯定没资格当他最优秀的门徒——不过，不是最优秀的又怎样？我能一直在他身边，这可真是太棒了！

“那个……如果跟你一起去，不用像《圣经》里说的那样，必须睡在洞窟里吧……”

“当然不用。”耶稣笑了，“不会让你去睡洞窟的。”

“那样的话……我愿意。”

说完之后，像心有灵犀似的，我们相视而笑。我看着耶稣，他的笑容那么迷人。如果可能，我可真想再一次把他的脸颊捧在手里，深情地吻一下。不过这一次我努力克制住冲动，不再乱来了。

为了避免双手不听大脑指挥，我把它们压到屁股下面，牢牢压住，不许它们擅自行动。

“你为什么坐在自己的手上？”约书亚对我的行为迷惑不解。

“啊，这个……”我不知该怎么说。

又是一阵短暂的沉默，然后，约书亚补充了一句：“我想牵牵你的手。”

“唔，那……好吧。”我的心怦怦直跳，想也没想就答应了他。

“但是……你坐在自己的手上，我没法牵。”

“噢，是的……我才发现，对不起。”我语无伦次地回话，轻轻起身，把手伸出来，让他牵好。

我们又跟上次一样，手牵着手坐在栈桥上了。我觉得很幸福，他当然也一样。看样子，约书亚似乎借由我的建议，找到了解决一切问题的方法。我很高兴自己能够帮他解决问题——此时此刻，他既是弥赛亚，也是约书亚，一切都再完美不过了。

如此完美地在栈桥上坐了几分钟之后，又到了我发挥与生俱来的天赋“轻易破坏美好时刻”的时间了。

“对了……上帝不会反对吗？”我这样问约书亚——我所说的“反对”自然既包括现在的牵手，也包括我们刚刚制订的新计划：推迟最终审判并周游世界。

“我会请求他，希望能得到他的理解。”约书亚答道。他的声音坚定果决，义无反顾，虽然刚开始还有那么一点点犹豫。不过，我马上用力握紧他的手，于是，连这一点犹豫也烟消云散了。

“希望你能让我独自完成这次请求，让我跟他单独沟通，可以吗？”约书亚向我要求道。

“当然，当然没问题……完全可以理解。”我知趣地离开栈桥。尽管离开他让我感觉不舍，但也没有办法，毕竟大事为重。

我沿着码头漫无目的地行走，一边在脑海中勾勒关于我与耶稣美好未来的图景：马伦特的玛丽亚要跟耶稣一起环游世界啦！听起来挺疯狂的，不过也很美好。在这次漫长的旅途中，我们还会相拥接吻吗？仅仅是想象一下就让我激动无比。我的脑中仿佛有团火焰在燃烧，甚至就连我眼前的那段荆棘枝都开始燃烧起来。

“玛丽亚！”

突然，有一个声音在呼唤我。这个声音极具震慑力，听起来庄严肃穆，同时又悦耳动听，仿佛响彻千里。最重要的是——这，声，音，竟，然，是，从，那，该，死，的，荆，棘，枝，里，发，出，来，的！

我盯着那段荆棘枝看，希望能找到个扬声器或者其他东西出来。

“我们得谈谈。”

没有扬声器。真的是荆棘枝在说话。

“你是那个……呃，你是那个我现在正担心你是的那个……那什么……对吗？”我问那段燃烧着的荆棘枝。这是我生命中第一次跟植物对话。

“没错，我正是。”

46

“斯科提，舰桥上报告！斯科提，舰桥上报告！”

“怎么了？”柯克船长问。

“我不干了！”

“是你阻止我儿子，不让他完成他该完成的任务。”

我不知道该回答些什么，也不知道该怎样跟上帝交谈。出于直觉，我觉得自己应该道歉，但我的声音……

“耶……”完全没法说话了。

“回答。”

“耶……”

“你不该怕我。”

“不要害怕”——我的上帝，这怎么可能！

“需要为我们的对话换个环境吗？”

“耶……”我仍旧没法说话，只好试着拼命点头表示赞同。

“你这样子，跟当年摩西的反应一模一样……”荆棘枝说。听声音他似乎很高兴，不过荆棘枝本身应该没有“自己觉得很高兴”的自觉。换句话说，上帝对自己的扬扬自得毫无察觉，哈！

转瞬之间，我便离开了码头所辖的地域，来到一处英国式的屋子里，就跟人们在简·奥斯汀作品改编的电影《理智与情感》里看到的场景类似。家具都是十九世纪风格的，空气里有红茶的气味，以及淡淡的兰花香。我身上穿着一件英式古典风格的花梨木套裙，带束胸的那种（幸好不紧，还把我肚子上的救生圈收拢了）！窗外是一个有栅栏的花园，不可能是除英国花园外的其他任何东西了。好吧，我不是傻瓜，当然知道自己已经不在我们的世界了，是上帝看到我点头，给我们的对话换了个环境。此情此景我常在电影中看到，并梦寐以求。没准儿上帝正是窥中了我的心思才投我所好的，没准儿……这地方不过是出自我的虚构，而上帝让它成真了。哎，无所谓了，只要他不再以燃烧的荆棘枝出现，怎样都好。

为了证实一下，我在一张木桌上敲了敲，桌子真实得不能再真实了。我走过一扇玻璃门，来到花园草地上。在那里，我找到一张样式老旧但相当舒适的皮椅，坐下去享受阳光洒在脸上的温暖以及此起彼伏的鸟鸣。在美妙的夏末之夜坐在这原野上，就像做了一次全套香薰按摩，抚慰了我那被纷繁琐碎之事困扰的灵魂。到目前为止，我唯一觉得不太寻常的是，我一直期待在一间英国十九世纪乡间小屋里闲逛的愿望，上帝竟会知道。理论上来说，我当然清楚上帝知道每个人的全部秘密，否则他也不会被人称作“全知者”，顶多是个“半知者”。但当我通过此刻真正发生在我身上的一切认识到，他连我偏好简·奥斯汀的电影这种细节都很清楚，顿时涌起一种难以言说的羞耻感。要知道，关于这座英国小屋的遐想，是我在那段怀疑一切的空窗期形成的。这段遐想中除了有小屋，还有和达西先生[1]翻云覆雨：这种种细节，上帝肯定也都一清二楚。

好吧，在这处美妙而舒适的花园里，人的羞耻感到底不会持续太久；若有戒备心，同样会很快失去。我坐在皮椅里，思绪渐渐模糊，

① 简·奥斯汀小说《傲慢与偏见》的男主角。

任夕阳暖暖照耀。就在这时，我身后突然有个声音问道：“在这种环境里，感觉是不是好些？”

有个跟我差不多大的女人从小屋里出来，走到了花园里。她长得有点像埃玛·汤普森[1]，穿着一套仿佛是被施了魔法、闪闪发光的曳地长袍。她对我微笑。那个微笑那样完美，我从没见过，美得不像人类脸上的表情。

“嗯，现在好多了。”我回答她道。

“这里很不错。”埃玛说。

“确实，这里相当不错。”我表示同意。

“想来杯大吉岭吗？”

实际上，我更想喝咖啡。确切点说，我想来杯拿铁玛琪朵。不过，一杯拿铁玛琪朵似乎跟这英式小屋不太搭，我只好回答：“好的，乐意之至。”

埃玛·汤普森从一张我刚才没看到（莫非新变出来的？）的三脚老式茶几上取来一壶茶，将茶水倒进一只带有红色花卉彩绘的白色骨瓷杯中递到我的手上。我尝了一口——出人意料，味道竟跟拿铁玛琪朵一模一样！说得更准确点，我从没喝过味道这么好的拿铁玛琪朵！

“我想这应该是你现在最想喝的茶。”埃玛·汤普森再次微笑。这个微笑实在太美、太平易近人、太让人着迷了，我除了同样微笑一下之外，已经不知道应该再做些什么了。

“这里是天堂吗？”我问道。

“不，我特地为你创造出了这个地方。”

---

① 英国女演员。

“当上帝可真是相当实用……”我环视了一遍花园，喃喃说道。

“确实如此。”埃玛或者说是上帝笑了。

“你一直都用女人的面目示人吗？”

感谢眼前这完美的气氛，我能跟上帝毫无障碍地对话了。

“不，其实我现在就能给你看我的真实面貌。不过，我最好还是不这样做。”

“为什么？”

“因为你只要看上一眼，就会马上发疯。”

“这理由很充分。”我应道。想到上帝的真实面貌会使人发疯，令我又一次感到害怕，便决定不再询问更多我早就想知道答案的问题：上帝创造宇宙之前是什么样的？伊甸园真的存在吗？上帝让女人每个月来月经是出于什么目的？

以及他创造癌症、肿瘤，都是出于什么目的……

我没有开口问，只是又喝了一口拿铁玛琪朵味的大吉岭，低头看着被修剪得完美无缺的草地。

“我已有两千多年没跟人类说过话了，你是第一个。”埃玛或者上帝（为了简化，我将称她为“埃玛上帝”）这样说。

听到这番话，我的得意之情油然而生：两千年来第一个跟上帝对话的人！我不再低头看草地，接着问道：“当年，你也邀请摩西一道喝茶了吗？”

“没有。他在沙漠里摸爬滚打了那么多年，只要了点酸面包就很满足了。”埃玛上帝一边回答我的问题，一边轻轻抿了一口自己的那杯茶。说完这句话后，全能者终于想起来要直入主题，因为他又重复了那句话：“是你阻止了我的儿子，不让他完成他该完成的任务。”

“是的，是我……”我承认了。

在全知者面前，我还能否认什么？

“你爱他吗？”

“是的，我爱他。”

这个问题，大概同样也没有必要问。

“即使你根本就不该爱他，你还是爱了，是这样吗？”

“这个……”我闪烁其词，妄想蒙混过去。我当然知道自己对约书亚的感情不太合常理，但是“常理”难道必须由上帝本人制定吗？哈，上帝就必须永远正确吗？他没有错过吗？

“别再去找他了。”埃玛上帝温柔地请求我，又给我递上了一杯茶。

“不，我做不到。”几乎脱口而出。

埃玛上帝把茶放到一边，有些吃惊地看着我。不过，更吃惊的人应该是我。我刚刚竟然直接拒绝了上帝的请求！从古至今，没准儿我是第一个拒绝上帝请求的人。

“你不愿意跟他分开？”埃玛上帝问道。

“不愿意。”

上帝啊，现在再去矫正，已经太晚了吧。

“莫非你怀疑我定的计划？”埃玛上帝脸上的笑容消失了。

“是的，我怀疑你的那些计划……”我用颤抖的声音回答。我说出这句话时，心中仿佛万马奔腾——各种情绪此起彼伏，难以遏制。上帝其实早就知道我心中的真实想法，他不过是想让我亲口承认而已。没错，我就是不能理解：为什么要有炼狱？当年又为什么会有毁灭人类的大洪水？

我还是个小女孩的时候曾经幻想过这样一个故事：大洪水到来之前，三个企鹅好伙伴（我管它们叫皮皮吉、蓬蓬狗和萌菲菲）一摇一摆地去找诺亚，希望能登上方舟。但诺亚告诉它们，按照上帝的吩咐，三个里面只能上去两个，有一个必须留下来。因为皮皮吉和蓬蓬狗的速度比较快，抢在萌菲菲前面登上甲板坐着诺亚方舟走了。而萌菲菲却必须留下来，余生都活在被朋友背叛的阴影里。尽管“余生”对于萌菲菲来说也不长。因为，大雨已经开始下了……

“你怀疑我的至善？”埃玛上帝问我。

“照现在这种情况来看，已经很难说清你究竟是至善的神，还是到处惩罚人类的神了。”

“我是至善的。”上帝的回答很明确。

但这个回答无法打动我。我在心里偷偷回应：得了吧，跟萌菲菲说去。

“不过……”埃玛上帝又补充了一句，“我也到处惩罚人类。”

上帝的逻辑我真是永远不懂，每次都这样。

“人类都是我的子民，你们像孩子一样慢慢长大，慢慢改变。”埃玛上帝感慨道，“跟过去在伊甸园里时的样子已经有了很大的区别。甚至跟大洪水时代相比，区别也很大。你们是孩子的时候，自然得受到照顾；而当你们长大之后，方法就得变变了。”

“这么说也是……”上帝的想法，我算是慢慢明白了。人类的始祖亚当与夏娃在伊甸园里生活时，就跟纯洁无瑕的小婴儿差不多。到了索多玛和蛾摩拉时代，人类就像是处于叛逆期的青少年。上帝其实一直扮演着爱孩子的父母的角色，不过时而宽容时而严厉。上帝管教孩子的信条类似“如果你再那么调皮，就不许看电视了”。

所以，耶稣也在按照上帝的这个方针布道：上帝希望人类能够遵守的全部规则都已经明白无误地写在《圣经》中了，就像一位一丝不苟的母亲（这是针对埃玛上帝说的，当然作为父亲或者其他什么也可以，如果埃玛上帝还要变成别的人或动物或植物的话），向来说一不二。

如果以上想法正确，照此推断，上帝甚至还是个颇具耐心的父母。几千年以来，埃玛上帝都把自己对经常做错事的不争气孩子们的失望、愤怒和不满控制得很好，给予他们充分的自由，让他们自由成长，允许他们犯错，然后自我纠正，接着……继续犯错。埃玛上帝以“信仰”作为养育孩子的教诲指南，从某种角度来说，算是最理想的母亲了。

尽管这一切看起来条理分明，逻辑严密，我却不禁想问，难道只能在惩戒威胁中抚养孩子吗？在惩戒的重压之下，的确会让不少人因为对堕入炼狱的后果感到害怕，而克制本能欲望带来的冲动。这就是上帝订立的规则的运作方式。似乎无懈可击，不是吗？但这种方式之所以成立，是有一个无限恐怖的地狱存在。这难道不像我们儿时的电视禁令一样不合理吗？

我还有其他不能理解的：“把耶稣钉在十字架上难道也是你安排的？”

“你说什么？”听到我的问题，埃玛上帝有些吃惊地反问。

“钉十字架这种酷刑实在是太残忍了！就不能改成服食安眠药过量吗？”

因为已经和约书亚熟识，我对于他在两千年前所受的刑罚比之前单纯在教堂里看到钉在十字架上的耶稣时感觉要痛苦多了。

“一个至善的父亲，或者一个至善的母亲竟会对孩子这样做？这算是怎么回事呢？”我已无法控制自己的愤怒，不管对方是谁，径自责备道。

“不是我，是人类。是人类将他钉在了十字架上。”埃玛上帝温和地纠正了我。

“就算是别人钉他上去的，但是没有你的默许，他们又怎么可能做得到呢？”

我承认，我的话说得不那么好听，但事实如此。

“因为……我给了你们人类自由意志。”

很好，很好，此话一出，一切又都回到了起点。回到了我十四岁时，因为受恋爱困扰而提出的那个问题。既然自由意志会惹那么多麻烦，有百害而无一利，上帝又为什么要赋予人类自由意志？

“因为……”埃玛上帝开口了。很显然她又用了她拿手的读心术，或者至少她猜人心思的水平十分高超。“因为我爱你们。”

我看着她的眼睛，那眼神真挚、透明，看样子没说假话。

“尽管自由意志在你看来是那么麻烦。不过，如果你不想要它，我也可以取走。你希望这样吗，玛丽亚？”

上帝一提出这个问题，我脑中就条件反射般地蹦出反映某个贫穷国家人民生活的一幅幅画面，除此之外，还有像汤姆·克鲁斯那样的盲信强硬决定论的科学教信徒以及其他没有自由意志、像行尸走肉般的僵尸们。

“不，我才不……”我回答道。

“看，你果然不同意。”埃玛上帝满脸慈爱地微笑道。看起来，她确实是爱人类的。或许，埃玛上帝是因为找不到可以去爱的人才创造了人类。没错，肯定是混沌初开时没有人类，宇宙太过完美、太过秩序化，上帝寂寞了吧。就像一对夫妻独自住在一处大得不可想象的宅邸里，宅子里的婴儿房一直都闲置着。夫妻二人十分想要孩子，想让宅子里充满欢声笑语、喧哗吵闹……这样想着，我突然同情起上帝来了：创造人类之前，在这孤零零的宇宙当中，他肯定十分孤独——是那种超出人类想象的极为恐怖的孤独。

“你是第一个同情我的人。”埃玛上帝微笑着牵起了我的手。她的手很温暖，跟常人无异。握了一会儿，她又补充道：“就跟你同情我的儿子一样。”

作为可能成为我未来婆婆的人选之一，她或许是第一个真心喜欢我的。

“但是……”埃玛上帝接着说道，“如果你真的跟我儿子在一起，他会陷入不幸。”

“为……为什么？”我问道。

尽管随口问出，我心里对上帝即将给我的回答隐隐感到恐惧。不过，后悔也已太迟。

“他如果跟你在一起，就必须断绝和我的一切关系。”埃玛上帝解释道。

说完之后，她低下头默默用勺子搅拌着属于她的那杯大吉岭，若有所思。埃玛上帝此时看起来很悲伤，似乎是想到了什么伤心事。她爱自己的儿子耶稣比爱其他所有人类还要多，当然不想失去他。

“他一旦跟我断绝了一切关系，就意味着……”埃玛上帝接着说道。

她的声音，听起来很悲伤。她真的很爱自己的儿子。

“……意味着约书亚将陷入无尽的痛苦当中，他会心碎。”实在不忍心看她如此悲伤，只好由我开口，帮她说完了这些悲伤的话语。

“你是个聪明的人类孩子。”埃玛上帝说这句话时相当认真。

“你是要强迫我离开他吗？”

“不，我不会那样做。”

“不会那样做？”我反问道。

“你有自由意志，你自己决定。”

转瞬之间，花园、小屋、瓷器……都不见了。

不过，最先不见的却是埃玛·汤普森。

我发现自己穿回了原本穿着的衣服，回到了马伦特湖的码头边。眼前的那段荆棘枝还在，却不再燃烧，看起来也完全不像是被烧过的样子。

谨遵上帝的吩咐，我开始考虑怎样用我的自由意志来做决定。在我面前有两个选择：跟约书亚在一起，不过这样一来，他就违背了上帝的计划，必须跟自己的父亲决裂；和他分手，结束这场愚蠢而天真的爱情白日梦，并彻底忘掉约书亚。

这么说来，其实我也只能在两个糟得不能再糟的选项之间选一个。自由意志……哈，可真是个好东西！

47

我垂头丧气地站在那段看起来纯洁无辜的荆棘枝前，忍不住怒喝："这一切真不公平！"

"玛丽亚，你是在对灌木丛说话吗？"约书亚站在我身后很吃惊地问。而我则像截木头一样愣在那里，不知该如何回答。因为我没有转身，约书亚只好主动走到我面前，看着我那张因为惊愕而呆愣的脸："你不是已经回家好久了吗，怎么还在这里？"

我该告诉他自己刚刚被上帝请去喝茶了吗？我决定说一些无关紧要、不暴露任何信息的话，为自己争取些时间："没有，我没回家。"

约书亚点了点头。我没有回家这件事，他自己也看到了。

我们沉默了一会儿，突然，我心里生出了一个念头：没准儿上帝也请他自己的儿子喝茶了。毕竟，他们两人之间也需要聊聊目前的各种关系。对上帝而言，同时进行两场对话应该是没有任何问题的。于是我便小心地问耶稣："那个……你跟上帝谈过话了吗？"

"是的，我跟他聊过了。"约书亚说。

因为激动，我的心跳加快了。或许约书亚已经很清楚我必须做出选择，究竟是和他在一起，还是就此离开。而且他同样清楚，这个抉择只能由我来做，因为上帝是不会干涉人类执行自由意志的。尽管如此，我却不太愿意去做这个决定——选择结束（或者不结束）约书亚和我之间的关系，对我而言都太难以承受了。

"他……他对你说了什么？"我很激动地问。

"什么也没说。"耶稣有些失望地答道。显然，他原本对那次对话有所期待，但上帝——或许因为也同时在跟我谈话的缘故——对自己的儿子有所保留。

“什么都没说？”尽管已经大致猜到是怎么回事，我还是大吃一惊。

“上帝很少跟人说话。”约书亚解释。

“该死的懦夫！”我忍不住骂了一句。

难道不是吗？把所有他本应负起的责任都扔给了拥有自由意志的我！

“你说什么？”听到我对上帝的咒骂，约书亚还是有些吃惊。这是当然，他不知道我跟上帝说过话，自然也就不知道我现在骂这么一句是在针对谁。哈，看起来，上帝确实是把“伤他儿子的心”这项任务完完全全地交给了我，以及我的自由意志。

“呃，那个……我不是在说你。”我赶紧辩解。

约书亚环视四周，但是附近根本就没有任何人。不论是在路上，还是在灌木丛中，甚至在树上……到处都看不到人。

“不是说我，那是在说谁？”约书亚有点困惑。

“那个……这个……我在说……说……说……说那棵树呢！”我吞吞吐吐地狡辩。没办法，我实在不想告诉他我骂的其实是上帝。而且，我也不知道我为什么会开口骂他。当然，这又是自由意志捣的鬼。

“那棵树……吗？”约书亚现在可是完全蒙了。

我真想把以上说过的一堆蠢话都用退格键消掉。

“那棵树……可真是个……懦夫啊，嗯……因为它不愿把自己的果实献给上帝。”我用半是胡扯半是《圣经》风格的玩笑话充当理由，企图蒙混过去。

“但那是棵冷杉啊……”约书亚对我的解释感到莫名其妙，“它根本就不结果实。”

“不不不，它结。”我坚持。

因为实在没有更好的借口了，只能死撑。或许坚持这个蠢借口还会带来更多的尴尬。唉，这都怪自由意志，让我一时之间被自己心中对上帝的愤怒冲昏了头脑。不过脱口而出的一句斥责，居然把人逼到了这步田地。不管怎样，有件事还是可以确定的：如果那位埃玛上帝再邀我去喝玛琪朵茶的话，我绝对会拒绝！

“你刚才到底为什么那么愤怒地看着那边？”约书亚不依不饶。

如果我现在就告诉他真相，至少……我觉得他也会生那位上帝的气，而且应该是有生以来第一次。不过，如果约书亚真这样做了，他肯定会十分痛苦，而且……而且……而且……噢，我已经无法再想象下去了。只是想象一下约书亚的痛苦就已经驱散了我全部的怒气，心中除了难过还是难过。

“玛丽亚，你到底是怎么了？”约书亚越来越糊涂了。毫无疑问，我这脾气实在比更年期妇女还要喜怒无常捉摸不定。

关键问题在于哪件事会让约书亚更难受。是跟上帝发生冲突，还是和我说再见？实际上，这问题不难回答的。约书亚永远都不会背弃上帝，他是上帝的儿子，这个事实无法改变，这是他生命的意义，是他的宿命。离开我，没错，他离开我最好，就像之前所有离开了我的男人一样——这大概是我的宿命。

事情本可以这么简单，但对我而言却是如此艰难（对他应该也是一样）。我的自由意志此刻做下了唯一一个可能的决定：我必须做这个世界上第一个甩了耶稣的女人。

“我……我觉得，跟你在一起不太好。”我心里忐忑地寻找着适当的措辞，想着该怎样说约书亚才不会太过伤心。

约书亚完全没听明白我在说什么。

“从今以后，你走你的阳关道，我走我的独木桥吧。”我接着说了下去。

“你……你不愿意跟我在一起吗？”耶稣终于明白我的意思了。不过他明显不相信这番话。或许他以为我不过是在开玩笑。

“是的，我不愿意再跟你在一起了。”

约书亚实在想不明白我为什么会突然说出这样的话来。当然，他对于人类男女之间发好人卡这件事也是全无经验。

“我们……我们在一起不适合。”终于把最重要的话说出来了。这应该是人类最喜欢用的发卡致辞之一吧。

“为什么不适合？”约书亚问。

对他而言，我刚才说的话完全来自陌生领域，显然有些理解障碍。没准儿在他看来还有些可爱。

或许我应该拿年龄问题说事儿？我，三十多岁，剩女一枚；他，单从身体上讲，大概也三十多，不过实际年龄却超过两千岁了。又或许，我应该告诉他自己不配和他在一起。想想看吧，耶稣能把水变成酒，而我最大的特长就是没有特长。

“和……和你没有关系……是我自己的原因。”一不小心，我又实话实说了。这也表示，我必须另找个行得通的发卡致辞才行。看来真得费一番口舌才能顺利说出那句“你是个好人，我们还是做朋友吧”。

“我……我……我不明白，到底是为什么？”约书亚问。

“咳，是这样的……”我试着在不提上帝的情况下把事情解释清楚。因为我不想把耶稣将为此产生的愤怒引到上帝身上。“即使你推迟末日审判，并且通过环游世界来使人们陆续皈依，我也不过是和你一起过那种柏拉图式的生活，同你以前和抹大拉的玛利亚经历的差不多。老实说，我对这一点兴趣都没有。”

卡塔常说的“柏拉图就是个大白痴”，其实更应该套用在我身上。

“放心，肯定同与抹大拉的玛利亚在一起时不一样。”约书亚反驳道。

“真的吗？”

我完全被这句话惊呆了。

“在环游世界和末日审判都结束之后，我希望能够跟爱人一起生活。”

逐词逐句理解这句话的真实含义可花了我好长时间。约书亚显然是认真的。不过，这……这简直……太难以想象了。我在心里打起了鼓，脸上忽冷忽热。好吧，据说更年期妇女也这样，看来我真是到更年期了。

“我觉得，”约书亚解释道，“我应该生活得更接近普通人，然后……试着真正去做个普通人。”

刚才的那个吻似乎激发了耶稣心中长期潜藏的希望能做个普通人的愿望。潜意识之中，因为需要符合弥赛亚的身份而建立起来的层层叠叠的保护机制此刻终于出现了第一道裂痕。耶稣也有人类的感情需要，会说出这些话的他完全就是个普通人。

作为一个普通人，必须历经千辛万苦才能找到真爱。耶稣受了那么多苦，受了全人类的苦……这样想来，就算他希望跟爱人一起生活，我也不见得就是他的爱人吧。

“我不配当你的爱人……”我有些低落地回应道。

“玛丽亚，每一个人……”

“可别说‘每一个人’，至少不要拿我跟教皇来比较。”我打断了他。

"每一个像你一样心中有爱的人，都是与众不同、独一无二的。"

听到这句真诚告白，我已周身发烫，烧得比任何一个更年期妇女都严重得多。

正不知该如何是好时，约书亚的手已经放在了我的面颊上。噢，此刻那双手的温柔触摸几乎跟之前的吻一样，销魂而令人难忘。

"我有一个梦想——这个梦想在我之前跟抹大拉的玛利亚在一起时也曾经想过……"

"什么梦想？"我赶紧问他，心有点冷却。哈，如果有机会，真该提醒他一下。不要老把前女友挂在嘴边，会让女孩吃醋的。

"我……我的梦想是……"他变得吞吞吐吐起来，"那个……梦想……我当年也跟抹大拉的玛利亚提出过，不过——她却说了那样的话，还阻止了我……"

约书亚没法再说下去了，回忆显然伤他很深。

我顿时生出了强烈的好奇，想知道抹大拉的玛利亚到底对他说了些什么。不过更令我感兴趣的还是耶稣当时的梦想究竟是什么。

又是很长一段时间的沉默。

约书亚终于鼓起难以想象的勇气，决定说出这个梦想。他对于"说出来"的恐惧甚至都已弥漫到了我身边、我的身体里——那种恐惧太显眼、强烈、直接，面对面很容易就能感受到。

"我希望，有那么一天……"

才开了个头，他又顿住了。

"有那么一天？"我用颤抖的声音重复了一遍，试着鼓励他勇敢说出口，同时又努力掩饰自己的激动。我隐约感觉得到耶稣将说出口的肯定是很了不得的、普通人难以想象的梦想。

"有那么一天……我也能够和爱人一起，组成一个家庭。"

终于知道了。此刻，我的心跳几乎要停止了。这梦想果然是比“难以想象”还要难以想象。组成一个小家庭……或许应该有两个女儿……玛瑞卡和玛雅，我一直都梦想着她们能够来到我身边……

短短一瞬间，我脑海中闪过这样一幅画面：我和约书亚开着一辆漂亮的房车，像美国公路电影里常见的那样一同环游世界。从澳大利亚一直开到大峡谷。约书亚在所有有人居住的地方布道、讲学，我则守在车上教我们的两个女儿玛瑞卡和玛雅读书写字——而且在她们的老爸因为女儿吵着让他把水变成可乐而打算责罚她们时，我还护着她们。

在这短短一瞬，我是那样幸福，比现实中的任何时候都要幸福得多。当然，这样的美景，肯定是轮不到我的。一想到这残酷的现实，我便热泪盈眶。

“玛丽亚？我是不是说错什么话了？”约书亚伤心地问。他那可怜样儿，看上去都要丧失信心自我怀疑了。

“没有……怎么可能……你什么都没说错……”

唉，你每句话都说错了，约书亚，每句话。

听到我的回应，他长长舒了一口气。而我几乎已经忍不住想要大声咆哮，一泄心头的委屈。他想抱抱我，好好抚慰一下。我不会允许他这么做。如果他此刻紧紧抱住我，我毫无疑问会丧失抵抗力，义无反顾地留在他的身边——永远永远，管上帝怎么想。

但是，这样到底还是不行。我拼命推开约书亚，用手挡住他，不让他再靠近。

“玛丽亚，到底怎么了？”现在，他完全不明白我为什么要这么做了。我伤了他的心，他却不愿放弃，仍然想要抱紧我。当我看到他又一次将手伸向我时，我下了决心：必须说点狠心话，把约书亚远远推离我身边。必须说点什么，无论什么。

这样想着时，我的脑海中突然蹦出了那句可以将他远远推离的话。而且那是事实："约书亚……我……我其实没那么信上帝。"

显然，这句话给了他当头一棒，不知不觉间，他往后退了一步。我还在考虑自己是否应该补充一句：其实我相信上帝的存在，毫无疑问，我还跟埃玛上帝一起喝过下午茶，只不过我并没有被她说服，不认为她是至善的。不过，我最终放弃了补充细节的打算，该说的都已经说出口，我的目的已经达到了：再说只是多余……

约书亚满脸震惊地站在那里。那个他梦想能够一起组建小家庭的女人，显然跟他并不合适。

已没法顾及约书亚了，因为此刻我也同样难受。身上一点力气都没有的我用气若游丝的声音送出了那句话："你是个好人，我们还是做朋友吧。"

说完这句话，我万分沮丧地跑开了。忍不住回头一望，还能看到他远远望向我的目光，迷惑又哀伤。他没有追我，只是站在那里，一动不动。一个没那么信上帝的女人，他根本就不会追上去。

48

我拼命跑回家，一刻也不在路上停留。我十分清楚，哪怕只停下一刻，我也会忍不住流泪与号哭。我做出了正确的选择，毫无疑问，可是为什么一切正确的选择都让人如此心痛呢？

刚刚打开门，碰巧老爸在走廊上。这么多天以来他头一次对我微笑：“我已经知道你试着和斯维特拉娜寻找共同语言了，我真的很高兴……”

听到这句话我的第一反应是我根本就没做过这件事。仔细想了一番后我明白斯维特拉娜对老爸说谎了，老爸知道的和我们曾经做过的不是一回事。无论如何，都得感谢山顶布道的那条“黄金守则”：看起来我已重新赢得了老爸的信任。不管耶稣怎么说，“孝敬父母”我算是完全做到了。

老爸张开双臂，试着拥抱我。他的动作笨拙，跟所有想拥抱自己已长大了的女儿的父亲一模一样。我什么也没说，让他好好地拥抱。

他终于松开我之后，对我说：“你姐姐一句话没说，慌慌张张地走了，说是要出远门。”

“怎么回事？”我有点儿摸不着头脑，“她……她说了要去哪儿吗？”

“我也不太清楚，不过她似乎提到了耶路撒冷。”

我马上拿出手机给卡塔打电话，想知道到底发生了什么。电话那边只有语音信息：“今天并非全部，还会有很多个‘今天’。我会回电话的，肯定！”

卡塔可不能出远门哪，还得麻烦耶稣来为她治疗呢！尽管我已经把耶稣甩了，但约定就是约定，治疗还是得完成。无论如何，耶稣都不可能是一个普普通通、自怨自艾的前任男友——他可是传说中的耶稣！

“她……她在你的房间里留了点儿东西。”老爸补了一句。

“噢，一份离别礼物吗？”我对卡塔的去向不无担心。

老爸点了点头。我赶紧上楼，跑进自己的房间。卡塔新画的一张漫画就放在我的床上。

之前一直说什么咆哮、咆哮，直到看见这幅漫画，我才真正流下眼泪，哭出了声。

49

（与此同时）

仍以艾莉西亚·凯斯面目示人的撒旦，和他的三位末日骑士一道走上了一架将从马伦特镇附近一处军用机场起飞的小型喷气机。这架属于某奥地利健美大赛冠军的飞机将带他们前往耶路撒冷。撒旦曾帮助过那位冠军，他便把飞机送给了他作为谢礼。

少带了些行李的卡塔在踏上舷梯前又作了一次消极尝试。她想说服撒旦放弃这次计划，顺便拯救自己的灵魂。

卡塔想让撒旦明白，那套末日骑士方案实际上徒劳无功："我们肯定会输掉最终圣战，上帝终归比你强大些，不是吗？"

"我们不会输的。"撒旦并不同意卡塔的说法。

"《圣经》里写得清清楚楚，我们会输给耶稣，还会被活生生地扔进火海，永受煎熬。"

听了卡塔的话，那个见习牧师也害怕起来。思文显然也感到恐惧了，他开始咬起自己的手指。

"那种事根本就不会发生。"撒旦有点生气地再次反驳。他不想过多理会卡塔那灭自己威风的废话，打算踏上舷梯的最后一级进入飞机。

"说不定，你也只是上帝手中的一枚棋子，就像我们这帮骑士是你手中的棋子一样。"卡塔不依不饶。

听到这话，撒旦那肤色黝黑、属于艾莉西亚·凯斯的脸皱起了眉。这个他一直很欣赏的女漫画家碰触了他的软肋。没错，他这个堂堂撒旦大人或许真的只是上帝手中的一枚棋子：很早之前他就对此心存疑惑了，说得准确点，早在他化作一条蛇在伊甸园里勾引亚当和夏娃时。

当时他盘在苹果树上等待亚当和夏娃出现，便觉得似乎被天国的主人利用了。要知道，撒旦可没有自由意志。那么是谁派他来做这件事的呢？这个疑惑困扰着他，很多年来挥之不去。

“上帝一直都将你玩弄于股掌之间。”卡塔继续打击撒旦。

撒旦没有进舱，他站在那里，一动不动。这个漂亮的女漫画家说的没错：自己所做的一切不过是在严格遵照“必须完成”的计划进行，如果继续进行下去，他们无疑会顺理成章地失败，再一次走上那条老路。

“是的，你说的没错。”长久的沉默之后，撒旦终于承认。

卡塔简直不敢相信自己的耳朵，没想到，她竟然真说中了撒旦心中的疑惑。

“我们不去耶路撒冷了。”撒旦突然宣布。

真的不去耶路撒冷了？卡塔心中燃起了希望。说服撒旦真的这么容易？

“不仅如此，下周二我们也不发起最终的圣战了。”

太好了！卡塔在心里偷偷欢呼，原来真这么容易！哈，她居然成功阻止了撒旦的计划！

卡塔的欢呼还没结束，撒旦又补充了一句：“我们今天就发起战争，就从马伦特镇开始！”

啧啧，卡塔立刻不再欢呼，暗想：这和自己心里的希望，可算背道而驰了。

“你们马上就能拿到战马！”撒旦继续说下去。

“战马？”卡塔忍不住问了一句。在同学还往自己房间里贴《温蒂》[1]杂志的骏马海报时，她就十分讨厌马这种生物了。

“废话，你们是‘末日骑士’，又不是‘末日行者’。”撒旦笑道。

想到要去骑马，卡塔就阵阵反胃。何况她根本就不会骑马。撒旦察觉到了她的顾虑，安慰她道：“放心，不会有事的。你是我手下第二强的女骑士，我会赋予你相应的能力。”

思文和见习牧师不约而同地妒忌起来。

“只是第二强的女骑士……吗？我难道不是你最爱的末日骑士？”卡塔刻薄地反问道。

“不，你是我最爱的骑士。但是那个最强骑士的位置早已给了出去。那个位置并不由我掌管……因为那个人早到从地球诞生之日起便已注定要成为末日骑士了。”撒旦用足以让卡塔心惊胆战的声音解释道。

“我倒很愿意给你看看那个人的模样。”

撒旦说完，就用一团烟雾变出了玛丽亚的脸。

卡塔大吃一惊，差点从小型喷气机的舷梯上掉下去。

“这就是那位被称作‘死亡’的末日骑士。”撒旦说。

“那是我妹妹。”卡塔震惊地说。

撒旦却毫不吃惊，微笑着说：“是这样，‘死亡’最喜欢以人类的模样出现世间，他很快就会觉醒了。”

---

① 面向儿童的德国马术杂志，创刊于1986年。其内容深受年轻女性喜爱。

50

我在床上大声哭泣，哭了……大概有半个到三分之二个“永远”那么久。不再为约书亚哭泣的时候，我为卡塔哭泣；终于能够忍住不再为卡塔哭泣时，我又开始为约书亚哭泣，就像是骑着旋转木马在伤心事转盘上转着圈。在现在的我看来，这个稀里糊涂乱七八糟的世界，最好早点儿毁灭算了。此刻，到底是上天堂还是在火海里游泳，对我而言已无所谓了。哪种结局都好，最关键的是——赶紧结束这一切。

“玛丽亚在吗？”一个低沉的声音问。

我回过头去，加百列牧师正站在门边。看到他，就好比泰坦尼克号撞上第二座冰山似的。

“你爸爸让我进来的。”加百列向我解释道。看到我那张哭得一塌糊涂的脸，他又补充了一句：“你在哭吗？”

“什么呀，我正在给房间里养的盆栽浇水呢。”我答道。

我突然发现加百列在这儿到底还是有好处的。在他面前，我一点都不想继续哭下去。也不知道是从哪儿生出的力量让我可以重新控制自己了。

“是因为耶稣？”加百列一边问我一边走过来，在我的旁边坐下。

我还没同意呢，谁允许你坐在我床边了！

抗议还没来得及出口，加百列已经开始说话了：

“他已经和我说了，你把他甩了，对吧。”

没准儿是约书亚派神父过来说服我的。可能他并不愿意接受我发的那张好人卡，希望我回心转意再和他在一起。没错，确实有这样一类男人，欲拒还迎反而更能激发他们的占有欲和挑战欲。

“他今天下午就要动身去耶路撒冷了。”加百列只一句话就摧毁了我的期待。

为了不让自己哭出来，我决定用提问的方式转移注意力。

我问他，既然耶稣都决定去耶路撒冷了，他还过来找我做什么。

“向你道歉。”加百列答道，“因为你确实不是撒旦派来的，否则也不会放弃耶稣。我错了，对不起。”

“没事，没事。”我应道。现在的我身心极度疲惫，对他这种堪称混账话的道歉实在无心驳斥。

“除此之外，我对你妈妈也很不公平。自然，她也不是撒旦派来的。”加百列看起来追悔莫及，“你能跟她说两句我的好话吗？”

“你如果想要她回心转意，两句好话肯定不够——要排山倒海的好话攻势或许勉强能起点作用。”

加百列点了点头表示同意。然后又支支吾吾地补充了一句：“对了，还有一件事我必须告诉你，你也有权知道。”

“什么事？”

“我是个天使。”

“这话可实在有点不恰当了，自夸也该有点分寸……”

“不是自夸……我的意思是我真的是个天使，就好像耶稣是耶稣。”他向我解释，“大天使加百列，因为……某些事情被贬为凡人了。”

如果时光倒回我初见约书亚的时候，我可能还会用“这……他那……啦……哎……”来回答。现在经历了一大堆难以置信的奇遇，我已处变不惊了。仔细想想，加百列是天使这件事确实可以解释很多疑问：他背上的疤痕、弥赛亚选择在他家过夜、耶稣曾跟我说加百列向圣母玛利亚宣布他的诞生。

“按照《圣经》里的说法，你不是应该率领天国军团站在耶稣身边，在耶路撒冷跟撒旦交战吗？”我问他。

“确实如此，尽管我只是凡人之身，但这件事是我命中注定要做的。”

“那你为什么还在这里……”

“我要改变自己的命运。我打算留在西尔维亚身边。在末日审判降临时，在上帝面前为她说情。”

也不管我听到这番话时有多么震惊，加百列向我讲起他的往事：因为迷恋我妈妈，他向上帝请求化作凡人。成功化为凡人之后，他又花了数十年时间希望能得到她的爱，却徒劳……听着听着，我被加百列为妈妈做的一切打动了。实在太浪漫也太神奇了。虽然很傻，但这样执着的傻子世上又有几个？

突然之间，我意识到，自己甚至有点嫉妒妈妈。因为加百列为了爱她几乎舍弃了一切。

我马上打电话给妈妈，说服她过来跟加百列再见一面。挂断电话后，我请求加百列在世界毁灭之前一定严守秘密，否则西尔维亚会认为自己受了愚弄，不再相信他，任他怎么说都不会再理他了。

加百列接受了我的建议。妈妈来后，他为之前的行为道了歉，同时也如我所要求的，只字未提自己的身份。然后，他们俩坐在我那张床上（是二十年前最流行的十几岁女孩卧室的风格）沉默了好一会儿，就像两个闹别扭的十来岁的孩子。我靠墙站着，等了很长时间，准确点说是等了相当长的时间，忽然意识到，在世界末日就要到来的现在，无论是谁都已没有多少机会可以浪费了！

“好啦，快点深情拥吻！”

听到我脱口而出的催促，两个老小孩都害羞地笑了，妈妈温柔妩媚地主动给了加百列一个香吻。当她的嘴唇刚碰上来的时候，他还有些犹疑，毕竟我还待在房间里。不过，妈妈的吻技高超、热情似火，很快就勾得加百列不能招架，只得回吻。他们吻了很久很久，完全忽略了旁边的我，沉浸在两情相悦的小世界里。嘿，这可真是个赶紧溜掉的好机会！

我偷偷地挪到门边。

哪里知道，大开的房门被老爸堵住了。他就站在那儿，看着自己的前妻跟一个老牧师互相接吻与爱抚。

“西尔维亚。”老爸终于忍不住开口了。

坐在床上的两人停下来。他们死盯着老爸，一言不发，表情诧异，活脱脱一对被捉奸在床的奸夫淫妇。

每每遇到这种尴尬时刻，我总希望自己能变为飞毛腿冈萨雷斯[①]，那只全墨西哥逃跑速度最快的小老鼠。

我个人很期待看到一场争闹。毕竟妈妈走后，老爸守了我们二十年，一直放不下她，直到最近斯维特拉娜出现，才终于找到自己的幸福，但也肯定没有完全放下。我期待的场面却没有出现。老爸只是微笑着说了一句：“看起来，我跟你都找到了真正属于我们的幸福，不是吗？”

妈妈回了他一个微笑：“是的，我们现在都很幸福。”

可真滑稽，不过两天前我还暗自祈愿，希望父母能够复合。而现在他们不仅不再吵架，还找到了上天赐予的另一半。哈，之前的想法多么幼稚可笑。瞧瞧现在的我，简直开心得不知如何是好。

---

① 华纳兄弟二十世纪五十年代创造的经典动画形象。

事情总是这样。看起来只有到世界末日来临前，我才能真正心智成熟。

老爸请妈妈、加百列和我吃他亲手做的甘蓝烹香肠，还兴致勃勃地跟我们说一起去市中心散散步，来点美味冰淇淋作为饭后甜点。吃甘蓝的时候，妈妈和加百列那恩爱的样子实在羡煞旁人。当然，斯维特拉娜和老爸的甜言蜜语也不遑多让。只有我孤孤单单地坐在那里，用叉子玩着盘里的土豆，寂寞难言。

谁让我正好夹在两对秀恩爱的情侣中间呢。单身男女最大的噩梦不过如此。

我十分想念约书亚。

距离下周二的末日审判没有几天了。看来这么珍贵的时光我必须在失恋中度过。哈，上帝，这安排简直棒极了！

这时，斯维特拉娜的小女儿啪嗒啪嗒地跑了过来。老爸专为她准备的薯条已经烤好了。学校组织缆车游览时，小家伙交到了一个叫露露的新朋友。那是个七岁就懂得抹唇彩的小妞儿。她俩现在坐到桌子前合力守护着面前的盘子，阻止斯维特拉娜让她们吃蔬菜的“入侵”。到目前为止，她俩的防守还相当成功。看着眼前这两个小女孩，我不自觉地想起自己未来的女儿玛瑞卡和玛雅坐在眼前吃饭的样子。我突然意识到约书亚是个多么伟大的男人。不是因为他能对孩子施行神迹，让她们百病不侵；也不是因为他那神乎其技的水上漂功夫。都不是。他伟大是因为他是有史以来第一个我真正愿意与其相伴相守、共组家庭的男人。之前我跟马克在一起时渴望有个家，他却跟个孩子似的，不满足于一夫一妻制，竟想过妻妾成群的生活。跟思文在一起，他倒很想要个家，而我一直关注着药盒里避孕药的数量，潜意识里还想躲开因为意外怀孕而结婚的最糟结果——我一点也不想和他结婚。现在，在路过所有那些不该爱或者爱错了的男人之后，我才终于跟一生挚爱撞了个满怀。

然而，仅仅因为上帝的命令，我就一把推开了这个不同寻常、了不起的男人……好吧，也不算是命令，甚至正相反，上帝把这一切完全交由我的自由意志来决定。而我根据自己的意愿做出了选择。

老爸在帮莉莲安娜和她那涂唇彩的小朋友挤番茄酱时，一不小心弄翻了瓶子，红色的酱汁染了他一身。两个小女孩看到这滑稽场面几乎笑得合不拢嘴。小家伙的笑声很大，老实说，也并没有那么美好动听，像是小鬣狗遇到断了腿的羚羊发出来的叫声。不过我敢保证，玛瑞卡和玛雅的笑声肯定动听得多。

为什么我不能为我和约书亚之间的挚爱争取些什么呢？

仅仅因为不够现实？

仅仅因为上帝有些反对？

如果两个人真心相爱，这些借口难道不是愚不可及的吗？

就连加百列也不再履行上帝的旨意了。我看着他，他似乎很享受妈妈把手放在他膝上的感觉。这两个人简直亲密到了旁若无人的境界，当然也十分幸福。想想看，没有按照《圣经》的要求去耶路撒冷的大天使加百列都可以如此幸福，约书亚不去说不定也可以跟我一道沉溺爱河。要是约书亚真的爱我（对于这点，我毫不怀疑，他从不说谎），他肯定也能承受违背上帝旨意造成的后果……不，应该说，约书亚一定能做到！他也不该永远做他爸爸（妈妈、荆棘枝……我的天，什么都好）的乖宝宝，不是吗？

我看了看表。看起来，约书亚随时都会动身去汉堡港坐上前往耶路撒冷的轮船。没准儿他已经到那儿了，正坐在红磨坊里唱有关单身汉和妓女的诗篇。

如果我继续坐在这儿陪着盘中的土豆发呆，就永远不会知道他正在做什么了。

自然，也永远不可能再跟谁组成一个小家庭了。

好吧，我当然清楚，能够跟耶稣在一起的机会最多只有两百三十四亿亿亿亿亿亿亿亿亿亿亿亿亿亿万分之一，但我必须试试看。我必须利用这微乎其微的机会。如果上帝反对的话，我也有理由反诘："既然现在反对，为什么当初要赐予人类自由意志呢？或者干脆别创造该死的爱情得了！当初没这样做，现在就无权干预我的选择。"

一切都有因果。

51

没时间了，我一下子从椅子上跳起来，跟老爸解释说我现在要走，不是因为他的菜做得不好，而是要去解决一个超级大难题。说完我就跑出了屋子，向加百列家的方向跑去——那条路经过马伦特湖的码头。我跑得那么快，就像哈利在电影《当莎莉遇到哈利》里一样。不过很可惜，我的体能不够，跑了四百米就气喘如牛了。跑到七百米，我觉得肺都要爆了。又跑了一小会儿，我就停下来坐在路边休息了。该死，那些浪漫爱情片里的家伙都是怎么一口气横穿半个纽约的啊！他们是怎样做到的？

啧啧，其实我也知道答案……他们身后还站着个导演，他让剪辑师剪剪片子，就算横穿整个城市也不过四十秒。那都是艺术表现手法，较真不得。我还跟那些演员一样，不穿好鞋子就冲了出来（脚上只踩了双拖鞋）。仔细想想，电影里的女主角们竟然能把鞋子脱掉，光着脚从城市这头跑到那头，脚不会跑断，也不会踩到玻璃碴儿，不会踩到狗屎。运气太好了点！

可惜，我却并非身在电影里：通往码头的路上到处都是被没公德心的遛狗者“忘掉”的狗屎、大块的玻璃碴儿，甚至还有不少用过的避孕套。马伦特镇的跑步爱好者因此称这条路为“生命之路”！在这样的路上，我可不能光着脚跑。所以说，现实是残酷的，电影里的浪漫还是留在电影里供人观赏好了。

休息了一小会儿之后，我重新站起身来。

已经没法再跑了，我踉踉跄跄地沿着码头边的人行道走着，一点点靠近加百列家。当我走上码头旁的一条小道，走到湖岸边缘的沙石地上时，看到约书亚正提着行李从加百列的家里走出来。

尽管已经抬不起脚，我还是努力奔向他。喘着粗气、挥汗如雨、模样糟透了的我，现在唯一的愿望就是——请千万不要注意到我腋窝下两团显眼的汗渍。

“玛丽亚，你现在的样子就像刚刚横穿了西奈大沙漠。”约书亚疑惑地看着我说。

我没有回答。

真是太幸运了——约书亚还没走，我赶上了！

即使我已经站在他面前，他却似乎一点都不开心，还相当生气。

“请让我过去，谢谢。”约书亚说话时简直像个陌生人。

“我……”

“你不信上帝。”他不等我说完就把话打断了。

“我没有说过！”我把之前说过的话重复了一遍，“我只是说‘我其实没那么信上帝’。”

“‘没那么信’就是不信。”约书亚尖锐地指出这点之后就再也不多说什么，直接从我身边走过去了。他把我晾在那里，头也不回地走开了。

从来没人敢把我甩在一边不管！

就算有，也不应该是他！！！

实在控制不住，我愤怒地转过身，在约书亚身后大声喊叫：“你这家伙别表现得像是被侮辱和被伤害了，别弄得自己像根刚出锅的纯洁白香肠好不好！过来，让我们像两个成年人一样好好谈谈！”

听到这话，约书亚转过身来问了一句：“我不明白什么是‘刚出锅的纯洁白香肠’？”

“噢，那是比喻……是比喻！”我气呼呼地解释。

“是比喻？我怎么感觉是反讽呢？”约书亚反驳道。

哎呀，这可真了不起，他终于搞清楚什么是反讽了！

我们怒气冲冲地彼此对视，就像普通情侣吵架时会做的那样。直到这时我才吃惊地发现，原来我们之间远没到我之前心里暗想的那种“举案齐眉、相亲相爱”的美好境界，更别提什么“组建小家庭”了。

好吧，又是“黄金守则”时间了：如果我是约书亚，此刻我最想要的是什么？

答案再明显不过了！

“或许，我确实没有那么信上帝……但是，我信你。”

我终于把心里真正想说的话，说了出来。

一旦开始，声音也变得越发温柔：

“你在山顶布道时说的大部分话，我都觉得相当不错……”

显然，这些话令约书亚平和了些。他那皱成一团的眉头慢慢舒展开来。

“……即使那里面关于珍珠和猪的内容我还不能完全理解……”

“噢，那些话其实是……”看起来他要开始向我布道了。

“那些话其实是什么，对我来说根本无所谓！”我很不客气地打断了他的话。

约书亚沉默了。我感觉得到，对他而言现在也无所谓了。

“因为你的缘故——”我继续平静地说道，“我和妈妈和解了。不只妈妈，还有爸爸，甚至那个被我称为‘婊子伏特加’的女人……”

“‘婊子伏特加’？”

“叫什么都无所谓！”我回应道，“我甚至觉得自己比以前坚强多了——因为你，我真正成长起来。还有三天的时间，所有人的生命就都一文不值了，也包括我……不过到现在为止，我还有件事想不明白，就是上帝那套‘审判——惩罚——地狱’体制。你知道吗，我从小就是在反权威的教育环境中被熏陶长大的。”

“反权威教育？”约书亚似乎有点弄不明白我说的话，“玛丽亚，你说的跟加达辣的附魔人[①]犯的错误有点类似。”

我不知道这些“附魔人”都是谁，不仅如此，我还有一种直觉——最好不要知道他究竟是谁。不过，约书亚的“黄金守则”仍然是对的，为了平等对话，我必须把话说得更清楚点，让他明白我说的每一句话的意思。只有这样，彼此才能好好交谈。

“别管那些附魔人了，你不妨仔细想想《圣经》里都是怎么说的？”我没有理会和附魔人有关的细枝末节，反问他道，“心中不应有恐惧。在惩罚面前不要畏缩，在地狱火海面前也不要害怕。对周围的人们做善事，因为人心本善。遵从自己的本心生活，只有这样，生命才会更加丰富美好。”

约书亚沉默了一会儿，说道：“那个……这……这些话根本就不是《圣经》里的。”

“就算不是，也是理所当然的！”我终于把想说的话说清楚了。

约书亚再次沉默。显然，他需要一点时间来思考。于是我接着说：“我认识的那个你也根本不像会去惩罚别人的人。真正的你根本不会去惩罚任何人！”

他不知不觉地点了点头。

“你跟其他所有人都太不一样了。”我满怀激情地向他倾诉，“你是一个能够把真知灼见传递给别人的男人，一个能够治疗任何人所

① 见《马太福音》第八章，有两个被魔鬼附身的人挑衅耶稣，耶稣便把魔鬼驱逐出人体，赶进猪身，猪群因此冲进海中溺毙。

承受的病痛的男人，一个充满热情的男人，一个……”

“真正吻技高超的男人！”我其实最想这样高喊，但我的回忆说服了我的声带，最终没让我说出这番话——我们都还没有舌吻过呢！

“你是对的。”约书亚点了点头，“人不应该被恐惧牵着鼻子走，应该相信心灵的指引——相信爱。”

当他最终说出“爱”这个字时，我们的关系经历了一次微妙难言的过渡。开口说出“爱”时，我和他还不过是朋友；语音落时，我们已经成为彼此灵魂中的一部分了。

耶稣爱我。

看他那样子，分明就是想吻我。我的天，他的吻可真美妙！此刻我别无选择……我的嘴唇慢慢靠近他……哎，这次连他也主动靠近我了……越来越近……越来越近……

就在这时，我们突然听到一种古怪的声音……

那怪声非常刺耳，简直不像是来自这个世界，而是出于某些难以想象的邪恶领域。声音是从头顶上，从天空中传来的。迫不得已，我们只好停止拥吻，各自后退一步，抬头看天——马伦特镇上空出现了四匹马，正从云端飞奔而来。它们通体乌黑，又像火把一样在燃烧。燃烧着的马背上似乎坐着人，但在地面上却没法看清楚。我的直觉告诉我：坐在上面的家伙比那些燃烧的怪物更恐怖。

“是末日骑士。”约书亚说。他那认真而坚定的声音中夹杂着一丝惊讶。

在巨大的恐惧压迫下，我的小心脏仿佛被拧成了一小团麻花，在刺耳的尖啸声中瑟瑟发抖。

“我必须阻止他们。”约书亚说。

“我必须……呃，我被吓得想尿尿。”我悄悄在心里接了一句。

52

（与此同时）

第一位骑着火马在马伦特镇步行街降落的骑士是“战争”。撒旦赐予了这位骑士（就是思文）两种超能力，其中一种其他四位骑士也拥有，即隔绝火焰：让他能够安心地坐在火马上，不至于烧焦屁股。另外一种是释放周围所有人心中压抑的仇恨。撒旦赐予思文这种能力正是因为他压抑了太多的仇恨，尤其是对女性的憎恨简直无人能及。想想看吧，他原来一直都对女人很好，包括他的妈妈、他当护士那家医院里的女医生还有他的未婚妻玛丽亚……看看，对她们那么好，他自己又得到了些什么？他妈妈觉得生他倒了大霉，女医生轻蔑地叫他“思文妹妹”，还有玛丽亚，在婚礼上，她居然狠狠地刷新了他屈辱值的上限！不过感谢撒旦，终于可以将自己的憎恨彻底发泄出来。一眨眼工夫，他便把马伦特镇的步行街变成了一个“禁止通行”的领域：悠闲散步的路人全成了口吐白沫、想把所有活物的脑袋都掰成两半的怪物。一个女人正在狠揍她的丈夫，因为她已经生了四个孩子，可他还是不肯做结扎手术。一个丰满的贵妇把最好朋友的脸皮撕了下来，因为她随便怎么吃甜食都不长胖。两个耶和华见证人教徒拿着利刃胁迫见到的所有人，强迫他们加入教会。一个年轻人冲进烹饪学校搞破坏，他还去职业介绍所殴打里面的员工，让他们给自己找一份以处女为酬劳的工作。马伦特镇上最好的那家土耳其烤肉店的老板在饭店屋顶升起海盗旗，上面写着“新纳粹都滚出德国去”。然后他举着割烤肉专用的电锯向新纳粹分子冲过去，新纳粹光头党们被吓得屁滚尿流，战战兢兢地哀号：“这……这也太残酷了……”

第二位末日骑士随后降临这片混乱。新晋牧师丹尼斯还是个孩子的时候长得很胖很胖，其他孩子给他起绰号“赫特族贾巴”[①]和“堵路王”，甚至常常对他说“求你了，不要用你的脂肪把我弹开”。丹尼斯开始疯狂锻炼，每天只吃胡萝卜，只喝味道跟涤纶衬衣差不多的能量饮料（他过去穿涤纶衬衣时因为太胖，总担心袖子会被胖胳膊撑裂）。经过一番努力之后，丹尼斯终于像个健身教练了，但同时也落下了后遗症：总处于饥饿中。因为担心自己的身材走样，他每天都神经兮兮，内心永远不安宁。不过成为末日骑士“饥荒”之后，他突然发现其实每个人心中都有一份渴望，一生都在追求，但从不满足。有些人追逐爱情，有些人追逐金钱，有些人追逐完美性爱，甚至还有些人追逐一头乌黑茂密的头发。这些人心中不安分的全部渴望，在现代社会中统统受到了压抑。撒旦赐予丹尼斯的能力，正是让人们无所顾忌地解放欲望。看吧，一个五十多岁、跟妻子结婚已有三十五年的老头子竟然直呼他妻子是“一团臭肉”，说完之后，便头也不回地追逐那些二十多岁、穿露脐装的女孩去了。有个单身女人正从婴儿车里偷孩子，婴儿车的主人、那个疲惫不堪的单身母亲反而很高兴，根本不去阻止她。节食减肥组织的成员纷纷攻占甜食店。最出人意料的是，很多男人闯入时装店，并换上了女装……还有个老实人，心中潜藏多年的纵火癖意外爆发，兴高采烈地烧起那些木结构的文物建筑来，点燃它们实在是太过瘾了！

---

① 《星球大战》系列中的怪物，体形笨重。

这时，地面上突然出现了一团滚烫的岩浆。从那来自炼狱的炙热中，火马带着第三位末日骑士闪亮登场——那是骑士“疾病”。当思文和丹尼斯已经彻底疯狂，开始陶醉于自己的能力、玩得不亦乐乎时，卡塔仍存着些理智。但她内心的黑暗正逐渐爆发。那力量越来越强大，尽管卡塔努力压制，也快要抵御不住了。终于，当火马驮着她在市中心医院转悠时，卡塔再也忍不住，瞬间就变得跟思文和丹尼斯一样疯狂。她策马回缰，直冲医院最上层。水泥制成的墙面在火马烈焰的高温之下瞬间土崩瓦解。病人们吃惊地看着她，一个个怕得要命，骑马的卡塔现在已经站在病房出口处了。她的目标不是病人，而是她最讨厌的医生。大部分医生对她经受的苦痛无动于衷，对于这帮极度冷血的人，她要用自己得到的新能力来复仇：召唤人体内潜藏的疾病，让会在很久之后才爆发的疾病马上现形。于是，她给主治女医师送上了糖尿病跟帕金森综合征的组合拳：如此一来没有人愿意跟她做朋友，她将不得不自己注射胰岛素。至于急诊室医生，卡塔则让他同时患上暴食症和食物过敏症。他将对大部分食物过敏，却又饥饿难耐。还有那个年轻的助理医生，卡塔让他在患上健忘症的同时变得尿频尿急。这样一来，每当他想要小便，都会想不起厕所在哪里。

从撒旦那里取回灵魂这件事，卡塔早已忘记了，她陶醉在自己的能力之中，不能自拔。

唯一一位按兵不动、在马伦特镇上空像一头秃鹫般冷静守望着的骑士是“死亡”。他借用了玛丽亚的外貌，耐心等待真正的玛丽亚成为最终审判正式开始后的第一名死者。

53

约书亚正跑向步行街，那里已升起了黑烟。他的脚像上了发条似的跑得那么快，我根本就追不上他。如果不是只穿了拖鞋，该死的拖鞋！

望着下定决心努力前行的约书亚，除了末日骑士和混乱失火的市中心外，我能想到的只有一件事：刚刚那个错过了的吻。

本该美妙的拥吻，竟被撒旦和他的骑士打断，真让人难过。在难过的同时也体会着幸福，因为约书亚又肯主动吻我了。可是才刚舔舐到幸福的滋味，我那可怜的小心脏又不自觉地缩紧：末日审判竟然提前来临了！我很害怕，担心对我俩而言一切都已太迟，再也没有幸福拥吻的机会了。

"末日审判开始之后会发生什么事？"我喘着气问约书亚，"到下周二不是应该还有点时间吗？而且这里是马伦特镇，又不是耶路撒冷……怎么一切都乱套了？"

"千万不要小看撒旦的力量和诡计。"约书亚认真地说。

"呃……"听到这话，我有一种不祥的预感，"如果撒旦赢得最终圣战，会发生什么？"

"如果他们赢了——"耶稣这样说，"邪恶力量就会永远统治地球。"

我怕得发抖，脑海中浮现了这样一幅画：谋杀犯、虐待狂和银行里专门卖坑人基金的投资顾问取得了地球的统治权。他们会折磨、拷问、剥削善良的人。然后，如果撒旦胜利了，人们就再也不会死去。换句话说，这些痛苦将会无限循环。跟这个可怕设想相比，炼狱火海不过是小儿科了。

市中心看起来就像电视上《每日新闻》里常出现的海外政府军和反政府武装交战后的战场（每次看到这样的画面，我都会迅速调台，去关心烹饪节目《完美晚餐》提供的菜谱）：房屋在燃烧，贪婪的暴民正在洗劫商店，满脸是血的居民在马路上跑来跑去，有个土耳其人正拿着电锯追杀光头党。老实说，最后的一组画面在《每日新闻》里可不常见。在我还没想清楚“光头党被电锯狂追砍”的新闻会不会广受电视观众欢迎时，耶稣跑到一个受伤的男人面前停下来，我也只好赶紧跟了过去。

那个男人坐在一截露出地面的排水管道上，眼睛已受伤失明，嘴里却不停地咕哝着：“她以前从没跟我说过，我的床上功夫竟然那么差……”

约书亚在他旁边坐了下来。因为不知道身边来的是什么人，害怕再次被打，那男人开始全身发抖。约书亚马上宽慰道：“不要怕，不要怕。”

他说完便朝地上吐了口唾沫，然后将那口唾沫搓成了一个小泥团摁在男人受伤的眼睛上，一下下地揉搓。这之后，约书亚又取出行囊里的水瓶，滴了一点水上去，冲洗掉泥团的残迹。

男人眼睛上的伤口瞬间就消失了，他又能看见了。约书亚身上似乎有一股看不见的气场，能够让周围几米的人自觉聚拢，消除他们身上的怒气，以及之前完全失控的欲念。作恶的想法逐渐消失，取而代之的是内心的安宁与平和。耶稣一步步向前走去，在他走过的路上，暴民们停止抢劫，打架的人们也不再互殴，一个女人把之前抢来的孩子还给了他的亲生母亲（尽管母亲看起来似乎并不怎么开心）。虽然约书亚成功破坏了地狱的进一步扩张，我自己的内心却没法做到安宁、平和。因为我突然想起来，我父母曾计划在吃完正餐之后带加百列、斯维特拉娜和孩子们一道来这里吃冰淇淋！想到这一点，我顿时无法忍耐，想马上过去请求约书亚，希望他跟我一起去搜救家人。不过，他现在正在医治一个女交警：那些常常违反交通规则、天天被开罚单的家伙把一整叠罚单（整整两百张）塞进了她的喉咙，然后在路上肆无忌惮地疯狂飙车，情况相当危险。

我很清楚，约书亚肯定没法抛下这些受苦受难的人，跟我去寻找家人。他们并不见得真会出事，没准儿都好好地坐在我家里慢慢消化老爸做的那些不易消化的食物呢。我拖着剧痛的双脚独自向甜品店的方向跑去。我身边尽是些燃烧着的房屋、穿女装的男人，还有暴打手机店售货员的孩子们。就在这时，一辆响着警笛的救护车突然从远方向我开来。起初我还很高兴，这些医生没准儿可以给约书亚提供一些增援，不至于让他一个人医治那么多人，那么辛苦。不过仔细看前面那辆救护车时，我才发现它就在马路上蛇行……不仅如此，我还发现它是冲我来的——它要开过来撞死我！！我被吓得挪不动脚，救护车也越来越近。即使我已经在大喊“嘿，懒洋洋的肌肉和骨头们哪，赶快动起来吧”，身体却依然不听使唤。对死亡的恐惧把大脑跟懒洋洋的肌肉和骨头之间的正常联络生生掐断了。

“斯科提，我们做得到吗？”

“不大妙啊……”

“有那么难吗？”

“就跟乌乎拉用老城太空站的传送室把我们非法传送到‘进取’号那次[①]差不多。”

“那可真是大不妙啊！”

---

① 即《星际旅行》中柯克船长等人营救斯波克的任务。

我已经能看到前挡风玻璃后面司机的脸了。那张脸红通通的，肿得厉害又满布抓痕，看样子患上了全身过敏症。到底有没有“全身过敏症”这种病？是由什么引起的？没准儿是香蕉吃得太急太快，塞了满嘴，卡在那里就会突然发病？仔细瞧他的眼睛，上下眼皮已经肿成一团，又怎么看得见我呢？如果他真是吃成这样的，那……吃的量也未免太大了吧？究竟发生了多可怕的事才会让他精神错乱吃成这样？

恐怕再有几秒钟不到，救护车就要从我身上碾过去了。被救护车碾过的唯一慰藉大概会是——不用费心去叫救护车过来：我应该能刷新“被车撞后救护车最快赶到”的吉尼斯世界纪录，未来也不可能有人超越得了。

就在这时，我听到燃烧着的地狱火马的嘶鸣就在我头顶。我抬起头，发现末日骑士此刻正在我头顶的天空集结——在那一瞬间，我甚至能模糊地看见他们的脸。我似乎看见了……不，这不可能！

尽管不愿相信，但“竟然是那个人”的想法像是一股电流一般传遍了我全身。大脑和身体肌肉、骨头之间的联络似乎被打通了。身体收到的最后一个命令是：“快跳！如果不跳，你现在遇上的什么静脉曲张啊橘皮纹啊就都是小事了！”我的腿部肌肉收到命令之后马上缩紧，准备好要奋力一跃。救护车离我只有几米远了，司机不仅没有刹车，还不知从哪儿摸出来一袋榛子倒进了嘴里。现在，那张恐怖的脸已经肿得跟气球差不多了——连眼睛在哪儿都看不见。我使出全力拼命跳开，大概挪出了近两米远。救护车也终于失去控制，撞到了路灯柱上，车轮空转，离我还不到半米远。

真是千钧一发。

我慢腾腾地站起身来，痛得直想叫——尽管腿上不过是些小小的擦伤，没有伤筋动骨，但已经很痛了！惊魂未定的我看向驾驶室，司机好像并没有受伤，至少没有因为事故受伤。如果那些因为过敏而隆起的肿块和脸上乱七八糟的抓痕被挤到一起的话，就真是安东尼·霍普金斯演的现实版“象人”了。

我一边祈祷，希望约书亚能够尽快赶过来为这个人治疗，一边继续向冰淇淋店跑。我必须确认家人（好吧，现在连斯维特拉娜和她的女儿也可以算上了）是否遭遇了危险。跑着跑着，我又碰到了一个年轻男人：他想把一个医用随身尿瓶挂在自己的皮带上，但似乎又不太清楚应该怎么操作，正在犯难。然后又是一个女人，她不停地数落着自己老公的不是，还反复地大声尖叫：“你等着，马上就给你做结扎！”

无论如何，我还是很庆幸，那些极具攻击性的人都没时间来理我——他们光是应付彼此之间的斗殴就已经疲于奔命了。除此之外，还有另一件堪称奇迹的事：到现在为止竟然还没有一个人死！尽管照目前的态势来看，死人也只是时间问题。

正在胡思乱想时，突然有一个五十多岁的老头子冲到我面前，嘴里喃喃念叨着：“还是找二十几岁的女孩最好……”

“那样的话……很可惜我不符合标准。”我说完就想走，他却硬把我拦了下来。

“……这信息，我可没有捕获到啊。”

“捕获？”

“嗯，就算不合标准，你看起来真的挺火辣。”说完这句，他的嘴角不自觉地流出了口水。

“和你想的完全相反，没什么火辣的。”随便应付一句之后我又想绕过去，他却再次拦住了我。

“丰腴点的也不错，挺合我的口味。”解释完，他一把抱住了我。

我也弄不清楚，我究竟是因为他莫名其妙地抱住我还是单纯因为他说我“丰腴”而暴怒。不管因为什么，我脱口回了一句：“这样的话，还是直接找你的贝莫尔妈妈[①]去吧。”

说完之后，我在他的胫骨上拼命踢了一脚。他痛得大叫起来，我则马上逃离了现场——尽管脚掌刺痛、双腿发麻，总算还能跑得起来。还好，那老混蛋追得也不怎么快。就这样，我跟他在火光熊熊的步行街上玩起了“你追我跑”的游戏。

一路跑下来，我见识了太多诡异怪诞的人在炼狱魔力的影响下做出的各种让人感到恶心、难受、恐惧和害怕的事。堪称人类历史上出现过的最长最累的一段“灾难展览”区域。还好，最后那老混蛋被两个耶和华见证人拦了下来：他们跟他聊起上帝并希望他能够加入。显然，“谢谢，我不加入”这样的回答他们是再也不会接受得了。

我继续朝冰淇淋店的方向飞奔，终于赶到了。两个小女孩正在店外露天桌旁的沙地里打架，她们互相撕咬，只因为莉莲安娜一定要从朋友手里抢走唇彩。她妈妈斯维特拉娜根本就不管她，自顾自地忙着把手边那些佩里洛罐装水的拉环当成结婚戒指送给每一个从身边经过的男人。恐怕觉得每个人都可以是她理想的结婚对象吧。与此同时，老爸狠狠掐住了我妈妈的脖子，大声咆哮：“都是因为你，让我整整痛苦了二十年！都是你！！”我刚想冲过去把他们两人分开，却看到加百列站在冰淇淋店对面一栋四层楼的屋顶上，张开双臂，做出要飞的样子。他现在只是个凡人，但在他心中某处，想要和原

① 德国 ARD 频道的一个知名节目的主演，是一位丰腴的五十岁妇人。

来一样作为天使飞翔的渴望从来就没有消失：他还想再飞一次，即使没有翅膀也要再飞一次！

到底应该先去阻止谁做的傻事，我已经完全没了主意：是扭打成一团的孩子们，还是精神失常的斯维特拉娜？是愤怒掐人的老爸，还是如果不去管管就会摔成肉饼的加百列？就在这时，约书亚来帮我解围了，他用温柔的话语劝起一步步走近房顶边缘的加百列，让他不要"飞"。成功之后，又轻轻把手放到老爸和斯维特拉娜肩上，用轻言细语抚平了他们内心的创伤。最后，他分开两个打架的小女孩，告诉她们应该像好姐妹一样共用那支唇彩："在人间，没必要那么在意自己手上有些什么；到了天堂之后倒可以在意一下。因为在那里，每个人最大的宝藏就是自己那颗美丽的心灵。"

约书亚说这句话时，我看到他眼中满是对人类的慈悲和大爱。就在这一瞬间，我突然明白了这个男人作为耶稣的使命何在。相应的，我也猜到了当初抹大拉的玛利亚看到差不多的场景时曾对耶稣说过的话——她说的肯定是……

"你来得也太晚了点吧！"

她说的肯定不是这句。

"你现在难道不应该快点呼唤天国军团来协助我们吗？"

啧啧，抹大拉的玛利亚说的肯定也不是这句。

无意之间，我转过身去，发现有个黑皮肤的女人正坐在冰淇淋店的一处露天座位上津津有味地饮着手上那杯意式特浓咖啡。她瞧着约书亚，面带嘲弄。

那女人长得简直跟艾莉西亚·凯斯一模一样——卡塔一直都对这个女人很有感觉……对了，卡塔现在怎么样了？刚才……我似乎看到卡塔也在……那上面……不，这绝不可能！！不可能会这样……

“耶稣，我们可好久没见了！”那个灵魂乐娇娃开口说道。不对，眼前这个人肯定不是什么灵魂乐娇娃！

“我们上一次见面还是在朱迪亚沙漠里呢。那时候你处心积虑地想诱惑我。”约书亚回应了那个冒牌艾莉西亚·凯斯。

“你这家伙，当时还真是软硬不吃。”艾莉西亚微笑着说。不过这微笑并没有持续多久。一声巨响过后，美丽的艾莉西亚变成了一头长着角和粗大尾巴、恐怖至极的怪物——足以吓死人的外貌，活脱脱是从大型游乐场的鬼屋里跑出来的……那什么……噢，除非史蒂芬·金之前曾在他的小说里具体描绘过这种怪物，否则连鬼屋里都不可能有那东西！总之实在是太吓人了！！！

“斯科提，在吗？”

“什么事，船长？”

“我也不干了！”

“船长，我们干脆回乡务农，联手去开个生态农庄吧！”

“哎呀，斯科提，这可真是个好主意！”

我全身都在颤抖，鼻腔被硫黄的臭气侵蚀、咬噬。浓烟几乎要把我的双眼熏瞎了。约书亚却丝毫不为所动，平静地站在那儿。

撒旦向约书亚打了个手势，邀请他去他那桌坐下，约书亚没有理他，反而向加百列发了个信号，让他尽快把除他和撒旦外的其他人带到交战范围之外，避免他们受到波及。我的父母、斯维特拉娜，还有孩子们都跟着牧师走了，可我不愿走，我要陪着约书亚。

加百列跑过来拉我，他拽着我的手臂，想把我强行拖走。

我一步也没有挪开，认真严肃地告诉他：“我不会被撒旦吓倒。”

听到这话，加百列颇为自豪地对我微笑道："我之前看错你了——玛丽亚，你真是个了不起的家伙。"

说完他立刻带着其他人一起走了。全身血红的恶魔对加百列率领众人进行的大撤退完全不加阻拦。因为他很清楚，只要能打败耶稣，其他所有人早晚都会被他制服，受他统领。等加百列走远之后，撒旦便对约书亚说："现在该是你全力战斗的时候了。最终圣战，正式开始了！"

他一边说，一边抬手指指马伦特镇步行街上那片混乱的景象，暗示目前战斗的优势在他那一方，同时给耶稣施加压力。说完之后，撒旦用恶心的爪子抓起那杯还没喝完的意式特浓咖啡，连杯子一道扔进了自己嘴里，似乎很享受。

"我不会跟你战斗。"耶稣平淡地回答道。

"你……难道你不想参加最终圣战？"撒旦差点没把刚吞下去的咖啡连杯子一起喷出。

"没错，我不想参加。"约书亚的声音很温和，同样也很坚定。

"又是你那套'有人打我的左脸，还要把我的右脸也给他打'的把戏吗？"慌张的撒旦试图说服自己的宿敌，因为他希望能跟耶稣来场真正的大战，如果对方拒绝，他可真不知该如何收场了。

"哦，我应该不会那样说……不过意思也差不多了，至少你理解了我的主张。"

撒旦被他弄糊涂了。或许，其实我也希望约书亚采取这种离经叛道的战略，把撒旦弄得越糊涂越好！最终出人意料地破坏整个"最终圣战"的设定……想想看吧：没有敌人，战争怎么可能成立呢？

不过撒旦可没有被这问题难住。思考了一小会儿，他突然邪恶地笑了——那正是地狱之王才该拥有的笑容："如果你想这样玩的话，我亲爱的耶稣，很遗憾，我还得告诉你：即使完全不反抗，我也必须消灭你。”

哎呀呀！看起来，对于“把另一边脸也给别人打”的那套逻辑，撒旦确实比耶稣领会得更加深刻彻底。

“来吧，到我身边来，末日骑士们！”撒旦向着天空怒吼。四个末日骑士听到他的召唤，瞬间便骑着火马聚拢过来。现在他们降落在了我眼前，我终于能够一一看清他们的面孔了……有个骑士竟然是那个新来的牧师？！

他旁边那个是……思文？？？

而且，竟然还有……卡塔？？？

那最后一个骑士，长得跟我一模一样。

我已经不会再问“为什么会这样”这种愚蠢问题了。这辈子问问题的额度在这短短几天已经用尽。

末日骑士从天空降落到马伦特镇的步行街上，他们的目的再明确不过——杀死耶稣。

骑士们近在眼前，火马嘶鸣，地狱的烈焰从它们的鼻孔喷涌而出。方才撒旦变身时残留在空气中的硫黄气味，仔细闻来竟是一种像尸体腐烂般令人恐惧的恶臭。思文和那位新晋牧师显然对即将到来的屠戮兴奋莫名——他们勒紧胯下火马的缰绳，额头上青筋直冒，露出充满杀意的狞笑，跃跃欲试，干劲十足。另一方面，与思文和新晋牧师相反，那位长得跟我完全一样的女骑士则眼神空洞，无精打采，似乎对周遭一切完全不感兴趣。因为清楚四位末日骑士名号的缘故，经过逻辑分析和排列组合，我推断出那个和我长相一样的骑士代表的正是“死亡”。

“死亡”长得很像我。这肯定不是什么好兆头。

不过，对死亡的恐惧此时完全被另外一种感情冲淡了。没错，就是对卡塔怀有的愧疚感：她坐在属于她的那匹火马上，显然受了魔法庇佑，屁股没有烧着，安然无恙。她用悲伤的眼神看着我，对我说话，声音支离破碎：“是他，他威胁了我……如果我不听他的话，他就会让我永远无法摆脱肿瘤的痛苦……我，我不够坚强，没法反抗这一威胁……也没法耍诡计来欺骗他，夺回自己的灵魂……玛丽亚……原谅……我……”

完全没必要去乞求原谅，我能体会那种艰难：即使一个人身体健康、四肢健全，要完全按照山顶布道的要求来生活也不是件很简单的事；如果被要求的那个人重病缠身，被肿瘤折磨得奄奄一息的话，出卖灵魂给恶魔简直是再自然不过的选择。

“我自己也不坚强。”我点点头，回了卡塔一句。听到我的回应，卡塔嘴边露出一丝淡淡的、几乎无法察觉的微笑。她很感谢我，因为我没有为此怪罪于她。

就在这时，撒旦站到我们两人之间，说：“希望我没有打扰你们姐妹叙旧——不过我现在可要发出‘消灭耶稣’的命令了。”

“哈，我们早就等不及了！”思文对耶稣嚷道。

“你完全是自食恶果。”新晋牧师笑着向耶稣挑衅，“如果你能在撒旦之前就赐予我足够的力量，我肯定会听你的话，不找任何麻烦。可惜你一直完全忽略了我。即使当年那个游泳教练当着全体八年级女生的面说我给全社会造成了视觉污染时，你也没出来帮帮我。”

约书亚并没有答话，他全身紧绷的站立姿势还有那坚定的眼神，表明他对眼前的一切毫无畏惧，只是……他过去也错误估计了庞提乌斯·彼拉多[1]的实力。

那个名为“死亡”、长得和我一样的骑士是唯一不把注意力放在耶稣身上的家伙。她的眼睛只看着我：看得那样专注，令我不寒而栗，想要逃离。

丹尼斯和思文此刻已经能将他们的新能力运用自如了：具体做了些什么我并不是很清楚。不过当他们把手伸向约书亚时，他突然惨叫一声，然后全身颤抖起来，间或能从他的双眼里读出潜藏的愤怒、憎恶，还有饥渴……不过，无论来进攻的是哪种负面情感，约书亚最后都能够成功压制住它，不让它爆发。

撒旦显然对目前的战况并不满意。他变得有些急躁，脸上一直挂着的微笑也僵住了——终于，他开始对着卡塔嘶吼，下了命令：“快点啊，去帮他们！”

我姐姐根本就不想听从撒旦的命令，但是正如她之前对我所说的，在被永恒脑瘤折磨的恐惧面前，她那了不起的坚强根本不值一提。卡塔骑的那匹火马开始靠近约书亚，她的手也慢慢举了起来，似乎在对约书亚使用她的超能力。突然，约书亚之前在被用钉子钉上十字架时形成的手和脚上的伤口又开始重新流血。

约书亚看起来那样痛苦，姐姐看起来也同样很痛苦：究竟哪件事对我而言更恐怖些，我已经弄不清楚了。要知道，卡塔是以“疾病”为名的末日骑士，她能使其他人体验的其实都是曾经令她自己深受折磨的病痛。她曾遭遇过多深的痛苦，约书亚此刻便也在经受同样的痛苦。

我必须阻止卡塔，这不只是约书亚此时的心愿，也一定是卡塔

① 罗马帝国犹太行省的执行官，曾多次审问耶稣，并最终将耶稣钉在了十字架上。

的愿望。我站在骑士和约书亚之间，可以很清楚地看到约书亚完全凭着仅存的最后一点意志力强撑着。他就快支撑不住了，仿佛随时都会痛得大喊、失去意识，让撒旦及其党羽的诡计得逞。

“如果你们想打败耶稣——”我对那帮骑士大喊道，“就先从我的尸体上踏过去吧！”

我心中尚存有些许希望，觉得思文和卡塔多少会念及旧情，在察觉我此刻的决心之后放过我们。

这时，约书亚的手略微动了一下：尽管因为同末日骑士在意念中争战太过激烈，他已经没法说话了，但那手势却再清楚不过——我应该撤退，约书亚不希望我因为他牺牲生命。

我依然站在他跟末日骑士之间，丝毫没有退却的意思。

卡塔见我不依不饶地站在那儿，便主动引她的那匹火马后退了几步。此刻，她对我的爱比对永恒疼痛的恐惧更强大。

“上啊！”撒旦命令。

卡塔听到了撒旦的命令，却只摇了摇头，并未听从——即使撒旦的力量比她的强大那么多，也并未使她屈服。因为作为姐妹，她对我的爱胜过了一切恐惧和恶意。现在，她在用仅属于自己的方式愚弄着地狱之王。

撒旦简直都要气炸了。他用自己那条又粗又长、卷成螺旋状的尾巴指了指思文，同样下达了“作战”的命令。思文根本就没法抵御撒旦的力量。当然，他也根本不想违抗撒旦的旨意：他对我的憎恨早在撒旦去找他之前就已经将他吞噬了。

“太好了！”思文对我说，“把你杀掉正合我意。”

卡塔听见后，全身都颤抖起来。约书亚也和卡塔一样浑身颤抖着，却没有力量帮我一把。与每个人心中都存在的恶魔交战已经耗尽了他的精力。那个和我长得一样的骑士只是微笑着冷眼旁观。我知道自己马上就要死了，却一点都不害怕。我的心中充满了对上帝的愤怒：看看，卡塔都抖成那样了，甚至连约书亚都开始颤抖了，上帝也不来帮帮我们。如果我此刻死去，我的姐姐和约书亚肯定会因为内疚和自责而受到无尽的心灵摧残，怎么也不可能痊愈了。

此情此景之下，我再也忍不住，开始向苍天怒吼：

“埃洛伊，埃洛伊，弗里卡——萨巴提！”

上帝马上就给了我回答：“你那句话的意思是：我的上帝，我的上帝啊，我的汉堡包患了不孕症。”

54

我周围的整个场景突然间冻结起来。所有的人、事、物，像是被某个人收进了全景图里似的一动不动了。约书亚、撒旦、末日骑士都像是做工奇巧的雕像一般伫立在那里：带尾巴的恶魔怒目而视，耶稣保持着忍耐剧痛的姿势，甚至就连从火马鼻孔中喷出的火焰也被冻结在了空气中。

时间停止了，卡塔也不再颤抖。没有人再说一句话，没有人再因疼痛、贪婪或好战的野心而尖叫或是嘶吼。不过转瞬之间，一切都变得安宁祥和。

万物寂静无声，只有超越一切的伟力才办得到。

唯一听得到的，是火苗在那段燃烧着的荆棘枝上噼啪作响的声音：它一端是实体，一端是虚无，仿佛一位超脱尘世的圣人在我面前显现。

“埃洛伊，埃洛伊，达哈尔玛，萨巴利利！”我赶紧纠正，希望自己这次说的正确。

“噢，这次的意思是:我的上帝，我的上帝，我的大肠，压力很大。”

“哼，你明知道我想说的是什么！”我嘟囔着，恨不得找来一大罐泡沫消防器，把这段烦死人的荆棘枝彻底喷灭。

“哎，很抱歉。”荆棘枝话声未落，已再度化身成了埃玛·汤普森的模样：不过，这次埃玛上帝可没像上次那样穿一身十八世纪风格的旧衣裳，而是从头到脚换上了 H&M 的时髦成衣。看起来，埃玛上帝似乎也还希望紧追时尚，但又不想成为钟情于昂贵衣装的庸俗女人。

“我可没有离弃你，我不会离弃任何人。”埃玛上帝接着说。

“‘不离弃任何人’……看看你的儿子现在都成什么样子了！”我愤怒地驳斥了她。

埃玛上帝同情地看了约书亚一眼。真的！作为上帝，她竟然颇为同情地看了一眼儿子那张因为疼痛而扭曲了的面孔。不过，这同情很快便消失了。埃玛上帝向我阐明了她的理由：“因为我的儿子不愿意执行末日审判，所以才造成了这种局面。”

“如果你愿意把不执行末日审判的后果交给我来承担的话就赶紧动手吧！不要再折磨你的儿子了！我说到做到！把那些过错都变成惩罚，随意加在我身上吧！我不会抱怨，甚至还会为此自豪！”

“你说‘过错’？没错，造成目前的这种状况，你没法推卸责任。”埃玛上帝用冷冰冰的语气说。

“好啊！很好！！那就赶紧把我扔进你那蠢得要死的炼狱火海中，赶紧结束这一切吧！”我几乎是迫不及待地回应。

此刻，我可真是豁出去了：我不怕撒旦，也不惧上帝。无论谁来拿我怎么样，怎么样都好，我一点都不在乎！

“照你的意思，我应该把你扔进火海里？”埃玛上帝问我。

“你也可以用目光来把我变成盐柱或者随便什么……只要你觉得开心，能够放过大家就行。”我回应道。

“为什么我必须做那种事？”

上帝的问题令我语塞。想了一会儿，似乎确实没什么道理。不知不觉间，我的怒气也消掉了一些。

“因为……因为我把本来计划好的一切都搞砸了，是这样吗？”我试探道。

“你说的没错，但却不是你的过错。”

“不是我的过错？”

“因为这一切混乱归根到底都是出于你对大家的爱意。”

她那充满善意的美丽微笑让我心中所有的怒气、伤痛、怨恨都烟消云散了。

“没错，我爱大家……”我有点不好意思地承认，“或许有些事情做得不够好……但我确实很爱大家。”

听到我的回应，那个笑容变得越发美好而友善。我看着埃玛上帝的眼睛——她应该是从心底认同了我的做法。过了一会儿，她对我说：“所以，我怎么可能因此惩罚你？再没有任何事比你所做的更使我骄傲了。”

55

我目瞪口呆地站在那儿，看着埃玛上帝此刻所做的事：她正在四下张望。凡是被她看到的地方都恢复了原样。那些静止不动的人身上没了血迹，伤口也全部消失了。所有的火焰和浓烟瞬间消失不见，被烧毁的房屋也再度矗立起来，焕然一新。对了，救护车和路灯柱也全部恢复原状，就连之前因患过敏症而肿得吓人的开车的医生，现在看来也完全正常了。

然后，埃玛上帝望向撒旦和火马——它们竟然立刻从空气里蒸发，消融，无影无踪了。同样消失的，还有那个名为“死亡”、长得和我一模一样的末日骑士（她的消失可算使我长长松了口气）。没了火马的卡塔、思文和那个新晋牧师正相亲相爱地坐在冰淇淋店的一张露天桌边。马伦特镇步行街区此刻看起来跟任何一座城市那乏味无聊的步行购物街没什么不同了。除了唯一一点——所有的行人还是像蜡像一样被固定在那里。

对了，约书亚同样也被固定在那儿：埃玛上帝用手轻抚了一下他的头发，于是，就连他也像撒旦跟火马们一样消失不见了。

“我还能再见到他吗？”我忧心忡忡地问。

“那要看他怎么决定。”埃玛上帝答道。

就在埃玛上帝说这句话的同时，我的心中涌起一种强烈的预感：现在，就连她也马上就要消失了。

“我还有个问题要问。”

“问吧。”

“让肿瘤存在于世的原因是什么？”

“这个问题有点类似‘为什么要让女人来月经’，对吗？”埃玛上帝笑道。

我点了点头。

“没有生和死就无所谓生命。没有痛苦又怎能知道快乐的滋味？”

这个答案有点万金油了。我想了想，又补充道：“是的，说得没错。不过，这些难道就不能处理得更好更平和些吗？”

可惜，话声未落，埃玛上帝就已经移形遁影，逃之夭夭了。

这位强行停止时间的始作俑者消失之后，步行街区的人们又可以自由行动了：仿佛什么事都不曾发生过。人们不再四处乱窜，大肆破坏——他们老老实实地逛街、购物，不再像刚才一样随便砸碎可怜店家的橱窗了。我仔细观察了一下身边行走的人们，发现他们表情自然，态度随和，应该已经完全忘记了之前的破坏、疯狂和混乱……噢，纠正一下，也不是所有人都完全忘记了之前的事：那三位前任末日骑士现在正围坐在冰淇淋店的小桌旁，面带羞愧、满怀歉意地看着我。思文和新晋牧师的感受如何我倒真不怎么在意。我最关心的当然是——

“卡塔……”

我叫着姐姐的名字，走到她的身边。卡塔却马上站起身来，远远跑开了。之前的“背叛”，让她觉得没脸再见我了。我想追上去，但迎面走来的加百列突然拦住了我，说道：“给你姐姐一点时间。她需要时间来克服之前发生的一切在她心中所造成的阴影。你必须信任她。”

我点了点头，这位前任大天使说的显然没错。

加百列也记得之前发生的事情。这么看来，似乎凡是刚才被超自然能力直接影响过的人，这部分记忆就不会消失。

“对了……上帝为什么要取消最终审判，你知道原因吗？”我问加百列。

“这种事情可能发生，只有两种解释。”加百列答道，“第一种可能是：一切其实都在上帝意料之中——是他早已安排好的对人类的一次考验，就跟亚伯拉罕[①]和约伯[②]当时所遇到的一样……”

“亚伯拉罕和约伯？”没办法，我对《圣经》里的典故总是无可奈何。

“尽管亚伯拉罕认为自己领会了上帝的旨意，需要牺牲自己的儿子，但实际上他儿子的性命是不需要牺牲的，这一切不过是上帝的考验罢了。还有约伯，他也毫不犹豫地独自承受了上帝给予的全部苦难：其实这同样不过是全能者设下的考验。最后，因为约伯对上帝的信仰极其坚定，他所患的重病已经痊愈，也再次组成了家庭，从此生活得幸福美满。”

“你能说得简单明了点儿吗？”听了他又唠叨又乏味的讲解之后，我仍然有点混乱。

“或许——”加百列终于直入主题，“最终审判和约翰所写《启示录》中的预言不过是水月镜花，从来都不会真正发生，而是人类对待生命、灵魂、信仰态度的试金石。不过这次考验的不再是亚伯拉罕，也不再是约伯，而是你——玛丽亚，是你。”

---

① 根据《圣经》记载，亚伯拉罕愿意服从上帝，把自己的独生子以撒杀掉献祭。

② 在《圣经·约伯记》中，约伯的行为完全正直，但撒旦指控约伯只是为了物质利益才信奉上帝。于是，上帝为了向撒旦展示约伯的虔诚，逐一剥夺了他的财富、子女和健康，但约伯仍旧坚信上帝。之后，上帝对约伯的祝福超过以往，他又活了一百四十年。

我还是不太明白。

“你对大家的爱打动了上帝——他被人类的真心感动了。”

听到这话，我深吸一口气。加百列看着我，自嘲般笑了笑：“你啊，玛丽亚，居然做到了跟《圣经》里的圣人们一样的事……之前谁能料到？”

根据这种解释，至今为止发生的一切，包括最终审判，包括我和约书亚的相遇，也包括和埃玛上帝的欢乐下午茶时间，都不过是上帝早就安排好了的人性测试罢了。而我，则是一个随机抽选的女性样本。

这种解释让我有一种被人算计了的不自在感。于是我又问加百列：“那么……另外一种可能的解释，又是什么呢？”

“你不过是狗屎运好得出奇，碰巧拯救了全人类罢了。”

可是，如果真是单纯的运气好，也不怎么能让人信服：因为现在约书亚并不在我身边，这可和我的愿望相背。

我还能再见到他吗？真是天知道了。

同加百列道过别，我去了我和约书亚在马伦特湖旁的纪念地。自然，我没有抱太大希望，只是怀着试一试的打算而已。谁知，不可思议的事情就这么简单发生了：约书亚坐在栈桥上静静看着马伦特湖的水面。波光被阳光染成祥和温暖的亮色，一切都美得不能再美。

能够再次看到他，我幸福得都快死去。我走过去坐在他的身边，像以前一样，再一次把脚放在他的旁边轻轻打着水。

就这样安静地待了一小会儿，约书亚对我说：“我跟上帝谈过了。”

老实说，我其实应该问一下，加百列之前的解释是否属实，我是否确实是上帝挑选出来参加“《圣经》感召力测试”的可怜样本。

不过，对我而言，还有另外一件事比获知真相重要得多："上帝，他……是否允许我们两个……那个那个……"

虽然已经开口，但我却不知怎样再说下去。我实在很怕听到他的回答，无论是或不是。说心里话，我挺希望约书亚能够一直沉默，跟我一起在栈桥上坐到海枯石烂、地老天荒。

"他的意思是把我们的未来交给各自的自由意志来决定。"约书亚说。

"你……你……你……我……我……我们的……"

上帝的想法竟会是这样的！我还想提问，却始终结结巴巴地说不出话。

"是的，你和我，如果我们愿意，完全可以自己做决定。"

"你……你……你……"

虽然词不达意，但我其实是想问约书亚的意思——再明显不过了！

"我愿意。"

简直难以置信！

约书亚伸手过来想要握住我。在手指相触的瞬间，他突然对我说道：

"我打算放弃永生，像加百列一样。"

"放弃永生？"我的脑袋里已经乱成了一团。

"嗯，我希望能够化身为凡人，和你一起过属于普通人的一生：一直到老，一直到死。"

他真的愿意为我放弃一切，甚至永生。毫无疑问，对一个女人来说，这是最致命的浪漫，最伟大的情怀。世间男人能够为爱所做的最大牺牲莫过于此。

不过，我可不同意。

“你非要放弃永生的权利吗……”我故意把手缩回，这样问约书亚。

“是的，只有这样，我才会和你一样，慢慢变老。”约书亚耐心地向我解释道，“玛丽亚，你不妨想想看：几十年后，当你九十七岁高龄时，我却仍是现在这般年纪……”

“那样我就可以老牛吃嫩草了，有什么不好！”我赶紧打断他。

“可是，只有那样，我们才能过上普通人的生活，生下属于我们自己的孩子，组成人人艳羡的小家庭。”

“我们的家……吗？”

唉，这正是我魂牵梦萦、朝思暮想的啊……我不觉深深叹了口气。

“我会好好做木匠，努力养活全家人的！”

一个木匠的收入够不够支撑整个家庭，我可不太确定——当然，具体说来，跟建筑界的景气程度以及木质结构及家具的受欢迎程度都有关系。如果不够，我也可以继续工作，这不算是什么问题。嗯哼，如果他当真凭着自己的自由意志放弃了永生的权利，谁又劝阻得了他呢？

正想着应该如何劝劝这傻男人，空中突然飞过一个栗子，打在我的脑门上。栗子是从马伦特湖的方向飞来的——准确点说，是从一艘脚踏船上抛出的。我仔细看了眼那艘船：哈，在上面玩的居然是斯维特拉娜的小女儿，还有她那个涂唇彩的小朋友。噢，对了，现在两个小家伙都涂上唇彩了——她们笑得前仰后合，开心极了。

她们的笑却使我难过，因为这无邪开心的笑容突显了这对女孩的可爱，也更使我思念起始终未曾问世的玛瑞卡和玛雅。现在，约书亚也冲着她们微笑了，这使我想起之前在马伦特镇步行街区的人间炼狱中接受洗礼时，他努力帮助这些小家伙的场景……因为这部分回忆，我又想起了抹大拉的玛利亚曾对他说过的话。

约书亚转过脸来，面带忧伤地看着我，仿佛知道我正在想些什么。

“你怎么了，玛丽亚？”约书亚问道。

这是我第一次从他那坚定有力的声音中听出了害怕、彷徨和恐惧。

我轻声回应他：“我觉得，我们的自由意志不会让我们在一起的。”

“你现在说的话……比加达辣的附魔人曾经说过的还要令人费解。我不明白……”约书亚说完，因为害怕，身体都轻微颤抖起来。

看到他这样，实在是令我感到伤心。

“抹大拉的玛利亚曾经对你说过些什么？为什么你们那时的爱情不能开花结果呢？”我问道。

这个问题显然戳中了耶稣心中的痛处，他沉默了。好一会儿之后，他停止颤抖，用受伤的声音回答我：“那时候，抹大拉的玛利亚对我说的是：‘你的大爱是属于所有人的，不应也不能专属于我，离开我，让更多的人获救吧。’”

“她说的一点没错，你必须让更多的人获救——因此，我求你不要跟我一道，像一个凡人一样，生老病死。”我的声音越来越小，小到连我自己都听不见了，“你的责任重大，不该留在我身边……”

约书亚半晌没有回应。我说的话从道理上来说是完全正确的。当年抹大拉的玛利亚说的话自然也是完全正确的：而且，她的话比我说的还要更得体，更好听一些。

不论是谁，承认爱人的前任比自己更聪明，还真不是件轻松的事。

一番艰难的内心挣扎过后，约书亚放弃了那个“当木匠养活全家”的小小梦想，凭着自由意志选择了实践大爱的曲折长路。我的自由意志则决定尊重他的选择。有时候，相爱的双方立场一致也并不是件轻松的事。

我们终究不能在一起，我们终究还是要分开。

我默默坐在那儿，和约书亚一道，最后一次看这美丽的马伦特湖。我努力控制自己，不让眼泪掉下来。但就算拼命努力，泪水仍汹涌而至，模糊了眼眶，濡湿了面颊。一滴活泼、淘气又特别讨厌的泪珠挣扎着从我的眼眶里滴落。栈桥上留下了一小片略深的颜色，那是我的泪水洒落的痕迹。

约书亚用手轻轻抚摸着我的脸颊，温柔地吻掉上面的泪痕。

我也不再哭泣了。

这么轻轻的一个吻便已带走了我全部的哀愁。就像带走小小的莉莲安娜的急病一般，真是一个奇迹。

耶稣最后一次抚摸了我的头发，轻声说出了那句话：

“我爱你。”

话声刚落，他就消失在夏日和煦的暖风中了。

只剩下我，一个人孤零零地待在栈桥上——待在我们的纪念地。

这个男人，连跟我诀别的方式，都这么美妙，绝无仅有。

56

（与此同时）

埃玛·汤普森和乔治·克鲁尼并排坐在马伦特湖畔的一张长椅上，各自拿一包碎面包屑悠闲地喂着湖里的野鸭子。乔治·克鲁尼的面包屑有剧毒，每当有鸭子吃到、即将一命呜呼时，埃玛就立即用眼神让它复活过来，扑腾着翅膀欢快地游开，这让克鲁尼很沮丧，却又无计可施。这件小事背后的隐喻更让他气恼：很显然，自己所做的一切努力，不过是上帝那宏大计划中的一个小小变量而已。不仅没有任何实际效果，对最终结果也造不成影响，仿佛人类拍电影时的龙套角色，根本就不值一提。

“照你的意思——”克鲁尼发现自己在“鸭子圣战”中完全落败之后终于开口问道，“末日审判不举行了？”

“人类又一次被洗涤，重生了。”埃玛应道。

“似乎也不是那么尽如人意——即使重生，离‘完美’的境界差得也不是一星半点。”

“还是孩子嘛，总是要一步步长成大人的。”埃玛微笑道。

克鲁尼的心情不太好，不想对埃玛赔笑：作为地狱之王，他存在的全部意义就是跟上帝来一场痛痛快快的最终圣战。而现在，末日审判不举行了，最终圣战也没处展开，他顿时觉得自己非常缺乏存在感。这就像是……突然遭到裁员的失业者的心情。必须赶紧规划些值得重新去奋斗的崭新内容，否则心情肯定会陷在谷底，再也爬不出来。

“别那么沮丧。毕竟你已经得到了一直以来最想得到的东西。”埃玛上帝安慰撒旦。

“是自由意志……吗？”上帝的话完全出乎他的意料。

“没错。你现在已经能够遂自己的心愿，到南太平洋的孤岛过舒心惬意的生活了。期待很久了，不是吗？”

克鲁尼终于给出了一个如释重负的微笑。好了，他总算可以一个人好好过日子，不需要再去理会那些罪呀罚呀地狱呀契约呀什么的了。上帝真够义气，私下里送他去了专属于他自己的小天堂，这么多年来的辛苦总归值得。

“对了，我可以……”撒旦突然想到了那个人。

“不行，你不能带那个女漫画家一起去。”

克鲁尼咬了咬下嘴唇，然后耸了耸肩膀说：“算啦，凡事不能尽善尽美，还是知足常乐。”咕哝完，也不道谢便起身离去了。现在，他准备去搭一位加州政客的私人飞机——那架飞机将带他去南太平洋。

撒旦一步步走远，耶稣一步步地从湖畔的另一侧走过来，坐在了埃玛·汤普森旁边。

“怎么样了，我亲爱的儿子，你要跟我一起回天堂吗？”

“不。”约书亚的回答很坚定。

“那么，你会跟玛丽亚在一起吗？”听到儿子的回答，埃玛上帝略微有些吃惊。不过这也在意料之中：耶稣可以凭自由意志来做决定，自然也可以做任何自己想做的事。

“也不会。不过，必须要感谢玛丽亚。刚才跟她聊过之后，未来具体要做些什么我已经很清楚了。”

“嗯，你准备做些什么？”埃玛上帝对耶稣的计划感到好奇。

“我打算环游世界。”

“再也不跟玛丽亚见面了？”

“不，我会去见她的。”耶稣有些难过地回答，“我会常常回到这里，但不会让她知道，也不会让她看见。我想知道她过得好不好……也想知道她的孩子们过得好不好……还有她的孙子们……我都想知道。”

“哎，还有曾孙、玄孙？”埃玛笑了。

“是的，以及他们的孩子，孩子的孩子。”耶稣也笑了。

57

耶稣走后，我一个人在栈桥边坐了好久，凝望着马伦特湖的湖水安静地发着呆。我的心情出乎意料的平静，没有丝毫的心痛。约书亚刚才的吻，让这段感情结束得了无牵挂，也让我能够彻底从羁绊中解脱出来，有机会在此生再爱上值得去爱的人。

直到落日西斜，我才站起身来，慢慢走路回家。

走到半路,我的表层意识里突然生出强烈的“我想尿尿”的感觉。因为对灌木、荆棘枝这类玩意儿已经产生了严重的心理阴影，我放弃了就地解决的打算，而是绕了条小路冲进了米基的租碟店。自然，他很想知道事情的最新进展。隔着厕所门，我告诉他，下周二不再是人类末日了。一切都已恢复了正常。

“太棒了！”米基舒缓了紧张的心情，高声欢呼。

不过，我跟米基之前还有些问题没解决：他不久前还曾向我表达过爱意。洗过手之后，我斟酌了一下措辞，问他：“末日已经远离，不知弗兰科·波坦特先生对额外捡来的漫长人生有什么崭新规划？”

“老弗兰科，那个老好人哪——”米基答道，“觉得人生不过是得过且过，在任何时候结束都无所谓了。”

“唔……为什么这样说？”

“因为，他再也不相信会有‘爱情’这么一回事了。反正也从来都没有人爱过他。就算在因特网上的每个交友网站都注了册，交了钱，也不过是自欺欺人罢了。对了，在 sadomaso.de[1]这个网站上情况或许会有点不同……”

“老弗兰科可真是个狡猾的家伙！”我调侃道。

“哈，我又没说不是！”米基笑着应和道。

看起来，我们那柏拉图式的友情，又可以毫无障碍地长久运行下去了。我觉得很开心。

回到家后，我看到卡塔正坐在花园里一棵大树下，借着黄昏最后的自然光专心致志地画漫画。我走过去，坐到她旁边。

一看到我，卡塔就伤心地说：“原来我没有自以为的那么了不起，不仅缺乏勇气，甚至一点都不坚强。”

“你在我心里是个真正的大英雄。”我回应道。

“我受了撒旦的蛊惑，追随了他。”

“也没有一直追随他，不是吗？现在就挺好的……”

“我当初应该坚决跟他做斗争的……但我，我其实并不强大。如果我真有那么厉害的话，就可以成功抵御他了……”

卡塔停了下来。她看起来筋疲力尽，连一段完整的话都说不完了。

“如果我不是一个人，就可以办到。”她休息了一会儿之后，接着说道，“我不想再孤零零的了，我也需要人陪……”

嗯，我的姐姐需要我。正如我也需要她在我的身边。

“你还会待在马伦特镇吗？”我问她。

“为什么这样问？”

“在你好起来之前，我会陪在你身边的。这样比较好。”我解释道。

---

① 德国一个性虐网站。

“如果我一直被这挫折感纠缠着无法恢复，你会一直陪着我吗？”卡塔悲戚地反问道，“能陪我整整一个世纪吗？”

“只要你需要，责无旁贷。”我对姐姐笑道。

卡塔知道，我的回答完全出自真心。

她一言不发地抱紧了我。

“喂喂喂，你抱得太紧了，我都要喘不上气来了！”我抱怨道。

卡塔笑着应了一句：

“我就是要抱到你喘不上气！”

没办法，我只好同样用力，把姐姐抱得紧紧的。经历过这所有一切，姐妹俩紧紧相拥的感觉实在是太棒了！

“斯科提，在吗？”

“在，船长。有事？”

“我可真喜欢我们开的这处生态农庄啊！”

“哈，我也是，船长！我可爱死这地方了！”

我和卡塔抱了好久好久。拥抱结束后，姐姐把漫画绘图板递给我，让我看她画的最新一期。

“哎！右下角写着‘全剧终’呢。”这下子，我算是结结实实地吃了一惊。

“没错，这是《姐妹》这个系列漫画的最后一张了，我不会再画了。”卡塔向我解释道。

“真的是最后一张吗？”

“我已经不再是原来的我了。”姐姐笑着说，“你也一样。”

卡塔说的没错。在这一系列事件当中，我跟老爸和妈妈都达成了和解。不仅如此，我还屡次反抗了上帝的旨意。甚至，在大魔王撒旦面前，也敢挺身而出了。

勇气、决心、坚强的意志……一切潜藏在我灵魂深处的美好品质，都已被我一一发掘出来，一起造就了全新的我。

我再也不是怪物了！

而这所有一切，都是因为耶稣。

因为耶稣爱我。

衷心感谢乌尔里克·贝克。在写作这本书的过程当中，她一直给我鼓励，相信它最终能够完成。

感谢马库斯·加特勒、马库斯·赫特勒克和迈克尔·忒特贝尔格，即使算上全部的平行宇宙，你们也始终是最最好的，没有之一。

图书在版编目（CIP）数据
遇见你是我生命中最好的事 /（德）大卫·萨菲尔著；文泽尔译．—南京：译林出版社，2018.7
ISBN 978-7-5447-7346-1

I.①遇… II.①大… ②文… III.①长篇小说－德国－现代 IV.①I516.45

中国版本图书馆 CIP 数据核字（2018）第 098109 号

著作权合同登记号　图字：10-2017-293 号

遇见你是我生命中最好的事 ［德国］大卫·萨菲尔 / 著　文泽尔 / 译

责任编辑　王振华
特约编辑　唐文惠　赵瑜
装帧设计　灵动视线
校　　对　张兰坡
责任印制　贺　伟

出版发行　译林出版社
地　　址　南京市湖南路 1 号 A 楼
邮　　箱　yilin@yilin.com
网　　址　www.yilin.com
市场热线　010-85376701
排　　版　灵动视线
印　　刷　三河市华润印刷有限公司
开　　本　960 毫米 ×640 毫米　1/16
印　　张　21
版　　次　2018 年 7 月第 1 版　2018 年 7 月第 1 次印刷
书　　号　ISBN 978-7-5447-7346-1
定　　价　32.80 元